TAKEN

LES REBELLES DE BOSTON

VANESSA WALTZ

Traduction par

ELIETTE PEBAY-MAES

ISBN: 9798409490362

Imprint: Independently published

À PROPOS

J'ai enlevé ma future femme.

Son père a tué mon frère, alors j'ai pris Carmela en otage.

Je n'étais pas sûr de la façon de me venger, mais lorsque cette superbe et innocente poupée est venue me supplier d'épargner la vie de son père, j'ai mis au point le stratagème idéal.

Je ne vais pas me contenter de me venger.

Je vais *savourer* ma vengeance.

Elle ferait tout pour sauver son père.

Sa proposition : Une seule nuit. Pas d'attaches.

Ma contre-proposition : Jusqu'à ce que la mort nous sépare. Pas d'attaches, mais des menottes et de la corde à foison.

J'ai besoin d'une mère pour mes enfants. D'une femme pour réchauffer mon lit. D'une amante à soumettre à ma volonté.

Cette femme, c'est Carmela.

Je pensais que la seule bataille que j'aurais à mener serait entre elle et moi, dans notre lit... mais en l'épousant, j'ai déclenché une guerre que je n'avais pas vue venir.

Si je ne la gagne pas, je perds tout.

Je la perds, elle.

Note de l'auteure : Taken est une romance indépendante sombre, centrée sur un père célibataire. Il s'agit du deuxième tome de la série Les rebelles de Boston. Cependant, ces livres peuvent se lire dans n'importe quel ordre.

Cette romance sombre et sensuelle inspirée de La Belle et la Bête n'est pas pour les âmes sensibles. Mais si vous aimez les héros outrageusement virils, les héroïnes tourmentées et les méchants diaboliques, alors vous allez adorer ce livre. Il aborde des sujets sensibles qui peuvent perturber certains lecteurs.

UN
CARMELA

Je serai peut-être morte dans quelques heures.

Je n'avais commis aucun crime aux yeux de la loi, mais aux yeux de l'impitoyable Michael Costa, j'avais commis l'irréparable : je m'étais présentée sans prévenir à la fête d'anniversaire de sa fille.

Personne ne pénétrait dans la maison d'un gangster notoire sans invitation, surtout pas ses ennemis. Mais le videur avait négligé de me demander mon nom lorsque j'étais arrivée, parée d'une robe haute couture et d'un sourire étincelant. Après avoir jeté un coup d'œil dans mon sac à main, il m'avait fait signe d'entrer.

Je tournai le cadeau entre mes mains et une cascade de rubans bouclés se déversa sur le papier cadeau au motif à licornes. Je lui avais acheté un four *Easy-Bake*, mon jouet préféré lorsque j'étais enfant. Avec un peu de chance, la petite de sept ans s'intéressait à la cuisine. Cette pauvre gosse avait bien besoin d'un peu de gaité dans sa vie, après ce qui était arrivé à sa mère.

Le portail en fer forgé du manoir de style Tudor qui surplombait la rue comme une gargouille s'ouvrit aisément lorsque je le poussai avec un seul doigt. Sur la façade avant, deux pignons surmontaient les fenêtres renforcées donnant sur la rue. Un luxuriant jardin à l'anglaise entourait la cour intérieure dans laquelle plusieurs invités discutaient en buvant du Champagne. Les plantes s'entrelaçaient dans des vagues de couleurs, parsemées de cosmos bleus et de digitales roses. Un rosier sauvage grimpait le long de la barrière. Un chemin de pierres sinueux conduisait à une fontaine avec une table et un banc en granit. C'était beau et charmant — tout comme le maître de maison.

Quelques rayons de soleil perçaient au travers du feuillage d'un érable japonais tandis que je me dirigeais vers la porte d'entrée. Tous mes sens se mirent en alerte lorsque je franchis le seuil. J'avais l'impression d'être en train de signer mon arrêt de mort.

Comment allais-je réussir à ressortir d'ici ?

Je m'en soucierais plus tard. Papa comptait sur moi.

Je déambulais dans le manoir sinistre, que les bruits de rires et de conversations emplissaient d'une chaleur illusoire. La plupart des invités étaient des hommes de main des Costas accompagnés de leurs femmes ; des lèche-bottes qui cherchaient à grappiller la moindre miette de pouvoir. Je me mêlai à un groupe de buveurs de rosé rassemblés sous le plafond en poutres apparentes. Un chandelier répandait une lueur douce et évanescente, enveloppant les invités dans un halo fantomatique. Le thème de la fête était l'or.

Des assiettes et des couverts étincelants recouvraient la moindre surface du foyer de Michael, qui était en totale contradiction avec cet étalage de paillettes. Certaines maisons dégageaient une impression de confort de par leur couleur ou leur mobilier, mais celle-ci était froide et masculine. Le métal et les tons bruns et bleus foncés dominaient. Les pièces étaient épurées et le mobilier imposant — pas *du tout* mon style. Je ne pouvais pas m'imaginer vivre dans un endroit aussi intimidant.

Où était Michael ?

Il n'était pas en train de fumer avec les hommes dehors. Je ne l'avais pas vu dans la cuisine, où sa mère gavait les invités de petits fours. Je guettai la porte de la salle de bain pendant un moment, mais ne l'en vis pas sortir. Je n'avais pas le courage de m'aventurer en haut des escaliers. Cela aurait pu m'attirer encore plus d'ennuis.

Les doigts serrés sur le papier cadeau, je déposai mon présent sur une console. Je glissai une enveloppe contenant mes vœux pour la petite fille sous le ruban, en espérant que Michael les croirait sincères. Puis je me dirigeai vers un couloir menant vers d'autres parties de la maison lorsqu'une minuscule boule d'énergie me percuta à toute vitesse.

Le petit garçon tomba en arrière.

— Oups ! (Je l'attrapai par le bras pour le remettre sur ses pieds.) Est-ce que ça va ?

Une veste bleu marine enveloppait son torse menu et il portait un pantalon assorti avec des baskets noires. L'enfant se dandina dans ma direction, ses yeux ronds fixés sur moi. Un grand sourire illuminait son visage de chérubin qui était le portrait craché de celui de l'homme que je cherchais.

Bon sang, j'avais failli écraser le fils de Michael.

— Matteo, comme tu as grandi ! (Je m'agenouillai pour peigner ses boucles emmêlées.) Tu es tellement beau dans cet ensemble.

— Soulève-moi, Carmela !

Mon cœur fondit.

— Tu te souviens de mon nom.

— Soulève-moi !

Je savais que c'était une mauvaise idée, mais je ne pus résister à sa petite bouille suppliante. Je le posai sur ma hanche.

— Comme ça ?

Matteo acquiesça, aux anges.

— J'aime tes cheveux, dit-il. Ils sont jolis.

— Merci.

Il souleva une mèche épaisse et la serra dans son petit poing potelé, puis il me fouetta comme si j'étais un cheval. Je me mis à courir en ronds et Matteo éclata d'un rire hystérique. Sa joie me fit sourire.

Comment Michael avait-il pu créer un être si pur et innocent ?

Il fallait que je le trouve.

J'ajustai ma prise sur Matteo tout en détaillant les invités à la recherche du maître des lieux.

— Où est ton papa ?

— *Ici*, répondit une voix qui me fit immédiatement penser à de la fumée roulant sur un verre de whisky.

Une main d'homme se posa sur mon cou puis glissa jusqu'à mon épaule. Il la serra avec force, comme pour me mettre en garde. Puis son corps se pressa contre le mien.

Merde.

Mon regard quitta le petit garçon pétillant pour se poser sur un homme élancé qui portait un costume bleu nuit par-dessus un t-shirt blanc. Michael était un demi-dieu qui avait été sculpté avec amour, depuis ses longs cils jusqu'à ses lèvres pleines, en passant par sa fossette au menton. Ses cheveux ondulés coupés courts encadraient un visage à la beauté insolente. Le Michael que je connaissais se déparait rarement de son sourire en coin — mais celui qui se trouvait près de moi à cet instant irradiait d'hostilité.

Sans doute parce que je tenais son enfant dans mes bras.

— Matteo, doucement. (Les doigts de Michael vinrent entourer ceux de son fils qui agrippaient toujours mes cheveux.) Sois gentil. Ne tire pas.

— Mais j'aime bien !

— Je sais, mon grand. (Ses mots étaient empreints d'une fierté farouche et amusée.) Tu fais ça à toutes les jolies filles que tu croises. Tu es sans scrupule — tout comme ton papa.

La main de Michael quitta mes épaules, puis vint frôler mon ventre lorsqu'il me prit Matteo des bras. Ce faisant, son visage rayonna d'une chaleur qui sembla réchauffer l'air entre nous.

Il embrassa son fils.

— Va t'amuser, au lieu de jouer les bourreaux des cœurs.

— Est-ce que tu vas jouer avec moi ?

— Oui chéri. Plus tard. Je t'aime.

— Moi aussi, je m'aime !

En riant, Michael le passa à sa nounou.

— Occupe-le, lui dit-il.

Une douleur sourde me prit aux tripes en voyant la douceur avec laquelle Michael traitait son fils, et tout l'amour qu'il y avait entre eux. Une vague de jalousie écœurante me submergea. Ce n'était ni le moment ni l'endroit, mais je ne pus empêcher mon cœur de se briser à la vue de ce qui manquait tant à ma vie. Une femme au teint cireux emporta Matteo tandis que celui-ci faisait un grand signe de la main à son père.

Une fois Matteo hors de vue, un regard noir vint rapidement remplacer l'air joyeux de Michael.

— Carmela, on devrait aller parler en privé.

— Bien sûr.

Son ton était léger, mais la poigne qui serrait mon poignet était comme un étau. Il m'entraîna loin des autres invités, vers une porte fermée. Lorsqu'il l'ouvrit, j'hésitai. Elle donnait sur une chambre à coucher sombre.

Il me poussa sans ménagement à l'intérieur.

Je trébuchai en avant, et un frisson remonta le long de ma colonne vertébrale lorsque j'entendis le son d'un verrou se tourner.

Michael m'agrippa avant même que j'aie eu le temps de me retourner. D'une main il empoigna mes cheveux et de l'autre, il me tira contre sa poitrine. La douleur me rappela à quel genre d'homme j'avais à faire — un gangster sans pitié.

— Qu'est-ce que tu fous ici, bordel ? Comment est-ce que tu es entrée ?

Il me prit à la gorge, et je le laissai faire. L'affronter n'aurait fait qu'empirer les choses. Ses yeux exorbités étaient brûlants de colère. Il semblait profondément déstabilisé.

— J'ai amené un cadeau et on m'a laissée entrer.

— Je t'ai trouvée dans ma maison, sans invitation, avec mon fils dans les bras. Qu'est-ce que tu comptais faire ? L'enlever ?

Ses soupçons me retournaient l'estomac.

— Bien sûr que non. Je ne suis pas venue pour faire du mal à qui que ce soit.

— *Foutaises.*

— Je suis juste venue pour parler.

— Je ne suis pas d'humeur à bavarder, Carmela. Surtout pas avec toi.

— Qu'est-ce que j'ai fait, *moi* ?

— Tu es la fille de ton père. C'est suffisant. (Michael se détendit quelque peu. Il passa sa main derrière ma nuque et me poussa contre le mur.) Dis-moi ce que tu faisais avec mon fils.

Je me redressai.

— Je te cherchais. Matteo m'a demandé de le soulever, alors je l'ai fait. C'est tout, je le jure.

— Quel était ton plan ?

La situation se retournait contre moi.

— Michael, tu ne répondais pas à mes appels. Je me suis souvenue que tu donnais une fête, et je me suis dit que ça valait la peine d'essayer.

— Tu t'es dit que ça serait une bonne idée de me prendre en embuscade à l'anniversaire de ma fille ?

— *Oui.*

D'un air méfiant, Michael se saisit de mon sac à main et en examina le contenu, mais il n'y trouva que mon porte-monnaie et mes clés. Je n'avais même pas emporté mon portable. Je ne voulais avoir aucune possibilité d'appeler à l'aide.

— C'est de la folie d'être venue ici, dit-il.

— Je n'ai rien à perdre.

— C'est ce que tu crois.

Il referma mon sac et me serra l'épaule, son corps tout entier irradiant une menace sourde.

— Michael, qu'est-ce qui nous est arrivé ?

Michael lança mon sac sur le lit et ravala son agressivité. Son sourire redevint joueur, comme à son habitude.

— Ne me fais pas ces yeux de chien battu, Carmela. Je risque de me faire des idées.

— Il faut que j'arrange les choses. Dis-moi ce que je peux faire.

— Tu ne peux rien faire. (Il baissa les yeux sur mon décolleté et eut l'air d'apprécier la vue, car lorsqu'il releva le regard, un sourire en coin éclairait son visage.) Tu gagnes des points pour ta tenue, mais il est grand temps que ton joli petit cul quitte ma propriété.

— *Non.*

— Pars, tant que tu le peux.

Je ne bougeai pas d'un cil.

— Non.

— Ai-je besoin de te rappeler ce que je peux vous faire subir, à toi et à toute ta famille ?

— Je suis venue te parler en leur nom, dis-je, l'estomac noué.

— Tu veux dire, en *son* nom ?

Le ton caustique de Michael me donna la chair de poule.

Il est trop tard pour sauver mon père.

La musique qui pulsait à l'extérieur sembla s'estomper.

— Michael, je t'en prie, dis-moi qu'il est encore en vie.

— Je ne vois pas de quoi tu parles.

— Oh, bon sang ! Tu sais très bien pourquoi je suis ici. Dis-moi ce que tu veux, et je te le donnerai. Est-ce que c'est de l'argent ?

— Regarde autour de toi, bordel. Je n'ai pas besoin de ton argent.

Qu'avais-je d'autre à lui offrir ?

— Nous avons des propriétés en Italie...

— Non.

— Je pourrais te présenter au Maire. Je te donnerai le titre de propriété du manoir de mon père. Tu pourras le faire brûler, si tu veux, ou le léguer à tes enfants, ou *le vendre*.

— Qu'est-ce que j'en ai à faire, de cette maison ?

— Michael, dis-moi ce que tu veux.

— Vas-y, continue. J'adore te regarder t'embourber.

Michael buvait du petit lait, souriant férocement à la vue de mon désespoir.

Cela faisait partie de sa torture psychologique. Il me faisait croire que j'avais une chance de le convaincre avant de me jeter à la rue. Si les possessions matérielles ne l'intéressaient pas, que pouvais-je lui proposer ? Il devait bien y avoir quelque chose que je puisse lui offrir.

L'adorable sourire de Matteo passa devant mes yeux.

Ses enfants.

— Je pourrais t'aider. Pense à tes enfants, ils ont tant besoin d'une présence féminine dans leurs vies. Ils ont perdu leur mère il y a un an. Cela ne doit pas être facile de les élever seul. Je pourrais tenir la maison...

— Tu veux devenir ma *servante* ?

— Michael, tu as tout ce qu'il te faut sauf ça.

Il arqua un sourcil.

— Tu es sûre de toi ?

Ses phalanges frôlèrent mon cou, s'attardant là où mon pouls battait le plus fort. J'étais totalement à sa merci. Personne n'accourrait s'il m'étranglait, ou s'il me traînait jusqu'à son lit - hypothèse plus que plausible vu le feu qui brûlait dans son regard.

L'air entre nous était devenu un sauna dont je n'avais qu'une seule envie : m'échapper.

— Est-ce que tu veux de moi, ou pas ? demandai-je.

— Il n'y a pas un seul homme sur cette terre qui dirait non. Mais ton père m'a pris quelqu'un que j'aimais, alors je vais le tuer.

— Prends-moi à sa place.

— Je te demande pardon ?

— *Prends-moi*. Fais ce que tu veux de moi.

Mon ventre se serra. Une odeur de cuir m'emplit les narines et des images douloureuses affluèrent dans mon esprit.

Michael émit un son guttural. Un grognement satisfait qui allait parfaitement de pair avec son sourire narquois.

— C'est tentant, mais non. Le fait de te baiser n'apaisera pas la douleur d'avoir perdu mon frère.

— Une nuit. Pas d'attaches.

— Jusqu'à ce que la mort nous sépare. Pas d'attaches, mais des menottes et de la corde à foison. (Son sourire était une promesse sombre.) Je n'ai pas besoin d'un plan cul. Tu vas devenir ma femme.

Il recula d'un pas pour me permettre d'absorber l'impact de ses paroles. Des ondes de choc menaçaient de percer mon calme apparent, car être liée à Michael de façon permanente était mon pire cauchemar. J'aurais largement préféré qu'il utilise mon corps plutôt que d'être forcée de l'épouser.

— Tu plaisantes, avançai-je.

— Non.

Michael avait la réputation d'adorer jouer au chat et à la souris. J'ouvris la bouche pour exiger qu'il arrête de me mener en bateau, avant de réaliser que son regard était dépourvu de toute étincelle malicieuse.

— Je ne te crois pas.

— Tu l'as dit toi-même. J'ai deux enfants en mal de maman. Ils ont besoin d'une femme solide, assurée, avec la tête sur les épaules. Cette femme, Carmela, c'est toi — si on ne tient pas compte de la faute de jugement que tu as commise en entrant ici par effraction.

— Tu voudrais que je devienne leur mère de remplacement ?

— Je veux que tu m'appartiennes corps et âme. Je veux goûter tes baisers lorsque je t'emmènerai jusqu'à l'orgasme. Je veux t'arracher ta robe et te baiser avec tes talons aiguilles aux pieds, te mettre à genoux et t'apprendre la soumission. Bon sang, il y a tellement de choses que je veux te faire. (Il me fit reculer contre le mur, une expression féroce sur le visage.) Ça fait si longtemps que j'attends que tu me remarques.

Oh, c'est déjà fait.

Avant tout ce bordel avec mon père, Michael Costa avait été une figure stable, un bon vivant malicieux toujours prêt à sortir une boutade. Il avait même réussi à amadouer mon ténébreux beau-frère. Lorsque ma sœur avait accouché, Michael avait été l'un des premiers à lui rendre visite. Chacune de nos rencontres était ancrée dans ma mémoire, car il avait à chaque fois exprimé son intérêt pour moi sans une once de timidité. Nos échanges étaient toujours lourds de sous-entendus. Une fois, il m'avait aidée à retrouver mon équilibre en plaçant une main dans mon dos, et j'avais passé toute la semaine suivante à me remémorer cette merveilleuse sensation. Malgré cela (et malgré le fait que la solitude me consumait toutes les nuits), je gardais mes distances avec Michael.

Je ne pouvais pas accepter.

Je m'attendais à ce qu'il exige du sexe en échange de la vie de mon père, ou tout autre stratagème qui aurait consolidé mon rôle *d'otage* — et non pas de *partenaire*.

— Tu es un symbole de rang, une vengeance et une femme-trophée, le tout réuni dans un joli paquet-cadeau. Je ne veux pas attendre que quelqu'un d'autre te mette le grappin dessus. Tu porteras mon alliance.

Les gangsters faisaient d'horribles petits copains, et des maris encore pires. J'étais déjà passée par là, et on ne m'y reprendrait pas. Je ne pouvais pas me lancer dans une histoire sérieuse avec quelqu'un comme Nick, l'homme qui m'avait brisé le cœur et avait failli m'anéantir.

Cela me détruirait.

— Je ferais n'importe quoi d'autre.

Un sourire bestial déchira son visage.

— Tu pourrais me laisser tuer Ignacio.

Je suis en train de rêver.

— Si j'accepte, qu'est-ce qui se passera ?

— On se mariera. (Il lissa son pantalon, passant ses doigts sur le tissu soyeux.) Et je relâcherai Ignacio.

— Sérieusement ?

— *Sérieusement*. Mais tu ne pourras plus jamais le revoir.

— Michael, c'est trop.

— On pourra régler les détails plus tard, mais je ne ferai pas de compromis. Tu sais très bien ce qu'a fait ton père. C'est la *seule* façon de le sauver. Épouse-moi… ou il meurt.

J'aurais fait n'importe quoi pour mon père. Il était le seul homme en qui j'avais confiance. Il avait cassé la gueule à bien des hommes qui avaient commis l'erreur de mal me traiter. Il avait toujours été une force de la nature, et maintenant il était sans défense. Papa avait besoin de moi.

Est-ce que j'allais le laisser tomber ?

Non.

— D'accord.

— Je n'ai pas entendu. Qu'est-ce que tu as dit ?

La peur me retournait l'estomac. Il jouait avec moi, et ce n'était que le début.

— Je vais t'épouser.

DEUX
MICHAEL

La famille était la seule chose qui comptait.

J'aimais mes enfants plus que tout au monde, mais je les aimais d'un amour obsessionnel qui faisait ressortir ce qu'il y avait de pire en moi. Comme la fois où j'avais cassé la gueule à un commerçant parce qu'il avait osé donner une tape sur la main de ma fille. Je l'avais laissé étendu sur le trottoir, avec ses membres sens dessus dessous et son amour-propre meurtri, à appeler les passants à l'aide. Personne ne lui avait prêté main forte parce que, dans mon quartier, tout le monde savait qui j'étais et ce que je représentais.

J'avais une seule et unique règle.

On ne touche pas à mes enfants.

Ceux qui menaçaient mon fils et ma fille mouraient d'une mort lente et douloureuse. Ils étaient mes héritiers, ma chair, mon âme. Quiconque les mettait en danger se payait un aller simple pour la morgue — ou, plus probablement, une tombe sur les berges du réservoir Quabbin.

C'est pourquoi je me trouvais à présent devant le portail de mon manoir, face au plus grand abruti baraqué au monde. L'agent de sécurité que j'avais embauché mesurait deux mètres bien tassés et m'avait été chaudement recommandé par ses pairs. Il avait fait son service en Afghanistan et était diplômé d'une école de sécurité très réputée, et pourtant il avait permis à une étrangère de rentrer dans ma maison.

Bryan avait une carrure de taureau, mais les stéroïdes lui avaient abîmé le cerveau. Sa mâchoire carrée se crispa lorsqu'il me vit approcher avec une photo de Carmela sur mon portable.

— Elle te dit quelque chose ?

Il fixa bêtement la photo que j'avais prise avant d'enfermer Carmela à double tour.

— Ouais... je crois. Elle est entrée il y a une demi-heure environ.

— Elle t'a taillé une pipe ?

Il fronça les sourcils.

— Non.

— Ce sont ses seins qui t'ont distrait ?

Ses narines se dilatèrent et une vague de rage me submergea. Cet imbécile n'avait aucun droit d'être en colère.

— Je ne comprends pas la question.

— Pourquoi est-ce que tu as laissé entrer quelqu'un qui n'était pas sur la liste, nom de dieu ?

Un spasme de pure panique passa sur son visage.

— Elle avait un cadeau.

— Il y aurait pu avoir n'importe quoi dans ce paquet.

— Mr Costa, je ne mettrais jamais votre famille en danger. Elle n'avait rien sur elle.

— Tu avais une seule chose à faire, putain — vérifier la liste.

Je n'utiliserai plus jamais cette agence. Si Bryan pouvait se montrer naïf à ce point, alors aucun de leurs employés ne devait être digne de confiance.

— Je suis désolé, Mr Costa. Cela ne se reproduira plus.

— Ça, c'est sûr. T'es viré. (Je le poussai sur le trottoir d'un air mauvais.) Dégage avant que je fasse quelque chose que je pourrais regretter.

Je sortis une liasse de billets et en jetai suffisamment dans les airs pour couvrir sa solde. Je l'observai tandis qu'il courait après l'argent emporté par le vent. Il avait de la chance que l'intruse se soit avérée être Carmela, la femme après qui je courais depuis des mois.

J'aurais pu la tuer pour avoir mis le pied sur ma propriété et pour avoir osé toucher mon fils. Le fait qu'elle ait pu passer mon système de sécurité sans aucun problème me mettait la rage au ventre, mais je connaissais Carmela. Je l'avais croisée à diverses soirées de Noël, et elle avait gardé mes mômes avec sa sœur, Mia. Jamais elle ne ferait de mal à un enfant.

Elle était bandante comme personne, avec ses longs cheveux d'un brun sombre aux reflets couleur caramel. Carmela était une Gal Gadot en plus pulpeuse, une femme magnifique qui avait été le sujet de conversation de bien des parties de cartes arrosées à la Sunset Tavern. Sa silhouette en taille de guêpe attirait tous les regards masculins, qu'elle ignorait en général superbement. La moitié des mafieux de Boston avait le béguin pour cette déesse italienne aux longues jambes et à la langue acérée. Alessio, son ex-fiancé, l'avait qualifiée de difficile à vivre. Elle envoyait bouler les mecs avec la délicatesse d'un bulldozer. C'était une dure à cuire.

Et bon sang, j'adorais les dures à cuire.

J'aimais tout particulièrement les mettre à genou.

La pensée de Carmela prise au piège dans ma chambre me fit bouillir le sang. Une fois rentré dans la maison, j'attrapai un cocktail à l'open-bar et pressai le verre frais contre mes tempes battantes. Cela me calma un peu, et je me dirigeai vers une pièce au sol entièrement recouvert de papier cadeau. Ma fille se trouvait étendue sur le tapis. La table basse avait été poussée contre le mur pour faire de la place pour la montagne de présents. Matteo se traînait près de sa sœur, en pleurs.

Je m'agenouillai à côté de mon fils et l'embrassai sur la tempe.

— Est-ce que ça va ?

— Non, répondit-il avec une moue boudeuse.

— Qu'est-ce qui se passe ?

Le garçon de quatre ans regarda avec envie les paquets qui attendaient d'être ouverts et éclata de nouveau en sanglots.

— Et moi ? gémit-il.

— Calme-toi, mon grand, dis-je en lui prenant le menton. C'est l'anniversaire de *ta sœur*.

Il montra du doigt tous les cadeaux.

— Mais moi aussi, j'en veux un !

Mariette s'attaqua à un paquet emballé dans du papier doré en poussant de grands « *Oooh* ».

Je pris Matteo sur mes genoux.

— Tu pleures à chaque fois qu'on fait la fête pour quelqu'un d'autre que toi.

Il se tourna contre ma poitrine et sanglota. Je lui frottai le dos, secoué par un rire à peine perceptible. Puis je lâchai un long soupir avant de sortir un petit paquet de ma poche, et de le déposer entre les mains de Matteo.

— C'est pour toi, mon grand.

Les pleurs de Matteo s'apaisèrent. Il ouvrit l'emballage et en extirpa un petit camion. Deux ans plus tôt, j'avais commis l'erreur d'organiser une fête d'anniversaire pour ma fille sans rien prévoir pour Matteo — un désastre absolu. Il s'était montré inconsolable. Depuis, je ne donnais jamais de fête d'anniversaire pour l'un de mes enfants sans prévoir un cadeau pour l'autre.

Je tirai sur les tresses de Mariette.

— Qu'est-ce qu'on t'a offert ?

— Un four *Easy-Bake* ! (Mariette déchira le papier, découvrant un énorme jouet en plastique rose.) C'est pour faire des gâteaux ! *Wouah !*

— Super ! C'est de la part de qui ?

Les sourcils froncés, elle tira une enveloppe de la boite et en sortit la carte. *Chère Mariette, en grandissant, il faut toujours suivre ses rêves. Ris souvent, profite de la vie, et amuse-toi ! Un très joyeux anniversaire pour tes sept ans. Bisous, Carmela.* C'est qui, Carmela ?

Je lui pris la carte.

— C'est... la petite copine de Papa.

— Beurk, dit Mariette en grimaçant.

La carte était une jolie attention.

Je souris en pensant à la jolie brune à l'étage, dans sa robe transparente. À l'évidence, elle avait prévu de me séduire, et de me soutirer ainsi un arrangement. Elle avait eu ce qu'elle voulait. Je l'avais forcée à devenir ma fiancée.

Qu'est-ce qui m'avait pris ?

J'aurais pu mentir et la baiser, mais l'image de Carmela avec mon fils dans les bras m'en avait empêché. Je m'étais toujours imaginé avec une femme comme elle.

La vie n'avait pas été tendre avec moi. J'avais mis en cloque une strip-teaseuse sans aucun instinct maternel et je l'avais épousée. Lorsqu'elle ne me menaçait pas de m'enlever les enfants, elle passait son temps à me tromper, à se droguer et à me rendre fou. J'avais bien essayé de l'aider (désintox, psys, thérapie, etc.), mais rien n'y avait fait. Pendant six années, j'avais été son otage. Alors quand elle est morte, un soulagement sans nom s'était infiltré jusque dans mes os.

Enfin libre.

La dernière chose dont j'avais besoin était un autre mariage foireux.

Mais j'avais un pressentiment concernant Carmela.

Un pressentiment idiot, peut-être, mais il me réchauffait le corps. J'avais ignoré mon instinct par le passé et cela avait failli me détruire. Cette fois-ci, ma tête et mon cœur me criaient tous les deux la même chose : *ne laisse pas Carmela te filer entre les doigts.*

J'étais bien déterminé à suivre ce conseil.

TROIS
CARMELA

J'avais toujours mal supporté les cages.

Surtout celles qui me rappelaient mon pire cauchemar.

Je me tenais debout à côté de la fenêtre grillagée à travers laquelle perçait à peine la lumière du jour. Une anxiété sourde pulsait à l'intérieur de moi tandis que le soleil se couchait sur la banlieue paisible. Les silhouettes des maisons disparurent peu à peu, se fondant dans un néant obscur. Lorsque la brume du soir dissipa la lueur des feux arrière des derniers invités, mes os se vidèrent de toute chaleur.

Qu'allait-il faire lorsqu'il reviendrait ?

L'étrange décoration de la chambre présentait certains indices : des anneaux en bronze dépassaient du lit à baldaquin ; à la tête du lit se trouvait un treillis en fer forgé ; un crochet pendait d'une poutre au plafond. J'ouvris la porte de son dressing. Des boites en acier reposaient sur l'étagère du haut. S'agissait-il de coffres à armes ? J'écartai une rangée de costumes sur mesure et mon cœur se mit à battre la chamade lorsque mes doigts effleurèrent un tas de cordes en nylon. À côté se trouvait un bâillon en cuir.

Cette vue me coupa le souffle.

Nous étions tellement incompatibles, Michael et moi.

Je n'avais jamais eu vent de cette facette de sa personnalité. Michael était censé être un gentil. Les rumeurs qui entouraient le *consigliere* fraîchement promu ne faisaient pas mention d'une chambre remplie de sex toys. Tous ces trucs SM me poussaient dans mes retranchements.

Il y a tellement de choses que je veux te faire.

Mon Dieu, il ne plaisantait pas.

Plusieurs minutes s'écoulèrent dans un malaise durant lesquelles la boule dans ma gorge ne cessa de grandir. J'imaginais Michael en train d'empoigner mes cheveux, de me forcer à me pencher sur le matelas. Un violent frisson parcourut ma colonne vertébrale.

Des pas résonnèrent derrière la porte.

Oh merde.

Je retins mon souffle tandis que la porte s'ouvrait lentement. Une ombre se glissa à l'intérieur.

Puis la lumière vint baigner la silhouette de Michael de chaudes couleurs, illuminant chacun de ses détails alléchants : son allure élancée aux muscles tendus, les angles marqués de ses pommettes saillantes, la courbe élégante de son nez et ses yeux sombres qui dernièrement semblaient constamment plissés.

Calculateurs.

Il se débarrassa de sa veste. Son t-shirt débraillé et sa démarche arrogante auraient fait la fierté de James Dean. Ses iris étaient d'une couleur d'ambre vibrante, aussi tentante qu'un verre de whisky lors d'une soirée frileuse. Un chaume noir recouvrait ses joues et son menton, soulignant ses traits anguleux. Son sourire charmeur et les fossettes qui définissaient son visage apportaient la touche finale à cette perfection masculine. J'absorbais chacun de ses détails, comme si je pouvais trouver dans l'une de ses rides le secret qui me libérerait.

Je dus lutter pour contrôler mon envie de poser ma main sur sa poitrine afin de le tenir à distance.

— Il n'est pas trop tard pour changer d'avis, lui dis-je.

— Pourquoi est-ce que je ferais une telle chose ?

— Parce que tu es quelqu'un de bien.

— Carmela, ma belle. (Il frôla ma joue livide avec ses phalanges.) J'étais gentil avec toi parce que je voulais te mettre dans mon lit. Tu es facile à manipuler, surtout pour un pro comme moi.

— Tu es un psychopathe.

Le tour qu'avait pris notre conversation sembla ennuyer Michael.

— Je serai cent pour cent moi-même avec toi à compter de maintenant, dit-il, à part quand les enfants seront là.

— Est-ce que tu as changé d'avis ?

S'il te plaît, dis oui.

— Non. Pourquoi, tu te débines ?

— Je ne suis pas du genre à me débiner. C'est juste que je n'aime pas être enfermée pendant des heures dans un musée des horreurs.

— *Un musée des horreurs ?*

Il suivit mon regard jusqu'aux anneaux en bronze, au crochet suspendu, et au dressing rempli de cordes. Il haussa les épaules.

— Je ne t'attacherai pas pour notre première nuit ensemble.

— Je ne savais pas que c'était ton truc, les cordes et tout ça. Michael, c'est... intense.

Avant ce jour, j'aurais qualifié Michael d'un millier d'adjectifs — beau parleur, insouciant, désinvolte. Mais toutes les idées que je m'étais faites de lui venaient de voler en éclat.

Je m'étais complètement fourvoyée sur son compte. Michael, l'ami de la famille qui passait Noël à la maison avec ses adorables gamins et qui roucoulait devant le bébé de ma sœur, allait me forcer à l'épouser à coup de chantage.

Je découvrais enfin son vrai visage.

Il me fixa d'un regard qui me chauffa le sang.

— J'aime quand c'est intense.

— Alors comme ça, tu es un sadique.

— Je suis beaucoup de choses, Carmela.

— Je vois ça. Pourquoi est-ce que tu fais ces choses ?

— Ça me fait bander d'avoir une femme à ma merci.

Il était si arrogant et *vulgaire*, à des années-lumière du gentleman qui m'avait baisé la main.

— Je ne pourrai plus jamais te voir comme avant.

— Mais au moins, tu me vois.

Comme si je pouvais regarder ailleurs tant qu'il était dans la pièce. Jusqu'à présent, Michael avait été un phare dans mon univers sombre.

— Si je t'ai ignoré, c'est que j'avais mes raisons. (Ma gorge se serra lorsque je vis son sourire s'élargir.) Tu aurais peut-être dû *saisir le message*.

— Que tu voulais être courtisée ?

— Que je n'étais pas intéressée parce que tu ne m'attires pas.

— Et c'est pour ça que tu t'es faite toute belle pour venir me proposer tes services d'esclave sexuelle ? (Michael sourit, et la chair de poule recouvrit mon bras.) Je ne t'aurais jamais crue capable de faire ça. Cela fera une super histoire à raconter à nos petits-enfants.

Waouh.

— Michael, il va falloir que tu revoies tes attentes à la baisse. Les menottes en cuir ne font pas partie de mon répertoire sexuel. (À en croire le dressing de Michael, lui ne partageait pas mes fantasmes fleur bleue.) Tu serais plus heureux avec quelqu'un d'autre.

— Je n'en ai rien à faire d'être heureux. (Il balaya d'un geste cette déclaration alarmante et adopta un ton de reproche.) Tu ne devrais pas te préoccuper d'autre chose que de mes pratiques sexuelles ?

— Je ne peux penser à rien d'autre.

Il tapota mon menton.

— Et bien, il va falloir te le sortir de la tête. Il faut qu'on discute des règles.

— *Des règles ?*

— Oui, ma belle. Des règles. Tu crois vraiment que je vais te laisser faire ce que tu veux dans la maison où vivent et dorment mes enfants ?

Il ne m'avait toujours pas donné d'assurance que Papa était en vie.

— Il faut que je voie mon père. Je veux des preuves.

L'étincelle qui brillait dans ses yeux disparut.

— Ton père va bien. Je t'en donne ma parole.

— Qu'est-ce qu'elle vaut, ta parole ?

— Pourquoi est-ce que je te mentirais ?

Facile.

— Parce que tu adores mener les gens en bateau.

— Je préférais te baiser que mener ton joli petit cul en bateau.

— Tu ne me toucheras jamais, surtout pas avec ces cordes dégueulasses.

Michael se rapprocha, ignorant ma main posée sur son torse pour le repousser.

— Carmela, tu commences à m'exciter à force de toujours ramener la conversation là-dessus.

J'eus un mal de chien à me retenir de me lancer sur lui toutes griffes dehors.

— Je veux voir mon père !

— Pas encore.

— Pourquoi ?

— Parce que c'est moi qui décide, et j'ai dit *non*. Quand le moment sera venu, je t'autorisai à lui rendre visite.

Ces paroles me transpercèrent comme des aiguilles de fureur.

— Est-ce que c'est un de tes petits jeux tordus ? Tu ne veux pas que je sache si mon père est vivant ou mort ?

— Fais-moi confiance, il vaut mieux que tu ne voies pas Ignacio pour le moment.

Donc, il avait été torturé.

Les larmes me montèrent aux yeux tandis que j'imaginais mon père recroquevillé dans une cellule en ciment, des contusions recouvrant son visage que j'aimais tant, et peut-être pire encore...

Une haine brûlante prit possession de moi.

— Je ne sais pas ce que tu attends de ce mariage, mais jamais je ne t'aimerai.

— Mais tu aimeras mes enfants.

J'ouvris la bouche pour le nier, mais ne pus former les mots. Il y avait bien entendu de la place dans mon cœur pour deux enfants innocents — mais certainement pas pour Michael. Tomber amoureuse avait déjà failli me tuer une fois. Cela m'avait entraînée dans un univers sombre et sans espoir, dont j'avais émergé avec des cicatrices psychologiques qui continuaient de saigner.

Je tolérerais peut-être Michael.

Mais l'aimer ? Ça, jamais.

QUATRE
MICHAEL

Il paraît qu'il y a sept étapes au deuil, mais pour moi il n'y en a eu qu'une.

La rage.

Daniel avait toujours eu du mal à gérer sa colère. C'était un gangster teigneux. *Typique*. Il n'était vraiment pas facile à vivre. Enfants, nous avions une relation d'amour-haine. Il me malmenait sans arrêt, jusqu'à ce que je prenne assez de muscle pour pouvoir me défendre. On se battait souvent jusqu'au sang. Une fois, il m'a même poignardé la jambe.

Notre pauvre mère l'a envoyé voir des psys qui lui ont appris à compter jusqu'à dix, ou des conneries dans le genre ; Daniel n'a jamais mis son agressivité en veilleuse. Si une bagarre éclatait, il sortait son flingue. Et c'était toujours lui qui avait le dernier mot.

Sauf cette fois-là.

Tout ce que je savais, c'était que mon frère avait eu une altercation avec le père de Carmela, et que celui-ci avait fini par lui coller plusieurs balles dans la tête. Connaissant Daniel, il l'avait sans doute bien cherché. Mais cela ne voulait pas dire que ma mère méritait de voir le cadavre de son fils s'enfoncer dans les entrailles de la Terre.

C'était à moi de recoller les morceaux.

— Ignacio. Est-ce que tu m'entends ?

Je doutais qu'il soit en état d'entendre quoi que ce soit.

Ignacio était affalé sur le sol en béton. Dans ses yeux, j'eus l'impression de voir ceux de Carmela en train de me fixer d'un air de reproche. Sa barbe poivre et sel clairsemée était tachée de vomi. Il portait encore ses habits du dimanche, même si son torse n'était plus recouvert que par son marcel. Chaque jour, il avait retiré une nouvelle couche de vêtement trempée de sang, et s'en était débarrassé comme s'il s'agissait d'une tumeur qu'il extirpait de son corps.

J'avais pris cela comme un signe de progrès, une preuve du fait que sa résistance faiblissait ; mais après un nombre incalculable de « va te faire foutre » et de « nique ta mère », j'avais fini par admettre qu'Ignacio n'était pas prêt à craquer de sitôt.

Putain de tête de mule.

Mon frère se serait montré tout aussi entêté, et cette ressemblance me retournait le couteau dans la plaie. Si seulement j'avais pris les plaintes de Daniel au sérieux, sa dispute avec Ignacio serait restée bénigne. Ma mère et ma sœur ne seraient pas inconsolables à présent. Je ne serais pas en train de lutter pour continuer à avancer dans un monde dont il ne faisait plus partie.

— Va te faire foutre, gronda Ignacio. Toi, ta mère, et toute ta famille de merde. J'espère que vous allez tous choper le cancer du trou de balle et crever la bouche ouverte.

Cela faisait mille fois qu'il répétait cette rengaine.

— J'en ai ras le bol de ces échanges, dis-je en l'empoignant par les cheveux. Tu me dis d'aller me faire foutre. Je te frappe. Et on continue, encore et encore. Qu'est-ce que tu cherches à prouver ?

Ignacio grimaça et cracha un mollard ensanglanté qui tacha le sol. Cet homme à la soixantaine bien tassée se redressa tant bien que mal, ignorant sa douleur comme il le faisait déjà depuis cinq jours.

Le père de Carmela était un sacré dur à cuire.

— Donne-moi ce que je veux, ou tu vas faire la connaissance de Vinn.

Je montrai du doigt mon cousin, sachant pertinemment que c'était superflu — le regard d'Ignacio ne s'éloignait jamais bien longtemps de la silhouette imposante du patron des Costa.

Vinn se tenait debout, dans un pull à capuche bleu marine aux manches remontées sur ses avant-bras tatoués, à côté d'une Camaro abîmée. Son prédécesseur, Alessio Salvatore, aimait lui confier le rôle d'intimidateur. Vinn était grand et massif, avec des biceps aussi épais que mon cou, et il ne pouvait pas *ne pas* être intimidant. Je l'adorais, mais il manquait cruellement de finesse. Il maniait la hache même quand il lui fallait un scalpel.

Les gens avaient peur de Vinn. Ils se fixaient sur ce que moi je choisissais d'ignorer. Je ne voyais pas en lui une âme morte, mais des décennies de confiance. Gamin, Vinn n'avait jamais eu rien à manger jusqu'à ce que ma mère m'envoie à l'école avec deux déjeuners. C'était un personnage tragique qui attirait les femmes comme ma sœur, qui pensaient pouvoir le sauver.

J'allumai la stéréo et *Ride the Lightning* de Metallica se déversa à plein volume. Ignacio se plia en deux en grognant. Un flot de bave constant s'échappait de sa bouche et il hurla des syllabes incompréhensibles.

J'augmentai le volume.

Ignacio se griffa les oreilles. À la moitié de la chanson, je coupai la musique. Sa silhouette imposante se redressa.

— Quand je sortirai d'ici, je te tuerai !

J'attrapai ses mains liées et le forçai à s'asseoir sur une chaise en métal.

— C'est ça, ouais. Tu peux bien essayer, si tu parviens à t'échapper.

— Je le jure sur la tête de Dieu. Je brûlerai tout ce qui t'est cher.

— Ignacio, j'ai ta fille.

Ignacio se figea. Une étincelle de panique s'alluma dans ses yeux rougis. Il se plia en deux et prit sa tête entre ses mains, murmurant une prière d'une voix brisée que je n'avais jamais entendue avant.

Bingo.

— Carmela est venue me trouver. C'est une belle fille. Gentille. Prête à tout pour te sauver.

Nous n'avions rien fait d'autre que parler.

Je me m'adossai contre ma chaise, perdu dans le souvenir de cette bombe sexuelle en train de déambuler dans ma maison comme si elle était chez elle. Carmela avait de nombreuses qualités qui m'attiraient — son corps incroyablement sexy, sa confiance en elle débordante, et son affinité avec les enfants.

Mes dernières réserves au sujet de mon mariage avec Carmela disparurent lorsque je me souvins à quel point Ignacio adorait ses filles. Il avait failli déclencher une guerre avec les Irlandais lorsqu'un membre de leur gang avait agressé Mia, sa cadette. Le priver de Carmela serait à coup sûr la plus douloureuse des punitions.

J'allais lui enlever son bijou chéri pour toujours.

Ignacio s'élança en avant en grondant, mais la main de Vinn l'immobilisa.

— *Qu'est-ce que tu as fait à ma fille ?*

— Tout ce que tu peux imaginer. Ça a été une nuit torride.

— Je vais te tuer ! Je vais tuer toute ta putain de famille !

— Du calme, Ignacio. Je ne l'ai pas trop abîmée. (Je lui adressai un clin d'œil, qui déclencha un nouveau hurlement rauque.) En fait, je vais la garder.

Si quelqu'un osait me parler de Mariette de la sorte, je lui poignarderais les couilles avec un pic à glace. Mes remarques avaient transformé Ignacio en une bête écumante qui ne pouvait s'empêcher d'essayer de me sauter dessus, malgré la poigne de Vinn qui le retenait.

— *Non !* Pas ma fille, sale fils de pute.

— Crache le morceau. Pour Carmela. (Une pointe de frustration oppressa ma poitrine lorsque je le vis se rassoir en grinçant des dents.) Ou alors je continuerai à faire d'elle ce dont j'ai envie.

Silence.

Peut-être que ça lui était égal, après tout.

Ignacio tenta de se mettre debout.

— Je ne peux rien dire !

— J'en ai assez de tes conneries. Parle, nom de Dieu. Qu'est-ce que mon frère t'a fait ? Pourquoi est-ce que tu l'as tué ? Tu ne fais que repousser l'échéance, et ça me fait vraiment chier ! Aie des couilles et assume ce que tu as fait !

— *Michael*, ça suffit, dit Vinn tout en forçant Ignacio à se rassoir.

Je refusai de changer de sujet.

— Pourquoi as-tu assassiné l'homme qui te protégeait ? insistai-je.

— Michael, stop.

J'agrippai l'épaule disloquée d'Ignacio et enfonçai mon pouce dans l'articulation.

Ses hurlements me transpercèrent les tympans.

— J'ai dit *stop*. (Vinn m'attrapa par le bras et fit un signe de tête en direction du bureau.) Il faut qu'on parle.

Je le repoussai.

— Je n'ai pas fini.

— Si.

Je ne pouvais pas me permettre de désobéir à un ordre direct de Vinn, même s'il était mon cousin. Je me levai, renversant la chaise sur le côté. Aucun d'entre eux ne m'avait vraiment vu en colère, jusqu'à présent. Ils me voyaient tous comme un boute-en-train, un pacifiste — le gars que tout le monde voulait comme parrain pour leurs enfants.

Mais tout ça, c'était fini.

Tout en moi était sombre et difforme.

CINQ
CARMELA

Michael me tendit son énorme main calleuse. Je n'avais aucune envie de le toucher, mais je n'avais pas le choix. Ses doigts se refermèrent autour des miens. Ils irradiaient une chaleur brûlante. Puis il m'entraîna hors de la pièce, et nous descendîmes les escaliers. Tout en m'efforçant de suivre son pas rapide, je contemplai l'intérieur de son manoir.

Avoir à passer ma vie dans cet endroit dénué de couleurs serait déjà une torture en soi, sans parler du fait que Michael y rôderait constamment. Alors que nous nous dirigions vers la cuisine, je jetai un œil dans le jardin arrière. Un jardin à l'anglaise entourait une épaisse pelouse verte, et une petite cabane solitaire bâtie sur le même modèle que le manoir était perchée dans un arbre, dans l'ombre de la maison. Un ballon bleu reposait dans le bac à sable, sans pelles ni râteaux en vue.

Bon dieu, que c'était triste.

Cette demeure était à l'image des coups durs qu'avait subis la famille de Michael ces derniers temps. La maison de campagne où ils habitaient quelques mois plus tôt n'avait pas cette atmosphère déprimante. Les murs étaient couverts de photos d'une Serena au sourire resplendissant. Serena était la défunte épouse de Michael. Par un sinistre coup du sort, elle était morte d'une overdose en cure de désintoxication.

J'espérais que les enfants s'en remettraient.

J'observai leurs petits visages sur les photos et mon cœur s'emplit de tristesse. Ce qui leur était arrivé était si injuste. Matteo n'avait alors que trois ans. Je fixai son visage de chérubin, et une onde de choc me traversa lorsque mon regard se posa sur celui de Michael. Il était difficile de faire le rapprochement entre cet homme souriant et la présence sombre qui se trouvait derrière moi. Michael remarqua mon intérêt pour ses portraits de famille et se tendit. Son regard menaçant en dit plus long que ses mots :

— C'est pour les enfants que je les garde.

Nous entrâmes dans la cuisine et une nounou en sortit aussitôt, comme si elle avait reçu l'ordre de filer dès que Michael arrivait. Il se détacha de moi pour aller dire bonjour à ses enfants, qui étaient assis devant le comptoir en granit.

Il leur fit un grand sourire et claironna :

— Qui veut des pancakes ?

— *Moi !*

J'étais ébahie par la facilité avec laquelle Michael passait du rôle de connard aigri à celui de papa attentionné.

— Bonjour, lançai-je aux enfants.

Ils me répondirent par des salutations surexcitées. J'allai rejoindre Michael près de la cuisinière, où il était occupé à mélanger sa pâte à pancakes maison et à disposer des myrtilles en forme de visages souriants.

— Tu veux que je t'aide ? proposai-je. Je pourrais commencer à faire cuire le bacon, ou alors les œufs.

— Merci. (Michael s'éclaircit la gorge, et sa voix s'adoucit.) Ça serait super, ajouta-t-il.

J'attrapai un paquet de bacon et une douzaine d'œufs. Michael surveillait le moindre de mes mouvements — comme si j'avais besoin d'être supervisée pour préparer des œufs brouillés.

Lorsque le petit-déjeuner fut prêt, je mis la table et Michael dressa les assiettes. Je pris place à côté de Matteo, le cœur battant la chamade tandis que mon fiancé servait les enfants, puis moi. Le regard réprobateur de Mariette me transperça lorsque son père m'embrassa sur la joue. Je me forçai à sourire. Le visage de Michael était joyeux, même si cette joie ne se reflétait pas dans ses yeux.

— Les enfants, il faut qu'on parle. Vous vous souvenez de Carmela ?

Matteo sourit de toutes ses dents.

— Carmel !

— *Carmela,* le corrigea Michael d'une voix douce et profonde. Carmel, c'est une ville en Californie.

— Elle s'appelle Caramel, exulta Mariette. Comme les bonbons !

— Non. *Car-mel-ah.* C'est la fiancée de Papa. Elle va habiter avec nous maintenant.

La petite tête blonde de Mariette se redressa brusquement et ses lèvres formèrent une moue boudeuse.

— *Pourquoi ?*

— Parce qu'on va se marier.

— *Pourquoi ?*

— Parce qu'on est très amoureux. (Michael effleura mes épaules du bout de ses doigts et posa un doux baiser sur ma tempe.) Et on ne veut pas attendre une seule seconde de plus pour se fiancer.

Le visage de Mariette s'assombrit. Elle lança un regard noir à son père, avant de reporter sa désapprobation hautaine sur moi.

Crois-moi, mon cœur, cette situation ne me plaît pas non plus.

Le petit garçon de quatre ans, lui, rayonnait.

— Et maman, alors ?

— Maman est morte, répondit sobrement Michael.

Aïe.

Ça me mit un coup dans l'estomac.

C'était horrible d'entendre la platitude avec laquelle Michael avait prononcé ces mots, et cela l'était encore plus de voir à quel point les enfants semblaient perdus. Combien de fois Matteo avait-il posé cette question, et quel effet cela faisait-il à Michael de devoir donner cette réponse terrible ?

Mariette fixa son assiette d'un air mauvais.

— Pourquoi est-ce qu'elle ne peut pas revenir ?

— Elle n'est plus là. Quand les gens meurent, ils ne peuvent plus revenir.

Matteo haussa les épaules et retourna à ses œufs brouillés. Mariette devint rouge comme une pivoine et prit un air renfrogné, le front plissé.

La crise de larmes était imminente.

— Je te déteste. (Mariette se leva, sa petite stature vibrante d'une fureur pareille à celle de son père.) Pourquoi est-ce que tu vas l'épouser, elle ? Et *Maman,* dans tout ça ?

Une boule vint se loger dans ma gorge.

— Maman est morte, et c'est ta faute ! cria-t-elle.

Mariette s'empara de son verre et le jeta au sol. Il éclata en une centaine de petits morceaux sur le marbre et soudain, je me pris à regretter d'avoir un cœur.

Mon dieu.

Un affreux silence emplit l'air, avant d'être brisé par l'ordre sec de Michael :

— *Va dans ta chambre.*

Mariette fila dans les escaliers tout en poussant de longs sanglots. Michael regardait droit devant lui d'un air dénué de toute émotion alors que moi, la peine me submergeait comme une vague poisseuse.

— Ça te dérange que j'aille lui parler ? *Michael* ?

Il lâcha un lourd soupir.

— Vas-y.

Je me glissai au bas de mon tabouret et grimpai les escaliers. L'écho des pleurs de la petite fille me guida jusqu'à une chambre décorée dans des tons dorés étincelants. Mariette était allongée sur son lit, enveloppée dans sa couette, le visage ruisselant de larmes.

— Va-t'en. Je ne t'aime pas.

Aïe.

— Je veux juste te parler.

— Non. Va-t'en.

— Cinq minutes, et ensuite je te laisserai tranquille. Promis.

Mariette se retourna en reniflant et je m'assis sur le matelas.

Comment étais-je censée approcher cette situation ? Y avait-il un mode d'emploi qui expliquait comment parler à une enfant de sept ans de la mort de sa mère ?

— Je comprends que ça te fasse bizarre. Tu ne me connais pas et tout d'un coup, me voilà dans ta maison, en train de prendre le petit-déjeuner avec toi, et de faire les choses que ta maman avait l'habitude de faire. Mais je ne cherche pas à la remplacer, mon cœur. Elle restera toujours ta maman.

Mariette se tourna vers moi, en larmes.

— Elle me manque.

— Je suis désolée, mon cœur. (Je repoussai les cheveux qui s'étaient collés à ses joues mouillées.) Je sais que tu es triste, mais ton père l'est aussi. Ta maman lui manque, à lui aussi.

— C'est faux. Il *déteste* Maman.

C'est sans doute vrai.

— Pourquoi penses-tu une chose pareille ?

— Papa me déteste.

— Ton père t'aime plus que tout au monde. (Ça, au moins, ce n'était pas un mensonge.) Il fait tout ce qu'il peut pour que vous soyez en sécurité et heureux.

Mariette mâchonna sa lèvre en silence.

Je tirai un livre d'enfant de sa table de chevet.

— Est-ce que je peux te lire une histoire ?

— D'accord.

Je tournai les pages décorées à l'aquarelle et me mis à lire tout haut jusqu'à ce que ses cils commencent à papillonner. Lorsque son corps s'affaissa, je défis sa queue de cheval et lissai ses boucles sur l'oreiller ; puis je rangeai le livre, me levai et me dirigeai vers la porte.

Michael se trouvait sur le seuil.

Mon pouls s'emballa à la vue de son corps qui me bloquait le passage. Son regard impassible se fixa sur sa fille endormie. Lorsqu'il revint se poser sur moi, ses lèvres s'entrouvrirent. Une émotion à vif se dégageait de lui, et elle m'attirait comme un trou noir attire la lumière.

J'avais de la peine pour lui.

Je ne pensais pas que cela possible.

— Michael, elle ne pensait pas ce qu'elle a dit. Sa mère lui manque, et elle a besoin de se défouler sur quelqu'un. Elle ne comprend pas la portée de ses paroles.

— Tu as beaucoup parlé à ma place.

Je le suivis dans le couloir et fermai la porte.

— Qu'est-ce que j'étais censée dire ?

— La *vérité*. (Ses traits se déformèrent dans l'obscurité et son sourire se fit bestial.) Je n'ai jamais aimé Serena. Je la détestais cette conne de toxico. Je suis content qu'elle soit morte.

— *Michael.*

— Arrête. (Michael se détourna, comme s'il ne pouvait pas supporter de lire la pitié dans mes yeux.) Laisse-moi tranquille.

— Il faut que tu te reprennes. Tes enfants ont perdu leur mère. Ils ont besoin de rire, de s'amuser ; pas que tu leur assènes des vérités brutales.

— Nom de dieu, Carmela. *Fous-moi la paix.*

— C'est quoi, ton problème ?

Il se retourna brusquement.

— *Ce sont mes enfants, pas les tiens !*

Je sursautai. J'eus soudain l'impression que mon cœur était piégé dans des fils barbelés. Une réplique se coinça dans ma gorge tandis que la rage foudroyante de Michael obscurcissait le couloir. Mon dos se plaqua contre le mur et il se pencha sur moi, menaçant.

Tout à coup, je fus transportée dans une autre époque de ma vie. Mes sens furent assaillis par une odeur de cigarettes aux clous de girofle, des images de doigts couverts de cicatrices parcourant de force mon corps, et la morsure brûlante d'un fouet sur mes cuisses... Nick était tout autour de moi. Dans mon esprit, mon ex-petit ami se tenait devant moi dans sa veste en cuir, le poing levé, prêt à frapper.

— Non ! Ne fais pas ça, *je t'en prie.*

Sa main cuisante effleura ma joue.

Je tressaillis et le repoussai violemment.

— Va-t'en ! *Ne me touche pas !*

— *Comme tu veux,* tonna-t-il d'une voix terrible. Choisis une chambre et reste dedans.

Je partis en courant dans le couloir et me précipitai dans un bureau. Tremblante comme une feuille, je tournai le loquet, puis calai une chaise sous la poignée avant d'aller me cacher sous le bureau. Je fixai la porte, m'attendant à ce qu'elle se mette à trembler à tout moment.

Alors je me tins prête.

SIX
CARMELA

Mes rêves étaient réduits en cendres.

Bientôt, j'allais épouser un home que je haïssais. J'allais signer *Carmela Costa* au bas du certificat de mariage, et je serais alors liée pour toujours à un psychopathe.

Bâtir une famille était hors de question. Heureusement, étant donné que Michael avait déjà deux enfants, il y avait peu de chances qu'il en veuille d'autres.

Je penchais la tête en arrière pour éviter que mes larmes ne fassent couler mon mascara.

J'étais assise dans une salle de la cathédrale de Boston, une superbe structure coloniale datant du dix-neuvième siècle dont mon beau-frère, Alessio, avait supervisé la restauration. Réserver cet endroit devait coûter plusieurs dizaines de milliers de dollars, mais Michael avait dépensé sans compter pour ce simulacre de mariage.

Personnellement, j'aurais préféré une cérémonie en petit comité, mais Michael avait insisté pour qu'on fête cela en grande pompe. Il m'avait ordonné de m'acheter une robe chez un grand couturier et avait réservé un groupe célèbre pour la réception. Dans le milieu de la mafia bostonienne, il s'agissait de la célébration de l'année. Tout le gratin serait présent : hommes politiques, PDG, flics à la solde des Costa et autres gangsters venus des quatre coins du Nord-Est.

Un rayon de soleil traversa les nuages et vint baigner mon visage d'une douce chaleur. Les fenêtres dorées étaient fermées pour préserver la fraîcheur intérieure du soleil brûlant qui perçait entre deux nuages. Si seulement je pouvais les ouvrir et sauter dans l'immensité bleue et brillante…

Sept jours s'étaient écoulés depuis que j'avais emménagé chez Michael. J'avais planifié les détails de nos noces de dernière minute avec l'aide d'un organisateur de mariage que Michael avait engagé. Je m'étais attendue à un désastre, mais nous avions reçu plus de trois cents réponses positives à nos faire-part.

La coiffeuse releva ma crinière ébène en un chignon épais parsemé de fleurs de soie avec des perles en leur centre, qui brillaient comme des étoiles. Janet, ma maquilleuse filiforme, étala deux échantillons de brillants à lèvres roses totalement identiques sur mon poignet et fixa longuement les traînées colorées. Enfin, elle en déboucha un et en badigeonna soigneusement mes lèvres.

Les cloches carillonnèrent, sonnant la demi-heure.

Janet soupira. Ses yeux filaient de droite à gauche tout en prenant soin d'éviter les miens. Elle se pencha en avant et ôta un poil de mes sourcils à l'aide d'une pince à épiler.

— *Parfait.* (Elle préleva un coton-tige de sa pile et épongea mes larmes.) Les photographes devraient arriver d'une minute à l'autre.

Je n'étais pas du genre à afficher mes émotions. Je détestais perdre de contrôle de moi-même. Je ne m'étais d'ailleurs jamais saoulée, exploit remarquable pour une femme de vingt-sept ans. Mais à présent, il m'était impossible de regarder dans le miroir sans laisser échapper une larme. Cette journée aurait dû être la plus belle de toute ma vie.

Un poing tambourina sur la porte, accompagnant le dernier écho des cloches, puis la voix grave de Michael résonna dans la pièce.

— C'est moi. Ouvrez.

Quelqu'un alla lui ouvrir la porte.

Michael entra et la lumière du soleil lissa son expression, lui donnant un air resplendissant. Il était beau. Un modèle parfait pour les photos, avec sa boutonnière blanche accrochée au revers de sa veste. Il avait dompté sa chevelure couleur café en une vague épaisse. Il portait un costume bleu marine et sa barbe se réduisait à présent à une ombre légère dans son cou. Dans ses yeux bruns tournoyait une traînée d'ambre dorée. Un sourire éblouissant retroussait ses lèvres pleines, venant ainsi compléter l'image que je lui avais toujours attribuée — celle d'un brave gars.

Mais ce n'était qu'une ruse.

En privé, cet enfoiré caractériel lâchait à peine trois mots. Pendant mes sept jours d'isolement, il m'avait enfermée dans l'aile est de son manoir et ne venait me voir que pour discuter des préparatifs du mariage. Il m'avait ignorée avec tant de soin qu'il était difficile d'imaginer qu'il souhaitait réellement m'épouser.

Michael contempla ma robe avec un hochement de tête satisfait. Il s'arrêta à quelques centimètres de moi, bloquant les rayons du soleil.

— Tout le monde dehors.

On ne discutait pas avec un Costa.

Les personnes présentes sortirent une par une, en faisant si peu de bruit qu'on aurait cru qu'elles s'étaient fondues dans les murs. Les phalanges de Michael effleurèrent mon menton. Il me touchait avec la familiarité d'un amant.

Avant tout cela, nous n'avions jamais échangé plus que quelques propos aimables. Au baptême de ma nièce, il s'était assis à côté de moi. Matteo était passé en trombe entre les bancs, alors je l'avais attrapé au vol pour le mettre sur mes genoux. Je me souvenais encore du regard reconnaissant de Michael et du picotement que j'avais ressenti sur ma joue lorsqu'il m'avait embrassé.

— Tu es très belle, Carmela.

Le fantôme de son baiser sembla se presser de nouveau contre ma peau et je me dépêchai d'en étouffer les flammes grandissantes. Je n'allais pas me laisser manipuler.

— Arrête de faire le gentil. On sait tous les deux que c'est de la comédie et je ne veux pas que tu joues à ça avec moi. *Jamais.*

— Très bien.

Il laissa retomber sa main et la lumière qui se trouvait dans son regard s'éteignit. La rapidité avec laquelle il avait abandonné son masque m'aurait fait rire si cela n'avait pas été si déprimant.

— Tu ne devrais pas être ici, dis-je.

— Ce ne sont pas tant les superstitions qui m'inquiètent que le fait que ma fiancée puisse mal se comporter lors de la cérémonie. (Michael s'éloigna de la lumière du soleil et se recula dans l'obscurité.) On a une longue journée devant nous. Toute ma famille est présente, dont mes enfants. Matteo fera ce qu'on lui dit, mais ma fille... elle n'est pas contente.

Sans déconner, Sherlock.

— À quoi est-ce que tu t'attendais ? Tu leur as balancé ce mariage dans la figure sans les y préparer. Elle va te haïr pour toujours.

— Elle me hait déjà.

On se demande pourquoi.

— Qu'est-ce que tu veux, demandai-je brusquement.

— Quand on est avec les enfants, on fait la trêve. Pas de disputes. Pas d'insultes. Pas de portes qui claquent. En leur présence, on formera le couple idéal.

— Qu'est-ce que j'aurai en retour ?

Ses sourcils frémirent.

— Tu ne seras pas punie. Et avant de te mettre en boule, souviens-toi que c'est toi qui as flippé à la vue de quelques sex toys. Tu ne tiendras pas cinq minutes.

C'était dégueulasse de sa part de me renvoyer ça à la figure.

— Va te faire, Michael.

— C'est à toi de voir. (Il consulta sa montre d'un coup d'œil rapide à son poignet.) Si j'étais à ta place, j'accepterais le fait que c'est une bataille perdue d'avance. Je pourrais te forcer à me supplier à genoux en un clin d'œil et nos disputes ne feraient que blesser deux enfants innocents qui n'ont rien demandé.

Je détestais le fait que ses arguments soient si raisonnables, mais je n'avais aucunement l'intention d'attirer les enfants dans notre merdier.

— Tu as raison, admis-je. Et puis, tu ne voudrais pas que ce mariage se termine comme le premier.

Il leva les yeux au ciel.

— Très drôle.

— C'est tout ce que tu avais à me dire ?

— Pas tout à fait. J'ai quelque chose pour toi. C'est la première partie de ton cadeau de mariage, en quelque sorte. (Michael fit un geste nonchalant en direction de la porte.) Amenez-le.

Les portes en chêne s'écartèrent, et un homme débraillé entra dans la pièce d'un pas vacillant. Ses cheveux pointaient dans tous les sens. Une fois que les hommes de main de Michael l'eurent lâché, il rajusta sa veste.

— Ne me touchez pas, bande d'enfoirés.

Je me levai.

— *Papa ?*

Il portait un costume à double boutonnage qui bâillait sur sa poitrine. Un pansement en forme de papillon s'étirait sur son nez tuméfié. Il pivota vers Michael, qui lui sourit en faisant un signe de la main.

— Ignacio, le salua Michael avec un sourire figé. Je suis heureux que vous ayez pu venir.

— Pourquoi tu m'as amené ici, Costa ?

— Pour que tu me donnes la main de ta fille. (Michael se pressa contre moi et passa son bras autour de ma taille.) Elle est belle, hein ?

Les yeux de Papa se firent ronds comme des soucoupes et sa mâchoire s'affaissa lorsque son regard se posa sur moi, debout dans ma robe de mariée.

— Oh, mon dieu.

L'horreur qui se lisait dans ses yeux montrait qu'il n'avait aucune idée de ce qui était sur le point de se passer. Michael avait fait sauter une bombe, avait dansé dans les flammes, et maintenant, il pissait sur les cendres.

— Tu ne m'as pas cru, Ignacio ? demanda Michael tout en fixant mon père avec un sourire de loup. Pourtant, je t'ai dit que j'allais l'épouser. Bon sang, je t'ai même donné un faire-part.

Mon père sembla prendre la mesure de la situation, et son visage devint blanc comme un linge.

— Tout ça à cause d'un désaccord ?

— Un désaccord, répéta Michael d'un ton froid. C'est un sacré euphémisme, Ignacio. Tu as tué mon frère. Tu me dois une vie — et à choisir, je préfère prendre celle de ta fille.

— Espèce de détraqué ! Fils de pute ! (Papa tira sur ses cheveux en gémissant.) Carm, dis-moi qu'il ment. Dis-moi que tu ne vas pas épouser cet homme !

Je luttai pour conserver mon calme.

— C'est mieux pour tout le monde, Papa.

— Oui, c'est vrai. (Michael ronronna doucement dans mon oreille tout en faisant glisser sa main dans mon dos, avec une témérité qui aurait signé son arrêt de mort quelques semaines auparavant.) Je prendrai bien soin d'elle, Ignacio.

— Tu ne peux pas m'enlever ma fille !

— C'est déjà fait.

Michael m'attrapa le cou, enfonçant ses doigts à l'endroit où battait mon pouls affolé. Ses mains glissèrent ensuite sur mes épaules. Ses paumes étaient lourdes, brûlantes. Leur chaleur s'infiltrait sous mon épiderme, tout comme celle de sa voix de velours. Puis il m'embrassa dans le creux de l'oreille et je m'enflammai comme une torche humaine.

Deux gars ceinturèrent Papa lorsqu'il s'élança vers Michael, qui regardait mon père partir en vrille avec un léger sourire aux lèvres.

— Carmela, non ! Tu n'as pas à faire ça. Ne gâche pas ta vie pour moi. Il ne te donnera jamais ce que tu veux...

Michael éclata de rire.

— En fait, j'ai bien l'intention de satisfaire chacun de ses désirs les plus fous.

Je fis face à ce monstre qui utilisait l'amour paternel comme un outil de vengeance sadique.

— Tu me dégoutes.

— Oh, allez, Carmela. On s'amuse, c'est tout.

— Trouve une autre façon de t'amuser, ou je ferai de cette journée un cauchemar pour toi.

— Les menaces ne marchent pas avec moi.

— Tu crois que j'ai envie de t'épouser ? Tu rends les choses encore plus difficiles qu'elles ne le sont déjà, espèce de connard égoïste. (S'il s'attendait à ce que je sois toute docile, il se fourrait le doigt dans l'œil.) Laisse mon père tranquille.

Le sourire narquois de Michael indiquait que je n'étais pas en position d'aboyer des ordres. Il avait toutes les cartes en main.

— Ignacio, ce mariage ce sera la dernière fois que ta famille verra ta fille. J'attends de toi que tu te tiennes à carreau. Si ce n'est pas le cas, je te fais sortir et tu perdras l'occasion de voir ta fille une dernière fois. Si tu es encore en vie, c'est uniquement parce que je le permets. Je peux changer d'avis à tout moment.

Papa se débattit contre les hommes qui le tenaient. Son front était parcouru de veines saillantes. Il semblait au bord de la crise de nerfs.

Je pris son visage en coupe et il étouffa un sanglot. Les hommes de main relâchèrent leur prise et Papa s'affaissa entre mes bras.

— Je vous donne cinq minutes, lâcha Michael avec une indifférence qui me mit les nerfs à vif.

Mon champ de vision se borda de larmes tandis que Michael quittait la pièce. Lorsqu'il fut parti, Papa s'essuya les yeux.

— Je n'arrive pas à croire qu'il t'ait amoché de la sorte, m'exclamai-je. Cinq minutes, ce n'est pas assez. (Je me mis à trembler lorsqu'il m'attira contre lui pour me serrer dans ses bras.) Ça... ça va aller. Il... il ne m'a pas touchée, tu sais.

— Ça ne durera pas longtemps, s'empressa-t-il de dire. Je vais te sortir de là. Promis. Dès qu'Alessio sera rentré...

— *Non*, Papa. Ne le mêle pas à ça, dis-je en m'accrochant à ses épaules. Mia et Alessio méritent d'être heureux. Et puis, tu n'as aucune idée d'où ils se trouvent.

La violence entre gangs était montée en flèche depuis le Nouvel An. Elle se limitait aux membres de la mafia et mon beau-frère était encore une cible de choix, même s'il n'avait plus de rôle actif. Juste avant que Mia et lui ne fuient Boston, ma sœur était venue me voir pour me supplier de venir avec eux.

J'avais refusé.

Il fallait bien que quelqu'un surveille ma tête de mule de père, qui s'entêtait à rester même si cela s'apparentait à du suicide. Il n'était plus le *Parrain*, mais dès que je suggérais l'hypothèse de notre départ il se mettait dans une colère noire, alors j'avais arrêté. Mon père ne se laisserait pas chasser de chez lui. J'avais donc creusé des tranchées et m'étais préparée à attendre que la tempête passe.

— Michael finira par changer d'avis. Ça prendra peut-être un moment, c'est tout. (Je lui donnai un baiser sur la joue.) Je t'aime. Fais attention à toi.

— Je t'aime aussi. Tu fais une superbe mariée, ma puce. (Sa voix chevrota, puis se brisa.) Ce n'était pas censé se passer comme ça.

Il serra ma tête contre sa poitrine et je m'accrochai à sa veste avec l'impression qu'on m'arrachait le cœur.

La porte s'ouvrit d'une volée et Michael entra dans la pièce, accompagné d'un courant d'air froid qui dissipa toute la chaleur qui s'y trouvait.

— J'avais dit cinq minutes et ça en fait déjà dix. (Il claqua des doigts à l'attention de mon père.) On y va.

— Ne te laisse pas faire, Carmela.

Mon âme se brisa lorsqu'il fut entraîné hors de ma vue et se réduisit à une écorce amère quand je croisai le regard glacial de Michael.

Ne te laisse pas faire.

LE CIEL ÉTAIT d'un bleu majestueux, malgré les prévisions d'orage. Les rues de Boston s'étaient miraculeusement vidées de leur circulation. Les rayons du soleil se déversaient à travers les vitraux, baignant les allées de l'église d'une lumière colorée. On se serait cru dans un rêve, avec Mariette et sa couronne de fleurs, les allées bordées de tulipes, le sol tapissé de pétales orangés, les colonnes recouvertes de roses, ma mère en pleurs au premier rang, et *Michael.*

Le sourire éblouissant de Michael semblait tout droit sorti d'un magazine de mariage. Il avait l'air aussi heureux que son fils, qui portait un costume assorti au sien. Il préleva les alliances de l'écrin de soie que lui tendait le petit garçon, et me passa la mienne au doigt. Puis il prit mon visage entre ses mains et m'embrassa. Ses lèvres douces répandirent sur les miennes une chaleur sulfureuse.

Il s'agissait d'un baiser de formalité, à l'attention du photographe. Ce dernier ne cessait d'ailleurs de s'extasier — « Quel couple *magnifique !* » Tout le monde était béat d'admiration. Les membres de ma famille furent charmés par Michael, qui laissa son fils découper le gâteau. Ma demoiselle d'honneur, une cousine de Michael, fit un discours générique. Les filles célibataires me félicitèrent d'avoir réussi à « dompter le play-boy ».

Ce fut un véritable spectacle.

Michael et moi prîmes place à la table d'honneur aux côtés de mon père, toujours flanqué par des hommes de main des Costa. Il avait promis de ne pas faire de scène, mais sa fierté en avait pris un coup. Papa garda les mains crispées sur la nappe pendant tout le diner et ne toucha à aucun des six plats qui défilèrent devant lui. Il délaissa le confit de canard, le risotto à la truffe, et même le homard du Maine à la sauce au beurre. Je ne l'avais jamais vu refuser un bon repas auparavant. De toute cette parodie de mariage, ce fut ce qui me fit le plus mal au cœur.

Autour des tables nappées de blanc, les invités qui n'étaient pas déjà saouls s'affairaient à le devenir. Toute la haute société souterraine de Boston était là. Des gros bonnets de la Mairie discutaient avec les gangsters. Des hommes politiques rôdaient autour du cercle serré qui entourait Vinn Costa, le patron par intérim de la famille. Michael passa la soirée à réseauter tandis que je restais pendue à son bras. Lorsque nous finîmes par nous asseoir pour manger, son portefeuille débordait de cartes de visite.

Michael avait l'air satisfait. Grâce à notre mariage, il avait décroché tout un tas de nouveaux contrats. Il dévora son homard tandis que j'observais la scène qui m'entourait.

— Parle-moi de toi, dit-il.

— Tu veux apprendre à me connaître *le jour de notre mariage* ?

Il haussa les épaules.

— Mieux vaut tard que jamais.

Bon sang, c'était vraiment un cas.

— Tu dois bien avoir des passe-temps, insista-t-il. Comme Pinterest, ou la danse classique...

Il devait vraiment me prendre pour une idiote insipide.

— La musique, répondis-je.

Le chant, plus précisément. Plus jeune, je m'asseyais en haut des escaliers et m'entraînais à chanter l'hymne national à la façon de Whitney Houston. J'avais été pendant longtemps une habituée des soirées karaoké du Rickshaw, un bar qui se trouvait à dix minutes de mon ancien appartement, mais les rues étaient devenues trop dangereuses pour ce genre de choses. La musique apaisait mon âme. J'écoutais du do-wop, du blues, de la pop, tout ce qui avait du rythme.

— Fascinant. (Son couteau vint cogner mon assiette.) Mange. Ton corps a besoin de calories.

Comment pouvait-il avoir l'audace de me faire la morale ?

— Tu me coupes l'appétit.

— Souviens-toi de notre accord, Carmela.

Je haussai les épaules.

— Personne ne peut nous entendre.

— Mais ils peuvent te *voir*. (Michael agrippa ma chaise et se pencha vers moi, les yeux brillants.) Bien te tenir, ça veut dire sourire. Ne pas faire la grimace quand tu me regardes. Faire comme si tu n'avais pas envie de me faire la peau.

Il n'en avait rien à faire de moi. L'indifférence qui sous-tendait ses propos m'atteignit plus profondément que s'il avait crié. La terre était en train de s'ouvrir sous mes pieds et menaçait de m'avaler toute entière.

— Il ne reste donc rien de l'homme qui me plaisait ? Est-ce que je suis coincée pour l'éternité avec un connard sans cœur ?

— Les insultes vont à l'encontre de notre contrat. *Premier avertissement.*

— Si tu touches à un seul cheveu de mon père, je te le ferai payer.

— Les menaces, c'est un deuxième avertissement. (Michael prit mon menton et me donna un chaste baiser.) Continue comme ça, et tu vas le regretter quand on sera seuls.

Mes doigts se crispèrent sur ma robe. J'ignorais si c'était sa voix de velours ou son baiser qui me faisaient cet effet, mais je sus qu'il me serait impossible de respirer tant qu'il ne se serait pas éloigné.

— Qu'est-ce que tu veux dire ?

— Ce n'est pas ton père qui va en pâtir. C'est toi.

Sa voix langoureuse suggérait que cela se passerait dans la chambre à coucher. Mes ongles commençaient à percer des trous dans la dentelle lorsque Michael se redressa, tout sourire, et qu'il tapota mon assiette.

— C'est un jour de fête, Carmela. Décoince-toi.

C'est un cauchemar.

Michael tira mon plat jusqu'à lui et se mit à découper mon homard. Il planta sa fourchette dans un morceau et l'approcha de mon visage. J'écartai mes lèvres et il glissa la bouchée à l'intérieur. Michael me regarda mâcher avec délectation. Il écarta sa fourchette et la chaleur onctueuse du beurre fondit sur ma langue.

— Merde. Il refait des siennes. (Michael lâcha un grognement mécontent tandis que Matteo traversait la piste de danse en courant. Il poursuivait une petite fille en pleurs.) Ce gamin est impossible.

— Qu'est-ce qu'il a fait ?

Michael secoua la tête et se leva. Il alla rejoindre son fils, qui s'arrêta net et le supplia de le prendre dans ses bras. Avec un air réprobateur, Michael s'agenouilla à côté de lui.

— Qu'est-ce que tu lui as fait, Téo ?

Un sourire timide s'épanouit sur le petit visage de Matteo.

— Rien.

— Ne mens pas. Tu l'as embrassée ? (Michael prit le silence de Matteo pour un *oui*, et l'attrapa par le bras.) Qu'est-ce que je t'ai dit ? Les bisous, c'est comme le mariage — c'est seulement pour les adultes.

Je ricanai, et Michael me lança un regard noir.

C'était plus fort que moi. Le niveau d'absurdité de cette journée venait d'atteindre un sommet encore inégalé. Voilà que Michael se présentait en défenseur des demoiselles. Quelle ironie ! Cet enfoiré m'avait forcée à l'épouser à coup de chantage, mais il ne semblait pas voir le comique de la situation.

Michael se renfrogna davantage.

— Présente-lui des excuses. Maintenant, Téo.

Matteo enfouit ses doigts dans ses cheveux et se tourna vers la petite fille qui s'agrippait au pantalon de son père.

— Pardon, Ashley.

— Ne t'en fais pas, mon grand. (Le père de la jeune fille, un homme blond dans un costard à double boutonnage, souleva le fils de Michael.) Fais un câlin à Tonton Julian.

Tonton ?

Cet homme n'avait pas du tout l'air d'être de la même famille que Michael. Avec sa peau claire et ses traits scandinaves, Julian était tout l'opposé de mon mari. Il avait rassemblé ses anglaises cuivrées en un chignon bas, et un chaume doré couvrait ses joues et son cou. Il avait environ trente-cinq ans. Cela devait être le frère de Serena, ce qui voulait dire que toute sa famille était sans doute présente.

J'eus un pincement au cœur à la pensée qu'ils avaient dû assister à une cérémonie qui avait complètement effacé Serena, comme si elle n'avait jamais existé…

— Carmela, je te présente Julian, dit Michael d'un ton plat. Julian, Carmela.

Je lui serrai la main.

— Merci d'être venu. Vous vous amusez bien ?

— Oui, c'est une très belle fête, répondit Julian avec un sourire poli. Félicitations à tous les deux.

Je m'efforçai de lui rendre son sourire.

— Merci.

— Je n'arrive pas à croire que j'ai reçu le faire-part la semaine dernière. (Les yeux de Julian étaient brillants de curiosité.) Pourquoi les avez-vous envoyées à la dernière minute ?

— Parce que je viens juste de faire ma demande. (Michael passa son bras autour de ma taille et me pinça la hanche.) Carmela et moi nous connaissons depuis un moment. Ce n'était qu'une question de temps. Pas vrai, bébé ?

C'était le signal que j'étais censée me pencher vers mon mari pour l'embrasser — ce que je fis, bien que de façon assez maladroite.

Julian haussa un sourcil.

— Je ne savais pas que tu voyais quelqu'un.

— Eh bien, je ne dirais pas vraiment qu'on sortait ensemble. (La voix de Michael perdit de sa légèreté.) C'était plutôt un magnétisme animal.

Je lui donnai un coup dans l'estomac.

— *Michael.*

Le rire sauvage de Michael vibra à travers moi.

Julian ne sembla pas déstabilisé par ces confidences malvenues.

— Comment vous êtes-vous rencontrés ? demanda-t-il en souriant.

— Dans un restaurant. Carmela était la femme la plus sexy que j'avais jamais vue, et j'étais obnubilé par son cou.

Il l'effleura du dos de la main, en commençant par le creux derrière mon oreille. Ma peau était aussi brûlante que la rage qui bouillonnait en moi. Parler de la sorte au frère de Serena c'était faire preuve d'une indifférence cruelle. C'était mal de me parader ainsi devant Julian.

— Michael, tu me fais honte.

— D'accord, d'accord. Je vais plutôt lui raconter comment j'ai fait ma demande en mariage. (Michael reporta son attention sur Julian, qui restait muet.) Mes enfants m'ont aidé. Je me suis mis à genoux et c'est mon fils qui a posé la question. J'ai pensé que j'aurais de meilleures chances de réussite avec eux.

Moi aussi, je pouvais jouer à ce petit jeu.

— Ils avaient mis des costumes assortis. C'était *adorable.* (Je tripotai la cravate de Michael, sourire aux lèvres.) Michael était en larmes avant d'avoir pu finir de me faire sa demande. C'était trop mignon.

— Sérieusement ? J'ai du mal à imaginer Michael en train de pleurer pour qui que ce soit.

— Moi aussi.

Les deux hommes échangèrent un regard venimeux. Julian fut le premier à détourner les yeux en soupirant.

— Vous devriez passer à la maison, Carmela et toi. Ou peut-être qu'elle et moi pourrions organiser des sorties avec Matteo et ma fille. (Julian baissa les yeux sur la gamine toujours accrochée à son pantalon.) Dis bonjour, Ashley !

— Ravie de te rencontrer, ma belle. (Je tendis la main vers la petite fille, mais elle se détourna.) Oh, elle est adorable. J'adorerais qu'on organise...

— Carmela va être très occupée ces prochaines semaines, coupa Michael tout en reprenant son fils à Julian. C'est dommage.

— Ouais.

Le ton de Julian était résigné, mais il semblait brûler de frustration envers Michael. Ce dernier passa Matteo à la jeune fille au pair, puis il tapa sur l'épaule de Julian avec un sourire condescendant.

— Profite de la fête, et ne pique pas l'argenterie.

La bouche de Julian se tordit et il recula, tirant sa fille par la main.

— Allons voir s'il reste du gâteau.

Je les regardai s'en aller, le vin et le homard que j'avais avalé se retournant dans mon estomac.

— Pourquoi est-ce que tu as fait ça ?

— Parce qu'il avait besoin d'être remis à sa place.

— Tu étais obligé de te comporter comme un connard ?

— Non, mais ça me plaît. (Les yeux de Michael lançaient des éclairs.) Au fait, ça fait *trois avertissements.*

— *Pourquoi* ?

— Tu t'es moquée de mon fils.

— Non, je me suis moquée de *toi*. Tu es ridicule. Un homme qui force une femme à l'épouser n'a pas de leçons à donner en matière de respect. Matteo voit comment tu te comportes avec les femmes. Les chiens ne font pas des chats.

Une ombre sombre passa sur le visage de Michael. Il ne se départit pas de son sourire, mais celui-ci se fit plus tendu, plus menaçant.

Ses doigts s'enfoncèrent dans ma hanche.

— C'est l'heure de rentrer. *Viens*.

Je m'écartai vivement.

— Je ne suis pas un chien. Je ne réponds pas aux ordres du style *au pied, assise, couchée*.

— *Assise*, je m'en fous. Mais *couchée*, ça, tu vas y avoir droit.

Cette remarque me coupa le souffle.

— Tu as dit que je ne serai pas ton esclave.

— Ça ne veut pas dire que je ne peux pas m'amuser un peu avec toi.

SEPT
CARMELA

Prise au piège.

Ici, je ne pouvais plus lui échapper. Toute la nuit, j'allais être à l'entière disposition de Michael, qui avait loué les services d'une baby-sitter pour les enfants. Nous nous rendîmes directement dans sa chambre. Une chaleur brûlante courait le long de ma colonne vertébrale, telle une langue de feu. La soirée allait se terminer dans cette pièce et le moment où nous nous glisserions dans le lit se rapprochait inexorablement.

J'avais eu beaucoup d'expériences sexuelles dans ma vie.

La plupart d'entre elles n'avaient pas été positives.

J'avais moi-même scellé mon destin lorsque j'avais prononcé les mots « je le veux », mais ma gorge se serrait dès que je m'imaginais en train de coucher avec Michael. Le *brave gars*, l'homme au sourire si désarmant qu'il perçait les défenses de toutes les femmes aux alentours. L'homme que ma sœur avait poussé dans ma direction.

J'aurais dû me rendre compte que ce n'était qu'un masque.

Michael se servait de ses bonnes manières et de sa chaleur comme d'un bouclier qui le mettait au-dessus de tout soupçon. Tout le monde lui faisait confiance, même ma sœur. Mais la façade qu'il avait mis tant d'efforts à bâtir semblait avoir disparu, balayée par la mort de son frère.

À présent, il ne restait plus qu'un vide.

J'essuyai mes paumes moites et allai m'enfermer dans la salle de bain. J'arrachai les épingles qui retenaient mes cheveux, faisant dégringoler les fleurs ridicules qui s'y trouvaient, et enlevai les perles qui pendaient à mes oreilles. Je débarrassai mon visage de l'épaisse couche de fond de teint qui le recouvrait. Je mourais d'envie de m'extirper de cette satanée robe, mais je n'arrivais pas à atteindre la fermeture.

— Carmela.

Merde.

Je rejoignis Michael dans la chambre. Il me fixait d'un regard sombre et ses doigts étaient si serrés autour de son verre que ses phalanges en étaient blanches. Le verre tinta contre le comptoir en métal lorsqu'il le reposa. Puis il s'approcha, et s'arrêta à quelques centimètres de moi. Son regard persistant me transperçait.

Il voulait des excuses.

Il pouvait toujours courir.

Michael ne dit rien. Il n'en eut pas besoin. Mon pouls s'emballa lorsqu'il repoussa une mèche de cheveux de mon visage. Elle glissa entre ses doigts, puis il rassembla ma chevelure en une queue de cheval qu'il fit passer par-dessus mon épaule. Le froid me piqua le cou tandis qu'il descendait la fermeture éclair, ses phalanges effleurant ma peau.

— Enlève ta robe.

Son ordre me fit monter le feu aux joues, mais je ne bougeai pas.

— *Fais ce que tu veux de moi.* C'est bien ce que tu as dit, non ?

Je voulais lui hurler les mêmes insultes que j'avais lancées à Nick : malade, tordu, cruel, *détraqué*. Michael était exactement comme mon ancien petit-ami. Il profitait de la vulnérabilité des femmes, mais il allait vite découvrir qu'il ne restait rien en moi qui n'avait pas déjà été brisé.

Rien de ce qu'il me ferait ne pouvait m'atteindre.

Je fis glisser les bretelles de mes épaules. La délicate dentelle descendit le long de mes courbes et tomba à mes pieds. La chair de poule envahit mes bras et je les serrai autour de moi, attendant qu'il fasse un commentaire désobligeant à propos de mon corps.

Michael resserra l'écart entre nous et sa ceinture vint frôler mes hanches.

— Enlève tout.

Je détachai mon soutien-gorge et le balançai sur le côté. Ma culotte et mes talons subirent le même sort, puis je me mis à imaginer une plage. Le bleu était une couleur apaisante. Je comptais la laisser envahir mon champ de vision tandis qu'il me pousserait sur le lit et s'enfoncerait en moi. J'attendis qu'il s'avance dans mon monde bleu.

Mais Michael ne bougea pas.

Pourquoi ne me touchait-il pas ? Que se passait-il ?

Mon regard remonta le long de son pantalon à l'entrejambe tendu et de sa chemise couleur crème, jusqu'à rencontrer ses yeux brûlants. Ils restaient rivés dans les miens, ce qui m'envoya une décharge électrique dans la colonne vertébrale.

Fais ce que tu as à faire, bâtard.

— Qu'est-ce que tu attends ? demandai-je.

— Je prends mon temps.

Je voulais simplement en finir.

— Pourquoi ?

— Ce n'est pas ta peur que je veux. Juste ta soumission.

— Tu n'auras ni l'un ni l'autre.

— Quand vas-tu réaliser que tu as gagné ? Ton père va vivre. Tu l'as sauvé. Tu es ma femme.

J'avais échappé à Nick, mais j'étais de nouveau torturée par un salaud.

En quoi était-ce une victoire ?

— Ça, c'est une punition, pas une récompense.

— Tu aurais pu épouser bien pire. Le monde est rempli d'hommes mauvais, dit Michael en prenant ma joue dans sa main. Mais je n'en fais pas partie. Au contraire.

La chaleur de sa paume faillit me faire oublier le mensonge qui enrobait ses paroles.

— Comment peux-tu dire ça après tout ce que tu as fait ?

— Je suis un rebelle, pas un monstre.

— Ouais, un vrai James Dean. (Je secouai la tête en soupirant.) Tu as été arrêté pour coups et blessures.

— Qui n'a jamais été arrêté pour ça ?

— *Moi*, fis-je avec un reniflement dédaigneux.

— Sans déconner ? Ça m'étonne, vu ta réputation de casse-burnes.

Est-ce qu'il croyait vraiment pouvoir me mettre à l'aise avec ses plaisanteries ?

— Je te mettrais bien un coup de genou dans les tiennes, mais ça ne ferait que t'exciter. Je ne voudrais pas que tu prennes ça pour des préliminaires.

— J'aime ta façon de penser, mais je ne suis pas un masochiste.

— C'est vrai. Toi, tu préfères faire souffrir *les autres*.

— Détrompe-toi, ma belle. Je ne fais pas souffrir les femmes. Je leur donne la fessée. Je les baise. Je les amène à me supplier de leur en donner plus et bientôt, tu sauras exactement l'effet que ça fait.

— Je n'ai pas envie de toi.

— Tu veux vraiment faire comme si le courant n'était pas passé entre nous ces six derniers mois ? (Ses yeux couleur de bourbon semblaient m'attirer de plus en plus vers lui tandis qu'il parlait.) Tu avais envie de moi, Carmela.

— Ton arrogance est sans limites.

— Tu m'as évité chaque fois qu'on se voyait. Pendant les fêtes, les vacances, et même lors du baptême de ta nièce. Tu t'es enfuie dès la fin de la cérémonie. Je t'ai cherchée.

J'avais été dépassée par ses attentions et m'étais enfermée dans ma chambre comme une gamine de quinze ans. Ce n'était pas mon genre. En temps normal, lorsqu'un homme m'ennuyait, je l'envoyais paître.

— Je ne me sentais pas bien ce jour-là.

— Tu mens. Tu te planquais parce que je t'avais embrassé sur la joue. (Michael tourna la tête et ses lèvres effleurèrent mon oreille.) Ça s'appelle avoir le béguin.

Mon visage s'enflamma et je m'écartai violemment.

— Je n'ai pas le béguin, et même si c'était le cas, tu es loin d'être celui que je pensais.

— Il ne faut pas faire confiance à un homme qui ne te sourit qu'à toi, Carmela.

C'était un bon conseil, qui arrivait trop tard.

Je ne supportais pas cette conversation. J'avais été tellement niaise, et je détestais le fait qu'il me le rappelle.

— Finissons-en, lâchai-je.

— Non.

— Non ? répétai-je sous le choc.

Mes cheveux se dressèrent sur ma nuque tandis que Michael soutenait mon regard. Le silence entre nous était suffocant, brûlant comme de la vapeur. Michael semblait tout à son aise, absolument pas pressé, maître de lui.

— Ce n'est pas comme arracher un pansement. Je baise les femmes parce que j'en ai besoin, parce qu'elles ont besoin de moi, dit-il d'une voix qui se faisait de plus en plus dure. Être mariée avec moi ne doit pas forcément être un enfer.

— Je ne te crois pas.

— Tu y viendras.

Il déboutonna sa chemise d'un geste vif et en fit glisser le tissu sur ses épaules sculptées. Des muscles puissants saillaient sous ses bras couverts de poils sombres. Je fus prise d'une envie soudaine d'explorer la vaste plaine qu'était son torse, et la pente musclée qui définissait son dos. Juste au-dessus de sa ceinture se dessinaient deux légers creux qui semblaient quémander un baiser. Il déboutonna son pantalon et le laissa tomber à ses pieds, exposant ses cuisses musclées et son slip tendu par une érection impressionnante. Il m'embrassa sur la joue.

— *Ne bouge pas.*

La chaleur qui l'entourait disparut lorsqu'il se rendit jusqu'à la table de nuit. Immobile, je me mis à compter les fleurs de lys sur la tapisserie. Michael fouilla dans un tiroir et finit par en sortir quelque chose qui faisait un bruit de clochettes. Il revint vers moi avec dans les mains une petite boîte emballée dans du papier argenté.

— Ton deuxième cadeau de mariage.

Ce n'était sans doute pas un bracelet.

Il sourit avec suffisance tandis que je défaisais le nœud. Je déchirai la boîte, et découvris à l'intérieur une bande couleur crème avec une boucle brillante.

Un collier.

Il m'avait acheté un putain de collier pour chien.

Trop choquée pour pouvoir bouger, je le laissai repousser mes cheveux sur le côté et me passer le cuir épais autour du cou avant de glisser les lanières dans le fermoir. Je déglutis avec peine tout en effleurant les boucles en métal. Ce n'était pas trop mal – comme un ras-de-cou plus épais que la normale.

Sans me lâcher, il pressa son corps contre le mien.

— *Viens.*

Michael glissa son doigt dans l'une des boucles. Il tira, et je fis un pas chancelant en direction du lit. Il marcha à reculons, son sourire jubilatoire s'élargissant de plus en plus. Il écarta les draps et se glissa dans le lit, tout en m'entraînant à sa suite.

Les mains à plat sur les draps en satin, je rampai à quatre pattes, les joues en feu. Je concentrai toute mon attention sur le tissu blanc irisé et non sur mon sentiment d'humiliation croissant qui prit néanmoins le dessus lorsque Michael ricana doucement.

— Regarde-toi, la parfaite femme soumise. Et moi qui pensais que tu allais me donner du fil à retordre.

J'allais me faire baiser, que je le veuille ou non.

J'étais déjà passée par là. L'affronter ne me causerait que plus de souffrances. Coucher avec Michael ne me tuerait pas, mais déclencher sa colère pourrait bien le faire. J'allais le laisser me prendre. Il pouvait jouer avec moi autant qu'il le souhaitait, jamais il ne me souillerait.

Il se mit à genoux et m'effleura légèrement.

Je m'enfonçai dans le matelas tandis que Michael planait au-dessus de moi, apparemment sans voix. Au bout d'un moment, n'y tenant plus, je m'exclamai :

— Qu'est-ce que tu fabriques ?

— Je te contemple, répondit Michael en se baissant pour déposer un baiser brûlant sur mon sourcil. Tu es belle.

— Tu l'as déjà dit.

— Je le pensais vraiment.

Cause toujours.

Il se recula, une plume entre les mains. Il la fit passer sur ses doigts en séparant les pointes.

Je la fixai avec méfiance.

— C'est pour quoi ?

— Ça.

Il abaissa la plume et la posa mes lèvres. Une myriade de sensations légères m'enveloppa, telles des bouffées de vent frais. Des caresses douces comme la soie dessinèrent des sentiers sinueux sur ma peau. Il fit glisser la plume le long de mes épaules, me chatouillant doucement. Puis il atteignit des zones plus intimes et mon pouls s'emballa.

— Cela fait trop longtemps que ces pensées me trottent dans la tête — ce que je ferais de toi, comment je te ferais jouir...

Je ne pouvais pas nier qu'il me faisait ressentir des sensations *uniques*.

La plume vint trouver mon sein. Elle en chatouilla la courbe puis dessina des cercles de plus en plus serrés autour de mon téton. Des éclairs d'électricité me traversèrent. Mon téton se durcit tandis que ses espiègleries ravivaient en moi un feu que je croyais éteint pour toujours.

Cela n'était pas censé être agréable.

Je voulais sortir de mon corps, disparaître.

Mais Michael rendait cela impossible. Fermer les yeux ne faisait qu'augmenter ma libido, car alors j'imaginais qu'il s'agissait de ses doigts qui me caressaient. J'abandonnai et fixai le plafond, mais il toucha ma mâchoire et ramena mon attention sur son beau visage.

— Tu es à moi. Je ne vais pas te laisser te cacher.

Mes mains agrippèrent les draps.

— S'il te plaît.

— S'il te plaît, quoi ?

Arrête.

Demander cela n'avait plus aucun sens, parce que l'agonie que j'avais imaginée était bien loin de celle qu'il me faisait subir. Personne ne m'avait jamais donné du plaisir. C'était quelque chose qu'on m'avait toujours pris, sans mon accord, jusqu'à ce que je ne sois plus qu'une coquille vide.

— S'il te plaît... quoi ? insista-t-il.

— Je... je ne sais pas.

Tout était embrouillé, mais le sourire à fossettes de Michael suggérait qu'il comprenait tout à fait mon dilemme.

— Qu'est-ce qui ne va pas, ma puce ? fit-il d'un ton empreint d'une sollicitude feinte. Regarde-moi.

— Non.

— Tu as peur d'apprécier la vue ?

Le cœur battant, je croisai son regard, ce qui s'avéra être une erreur, car j'y vis le reflet de mon propre désir.

Michael semblait bien décidé à me guider vers l'extase. Il appuya son pouce sur mes lèvres, s'enfonçant presque entre elles. La plume changea de direction et plongea vers le bas. Il se baissa, enfouissant son nez dans mon cou. Une chaleur humide m'envahit lorsqu'il aspira ma peau.

Je pris une inspiration rauque.

Je sentis son sourire se presser contre ma gorge, et ses baisers se firent plus pressants, plus mouillés, plus *chauds*. Il enfonça son visage à l'endroit où mon pouls battait sauvagement.

Je ne devrais pas aimer ça.

Qu'est-ce qui se passait ?

La plume continuait ses cercles envoûtants, le long de mon décolleté et autour de mon autre sein. Partout où elle passait, je me tordais de désir. Je voulais plus de pression — encore plus de ces éclairs qui me remplissaient d'une chaleur délicieuse.

Non, cela n'était pas censé se passer comme ça.

Les hommes comme Michael ne savaient qu'infliger la douleur et l'horreur, et pourtant ceci était à l'opposé de ce à quoi je m'attendais.

Son souffle rugueux effleura ma peau. Michael attrapa ma hanche, puis son étreinte se transforma en une caresse intime qui me coupa le souffle. Il empoigna mes fesses.

Je restais étendue là, à fondre entre les draps.

— Qu'est-ce que tu es en train de me faire ?

— Je te rends folle de désir pour moi, comme promis.

Ça fonctionnait.

La plume survola mon ventre, effleura mes hanches puis glissa le long de ma cuisse comme un doigt presque invisible qui me poussait à écarter les jambes. Ma main vint se poser sur sa poitrine avant que je ne puisse l'en empêcher. Il se pencha sur moi tout en effleurant mon clitoris. Une bouffée de désir s'empara de moi et un éclair de plaisir me traversa, comme les signes annonciateurs d'une tempête imminente.

Avec un hoquet, je me cambrai contre lui.

— C'est ça ma belle. Laisse-toi aller.

Michael jeta la plume de côté. Il fit glisser ses paumes sur mon corps, envoyant des décharges d'électricité dans ma chatte. Ses doigts trouvèrent mon clitoris et le frottèrent en des cercles lents.

Un gémissement s'échappa de mes lèvres.

J'étais prise dans l'œil du cyclone, encerclée par des tourbillons de chaleur liquide. Michael était tout autour de moi, et bientôt il serait en moi. Cette pensée me terrifiait quelques instants auparavant, mais maintenant je m'abandonnais à lui. Il n'y avait aucune issue, aucun coin de mon esprit dans lequel me cacher. J'allais ressentir chacun de ses coups de reins.

Mes doigts remontèrent le long de ses pectoraux, glissant dans la fine épaisseur de poils qui recouvraient ses muscles. Son pouls pulsait sous mes mains. Mon regard se posa sur son visage rougi, sans trace d'arrogance. Il semblait possédé par le désir.

Je n'arrive pas à croire que je suis en train de faire ça.

Sa bouche traça un chemin brûlant le long de mon cou tandis que ses doigts s'affairaient de plus en plus vite. Le désir trempait à présent mes cuisses et lorsqu'il appuya plus fort, la pression que je ressentais se mua en un besoin croissant qui exigeait d'être soulagé. Sa bouche vint trouver mon téton. Une chaleur liquide prit possession de moi lorsqu'il se mit à le mordiller et à le sucer, me faisant crisper les orteils d'extase. Puis il plongea ses doigts dans ma chatte et toute l'humidité convergea vers mon clito, mais il ne me pénétra pas entièrement.

Des bruits de bête sauvage s'échappaient de ma bouche. J'empoignai ses boucles brunes, enfonçant mes ongles dans son cuir chevelu avec une force qui sembla l'encourager. Il continua de suçoter mon téton jusqu'à ce qu'il ne fût plus qu'une pointe dure, puis il reporta son attention sur l'autre sein.

— Oh putain, oh *mon Dieu.*

— Je ne m'appelle pas Dieu, me taquina-t-il d'une voix mesurée.

— *Michael.*

Il battit des paupières et sourit, comme s'il savourait le son de son propre nom. Je le regardais me lécher, incapable de me concentrer sur quoi que ce fût d'autre que cette image ardente. Puis il s'écarta d'un coup, laissant en moi un vide terrible.

Non, non, non.

— Je crois que tu es prête.

L'étais-je ?

J'avais l'impression que mon cœur était sur le point d'exploser.

Michael se redressa et descendit son caleçon. Mon pouls s'accéléra encore lorsque mon regard glissa sur son ventre musclé, le long d'un discret chemin de poils, jusqu'à une longue silhouette.

Il allait fourrer *ça* en moi ?

La bouche sèche, je le regardai empoigner sa queue et lui donner quelques va et viens. Il la pressa contre moi. Son gland frotta contre mon clito enflammé, faisant ricocher des vagues d'électricité dans tout mon corps.

— Elle... elle est grosse.

Des fossettes se creusèrent sur son visage.

— Ne t'inquiète pas. Je vais y aller doucement avec toi.

Il se baissa, puis s'enfonça en moi.

Son poids pesa sur mon corps. Je me mordis la lèvre tandis qu'une forte pression me remplissait. Une chaleur ardente vint chasser la brûlure initiale alors qu'il se reculait pour s'enfoncer ensuite un peu plus profondément. Son nez touchait le mien tandis qu'il accentuait ses va et vient, me coupant presque le souffle.

— Ne t'arrête pas.

Je m'accrochai à ses épaules, abasourdie d'avoir laissé échapper une telle confession. Le rire de Michael me chatouilla la bouche avant qu'il ne s'en empare. Lent et sensuel, tout comme son rythme. Ses lèvres voletèrent au-dessus des miennes, les titillant doucement. Il avait un goût vif et rafraîchissant de citron et de menthe.

Je l'attirai à moi, approfondissant le baiser. Sa langue vint écarter mes lèvres. Je gémis, et il répondit par un petit rire. Il accéléra la cadence tandis qu'il s'ajustait à moi, s'enfonçant de plus en plus loin, de plus en plus vite. Je ressentais ses coups de boutoir jusque dans mon ventre. Je ne pouvais plus respirer. Des sons désespérés s'échappaient de ma bouche, qu'il se dépêchait d'étouffer.

Michael continua ses va et vient, ses bras me serrant comme des étaux. Ses soupirs gutturaux se transformèrent en grognements. Il me martelait, écrasant ma bouche tandis que nous nous perdions dans une frénésie de plaisir. Il me baisait comme s'il me désirait de toute son âme, comme si seul lui importait le fait de s'enfoncer en moi, hanches en avant, encore et encore.

Chaque centimètre carré de ma peau brûlait de désir. Je le griffai, m'accrochai à ses cheveux. Ses lèvres me dévoraient frénétiquement. Ses mains plongèrent entre nos corps et il pressa ses doigts contre mon clitoris, enflammant mon désir de plus belle. Soudain, il disparut. Il se retira, me laissant si frémissante de désir que mon corps entier cria de douleur en l'absence de sa chaleur.

Non !

Est-ce que j'avais parlé à voix haute ?

Michael rit, et promena son sourire au-dessus mes tétons, mes hanches...

Oh mon dieu.

Il écarta mes cuisses. Son soupir ondula un instant sur mon bas-ventre avant qu'une vague de chaleur ne me submerge. Je fondais, un brasier irrésistible grandissant dans tout mon corps. Ses doigts plongèrent en moi, me remplissant tandis qu'il léchait mon clitoris.

Je me cambrai, rendue folle par le plaisir. Il continua de me baiser, m'attirant de plus en plus vers l'orgasme, jusqu'à ce qu'il pose sa bouche entière sur moi et se mette à sucer. Tous les muscles de mon bas-ventre se contractèrent alors, et je jouis violemment. J'arquai mon dos, me convulsai. Je laissai échapper un cri lorsqu'il s'écarta, mais quelques secondes plus tard il était de nouveau sur moi, me burinant de sa queue ferme.

Il m'enveloppa de ses bras, nos bouches s'écrasant l'une contre l'autre tandis qu'il me pénétrait avec force. J'attrapai son visage et l'attirai vers moi. Sur sa langue, je pus goûter ma propre odeur. J'en voulais plus, toujours plus.

Il m'enfilait maintenant sans retenue, me baisant avec une passion effrénée, savourant chacun de mes hoquets. Nos bouches se séparèrent pour qu'il puisse reprendre son souffle. Il posa son front humide sur le mien. Ses soupirs se firent de plus en plus profonds, jusqu'à se transformer en grognements satisfaits. Puis il se retira et s'assit en arrière. Il se finit d'une main rapide, l'expression de son visage se vidant de toute sa tension tandis qu'il éjaculait sur mon nombril. Ses lèvres se courbèrent en un sourire satisfait. Il se laissa retomber sur le côté, semblant admirer la vue qui s'offrait à lui, puis il attrapa sa chemise et m'essuya avec.

Le plaisir m'enveloppait comme une couverture chaude et moelleuse. Mes yeux papillonnaient, et mon corps tout entier était délicieusement douloureux.

Il passa un doigt dans mon collier. Il m'attira vers lui et je m'abandonnai, trop fatiguée pour résister. Je m'assis à côté de lui, tremblante.

— *Couche-toi.*

Une vague de colère me traversa, comme une aiguille faisant éclater ma bulle de bonheur. Jusqu'à présent j'avais obéi lorsqu'il m'avait dit *ici*, *au pied*, et *couchée*. Il ne restait plus qu'à le supplier.

Quelle humiliation.

Le cuir s'enfonça dans ma peau. Mes bras cédèrent, et je m'affalai sur sa poitrine. Une chaleur sourde s'épanouit entre mes cuisses. Ses muscles sinueux se moulèrent contre les miens. L'espace entre nous semblait brûler du feu de l'enfer.

Il ajusta ma position, son bras pesant sur moi comme une ancre. De son autre main, il tira les draps sur nos deux corps. Le tissu glissa sur mon ventre et épousa mes formes comme une fine membrane. Puis il se mit à me caresser les cheveux.

Je le laissai faire, les yeux grands ouverts.

— *Dors.*

Ce dernier ordre résonna dans mon dos.

Il avait l'air déjà à moitié endormi.

Qu'est-ce qui vient de se passer ?

Dans mes veines, le poison remplaça le feu.

Il m'avait arraché cet orgasme. Il m'avait ravie, avait enflammé mon âme, m'avait possédée et m'avait poussée à le supplier simplement pour prouver quelque chose. Et pire que tout, mon corps m'avait trahi en prenant le dessus sur mon bon sens.

Je m'imaginais en train de me glisser hors de la cage brûlante de ses bras, puis de traverser silencieusement la chambre ; de sortir dans la rue, toute nue, et de *hurler* ; d'aller voir la police avec mon collier de chien. Ils croiraient tout ce que je leur dirais. Ensuite, Michael utiliserait ses contacts pour faire classer la plainte. Mon père en souffrirait.

Michael pensait pouvoir me dominer.

Il avait tort.

Et il allait regretter son petit jeu tordu jusqu'à la fin de ses jours.

HUIT
CARMELA

Ce cauchemar était familier.

Mes genoux étaient douloureux à force d'être agenouillée sur un plancher plein d'échardes. Les énormes bottes de Nick faisaient craquer les planches. C'était la seule partie de son corps que je pouvais voir. Il était fier de ses bottes. Elles constituaient son identité, tout comme la veste en cuir portant son nom de motard, *Crash*.

Les cheveux blonds cendrés de Nick tombaient sur ses épaules en une vague sauvage que j'adorais toucher, avant. Il n'était pas beau à proprement parler, mais il avait un jour détenu la clé de mon cœur. Il m'avait attirée à lui avec son poison nimbé de miel, et à présent je ne pouvais plus soutenir son regard. Je ne trouvais plus rien d'attirant dans les taches de rousseur qui parsemaient son nez. Sa bouche pleine, qui autrefois m'avait séduite, crachait désormais les plus viles horreurs.

Il fut un temps où je nous avais imaginés devant l'autel, lui dans sa veste en cuir et moi dans une robe blanche. Je lui avais offert mon cœur, et lui l'avait réduit en cendres.

Dans ma tête, je le défiais.

Je le surnommais *le raté*. Je faisais tout ce que je pouvais pour ne pas perdre la raison, surtout lorsqu'il devenait mauvais à ce point.

Il m'avait battue devant le club, et l'humiliation était pire encore que la douleur. J'avais cessé de prier les autres motards de m'aider. Ceux qui avaient encore un semblant de conscience ne pouvaient pas soutenir mon regard.

J'étais nue, sans défense.

Il s'arrêta, ses semelles à quelques centimètres de mon visage. Du sang carmin en imprégnait le cuir.

— Lèche-les, ma belle.

— Non.

Il m'empoigna par les cheveux.

— Lèche le sang de mes chaussures.

— Hors de question.

— Dans ce cas, je vais devoir trouver une autre utilité à ta bouche.

Je croisai son regard vitreux, refusant de laisser paraître ma peur.

— Va te faire foutre, Nick.

— Tu ne crois pas si bien dire.

Je griffais ses mains jusqu'au sang en luttant pour me libérer. Je hurlai si fort que ma voix se brisa. Il arracha sa ceinture et déboutonna son jean. Sa queue apparut. Elle pulsait dans sa main comme un ver pâle.

Pense à l'océan.

Je visualisai un horizon infini d'un bleu saphir au-delà du sable blanc. Les bottes de Nick firent des éclaboussures tandis qu'il s'avançait toujours plus loin dans le bleu. Les vagues léchaient ses chevilles. L'océan, c'était moi. J'étais l'eau qu'il souillait. Cela m'aidait de saturer ma vision de bleu, parce que de cette façon, il ne pouvait pas tout noircir. Il n'était qu'un grain de noirceur, un moustique. Encore plus insignifiant qu'un moustique, une amibe.

Il ne pouvait pas me faire de mal.

Tout devint noir.

J'étais allongée dans un lit. Nue. Le corps d'un homme pressé contre moi.

Il posa sa main sur mon épaule et me secoua.

— Carmela...

Je le repoussai violemment et tentai de sortir des draps, mais ils s'étaient enroulés autour de ma poitrine. Il m'effleura de nouveau, et j'enfonçai mon coude dans son corps.

Il grogna.

Je me libérai enfin et m'affalai sur une pile de vêtements. Il devait bien y avoir une arme quelque part. Si je pouvais prendre le dessus le temps d'une minute...

Les lumières s'allumèrent.

Je me retournai, une ceinture entourée autour de mon poing.

Michael se tenait derrière moi et massait son torse nu. Une marque rougissait son flanc gauche. Son regard ensommeillé se posa sur ma main et ses lèvres s'étirèrent en un sourire.

— Qu'est-ce que tu comptes faire, me fesser ?

Le sentiment de panique de mon rêve persistait tel un brouillard suffocant.

— *Ne t'approche pas !*

Il attrapa son caleçon et l'enfila.

— Lâche la ceinture, Carmela.

— Fais un pas et je te frappe, dis-je en resserrant ma prise sur la lanière de cuir.

— Vas-y. Ton cul sera en lambeau quand j'en aurai fini avec toi.

— Je vais le faire, putain ! Ne t'approche pas de moi !

— Eh bien, voilà qui me remet à ma place.

Il s'élança en avant, une lueur malicieuse dans les yeux.

Je libérai la ceinture et en fis claquer la boucle. Elle manqua de peu le visage de Michael, et alla se cogner contre le mur. Il attrapa la lanière de cuir et l'entoura autour de son bras. Puis il tira dessus, et j'allai m'encastrer dans sa poitrine. Il ramena mes poignets derrière mon dos et les y maintint d'une main. Une douleur aiguë me transperçait le coude lorsque je me débattais. Impossible de me libérer.

Cette scène était familière. Bien trop familière.

— Arrête... stop ! S'il te plaît !

— Toi, tu arrêtes.

— Il faut que tu me relâches !

Michael resserra son bras autour de ma taille. J'étais totalement immobilisée.

— Je te lâcherai quand tu te seras calmée.

Je ne le pouvais pas.

Tous mes sens étaient imprégnés de Nick. Je lui écrasai le pied et enfonçai mes ongles dans ses jambes. Il me tordit les poignets pour me faire arrêter. Je hurlai. Je ne pouvais pas lui échapper. J'étais prise au piège.

— Laisse-moi partir !

— *Arrête de lutter.*

J'envoyai un grand coup de coude dans son abdomen, mais celui-ci était dur comme du béton. Je poussai sur mes jambes. Son dos heurta le mur. Il éclata d'un rire qui vibra dans tout mon corps, et desserra quelque peu sa prise. Je parvins à me soustraire à son étreinte. Il m'attrapa alors par le bras et me tira nonchalamment vers lui. Ses bras m'encerclèrent comme des cordes. Il m'entraîna au sol, entourant mon torse d'un bras et mes jambes de l'autre.

Non.

Mon cri se coinça dans ma gorge.

Michael m'écrasait contre sa poitrine brûlante.

— Respire. Je ne vais pas te faire de mal. *Respire.*

Il posa son menton sur ma tête et son parfum boisé m'enveloppa tel un nuage enivrant de bergamote et d'orange épicée. Ses mains rugueuses effleurèrent mon front, et je courbai inconsciemment la tête. Je fermai les yeux de toutes mes forces tandis qu'il posait sa main à plat sur ma tête. Je me préparai à la douleur, à une claque puissante, mais son toucher se fit doux.

Rassurant. Apaisant.

Qu'est-ce qu'il fabriquait ?

Je me ratatinai même si cela ne faisait pas mal. Mon cœur battait la chamade dans l'attente de la douleur à venir. J'enfonçai mon coude dans ses côtes, frappant dans tous les sens. Ma panique monta en crescendo et l'air sembla se raréfier. Finalement, je m'affaissai dans ses bras comme anesthésiée, et j'abandonnai.

C'était généralement à ce moment que je disparaissais, que je flottais au-dessus de mon corps, mais Michael posa sa bouche sur ma tempe. Je frémis en grimaçant, mais après deux autres baisers, mon corps se mit à fondre. La boule que j'avais dans la gorge rétrécit tandis que son cœur battait le métronome dans mon dos et que son odeur m'enveloppait comme un brouillard qui me serrait dans son étreinte étroite. Ses phalanges frôlaient mes cheveux. Partout où il m'embrassait, une forte chaleur s'installait. Et tout d'un coup, tout cessa d'exister — ses mains, son corps — et il ne resta plus que l'empreinte de ses lèvres.

C'était tellement bon.

Ma respiration se calma. C'était Michael. Et il ne me retenait pas par la force.

Je repoussai son bras et plongeai vers le coin opposé de la pièce.

Michael ne me suivit pas. Il resta sur le sol, dos contre le mur, les joues rouges. Il avait l'air plus vivant qu'il ne l'avait semblé de toute la semaine. La tête dans sa main, il m'observait avec un désir insatiable. Ses cheveux pointaient dans tous les sens. Il les disciplina en une vague lustrée.

— Je me suis bien amusé.

— *Amusé* ? (Ce mot se coinça dans ma gorge.) Tu as failli me faire faire une crise d'angoisse.

— Je devais maîtriser la situation avant qu'elle ne dégénère. (Le ton de Michael se rembrunit et son sourire s'évapora.) Je ne tolère pas la violence chez moi.

— Vraiment ? Et qu'est-ce que tu fais de tous ces trucs ?

— Ce sont des jouets, et il y a une différence énorme.

— Tu ligotes les femmes, répliquai-je, la gorge nouée.

— Seulement celles qui veulent que je les ligote.

Michael éventa son torse moite et me lança un regard qui laissait entendre que c'était moi qui lui donnais chaud. Une vague d'excitation vint remplacer ma peur.

— Tu m'as attaqué, Carmela. C'est inacceptable.

— Est-ce que tu vas me faire la morale, maintenant ?

— Je t'explique les règles.

J'enfonçai mes doigts dans la moquette.

— Tu m'as coincée.

— Je laisse couler pour cette fois, parce que tu avais peur, mais tu ne peux pas me refaire un coup comme ça. Je ne suis pas ton punchingball.

— C'est bon, j'ai compris.

Mon estomac se serra en pensant à ce qui aurait pu arriver si un de mes coups avait atteint Michael. Je n'avais jamais frappé personne avant mon ex. Ce manque de contrôle montrait à quel point il m'avait abîmée.

Michael vint s'asseoir à côté de moi.

— Mauvais rêve ?

Je détournai le regard.

— Ça avait l'air plutôt intense, insista-t-il.

J'aurais préféré boire de la javel plutôt que de raconter mon rêve *à Michael.*

— Laisse tomber, Michael.

Un silence inconfortable s'installa entre nous. Mon entrejambe brûlait encore de nos ébats de la veille. De légers suçons couvraient ma poitrine, que je couvris rapidement en boutonnant ma chemise. Michael étira ses jambes avec une élégance nonchalante, et un élan de colère me traversa. Il ne méritait pas d'être aussi beau.

Il se baissa pour m'embrasser au creux de l'oreille.

Je m'écartai vivement.

— Arrête.

— Quoi ? s'exclama-t-il d'un air sincèrement surpris.

— Ne m'embrasse pas. Ne me touche pas. Ne fais pas comme si tu en avais quelque chose à foutre de moi. Plus jamais. (Ma colère bouillonna lorsque je le vis hausser les sourcils encore plus haut.) Tu me dois l'honnêteté. Pas de manipulation.

— Je suis complètement perdu.

Menteur.

Bon sang, qu'est-ce que j'en avais marre qu'on se serve de moi.

Il m'attrapa par la main alors que je m'éloignai brusquement.

— Je t'ai fait prendre ton pied hier soir. N'essaie pas de me faire croire que tu n'as pas aimé ça.

J'avais aimé ça, et c'était bien là le problème.

Je ne pouvais pas me montrer vulnérable de nouveau.

— Plus jamais.

NEUF
MICHAEL

Oui, j'étais un monstre.

J'ai passé ma jeunesse à courir après des choses insignifiantes, à coucher avec des escort-girls de luxe, des femmes mariées, et toute autre nana qui me tapait dans l'œil, sans jamais me soucier des conséquences. J'ai dévalisé des magasins. J'ai tué. J'ai aidé des hommes sans scrupules à se faire une place au soleil, et peu importait combien de personnes je détruisais, il y avait toujours des idiots pour venir prendre leur place. Le monde appartient à celui qui a assez d'argent pour soudoyer les autres.

À vingt-trois ans, j'étais devenu le plus jeune capitaine de la famille Costa. Je dirigeais une équipe de six hommes qui m'aidaient à transporter de la cocaïne depuis Montréal. J'étais également le manager à temps partiel de Sanctum, un sex club clandestin rempli de femmes magnifiques. J'étais jeune, les filles étaient bandantes et je snifais tout ce qui passait sous mon nez.

J'ai fini par mettre une fille enceinte.

D'un coup, je suis devenu responsable d'une autre vie que la mienne. J'ai vendu mon appartement de luxe, j'ai emménagé en banlieue et je me suis acheté une conduite. Serena était un cataclysme ambulant, mais s'il n'y avait eu mes enfants, je serais mort à l'heure qu'il est.

Je leur devais tout.

Cette dévotion absolue était entrée en collision frontale avec Carmela Ricci, la femme que j'avais épousée sur un putain de coup de tête.

J'avais un mal de crâne atroce. Je m'étais sifflé une demi-bouteille de vin. J'avais besoin de me taper ma femme, mais elle me détestait — et moi, je détestais être en sa présence. Je ne supportais pas ses regards lourds, ses moues maussades. Avec mes enfants, Carmela était agréable, mais ses sourires factices me mettaient les nerfs à vif. Toutes les nuits, je sentais son mépris brûler sous les draps.

Je ne supportais plus de rester à la maison, alors je passais le plus de temps possible à l'extérieur.

Dans les cinq jours qui suivirent mon deuxième mariage, Boston connut une série de meurtres macabres, de tentatives d'assassinat et d'explosions de voitures piégées. J'étais chargé de limiter les dégâts. Cette flambée de violence n'était pas de notre fait, mais d'un gang de motards qui se faisait appeler *Rage Machine*.

J'étais au téléphone toute la journée. En tant que conseiller du patron par intérim, je m'occupais de ce qui relevait de la diplomatie. Étant donné que Vinn était complètement nul en matière de relations avec les autres, c'était moi qui me chargeais des courbettes et autres léchages de bottes. L'opinion publique avait été scandalisée par la mort récente d'un civil – un missionnaire père de trois enfants, ce qui voulait dire qu'en plus de tout le reste, la congrégation Baptiste réclamait maintenant vengeance.

La situation n'était pas bonne.

Les morts de civils entraînaient toujours un gel des affaires. La police avait réagi au quart de tour. Ils faisaient des descentes sur les lieux de deal de la Légion et des Irlandais, ce qui mettait en danger notre alliance avec eux maintenant que nous n'avions plus les contacts d'Alessio.

La sonnette d'entrée carillonna dans la maison, avec une insistance qui suggérait l'animosité du visiteur. Je jetai un œil par la fenêtre grillagée. J'aperçus le reflet d'une chevelure blonde et un manteau en laine kaki familier qui déclenchèrent une sonnette d'alarme dans ma tête.

Et merde.

Brooke.

C'était l'une des prostituées de Sanctum avec qui j'avais pris du bon temps l'an dernier après la mort de Serena. Brooke avait d'énormes faux seins, un corps menu de mannequin, et elle adorait le *SM*. Il suffisait que je pointe du doigt vers le sol pour qu'elle se mette à genoux, mais elle avait un gros défaut.

Elle était folle.

Je me dépêchai de descendre et me figeai en voyant ma femme, qui ne se doutait de rien, ouvrir la porte après avoir appuyé sur le bouton pour faire entrer Brooke. C'était comme d'être témoin d'un accident de voiture. Je ne pouvais pas détourner les yeux.

La lumière du soleil éclaboussa la peau couleur bronze de Carmela. Ses lèvres s'étirèrent en un sourire radieux qui faiblit sous le regard accusateur de Brooke, dont l'accent nasillard de la côte ouest résonna dans la maison :

— Bonjour, moi c'est Brooke. Toi, tu dois être sa femme ?

— Carmela. (Elle hésita un instant avant de serrer la main de Brooke.) Je peux faire quelque chose pour toi ?

— Tu peux t'écarter. Il faut que je parle à ton mari.

Carmela ne bougea pas. Elle s'interposa même davantage entre Brooke et l'entrée. Je m'attendais à ce qu'elle m'appelle, mais Carmela ne quittait pas la blonde des yeux.

— Qui es-tu ?

— Sa petite amie, dit Brooke en abaissant ses lunettes de soleil. Il ne te l'a pas dit ?

Oh la salope.

Carmela croisa les bras sans mordre à l'hameçon.

— Il ne t'aurait pas invitée chez nous.

— Tu n'en sais rien.

Carmela fronça les sourcils, puis demanda :

— Qu'est-ce que tu veux ?

Foutre la merde dans mon foyer, apparemment.

— Parler à Michael.

— Et bien, ça ne va pas être possible.

Je me remis à descendre les escaliers, amusé par le ton sec comme un coup de fouet de Carmela. Son calme était impressionnant et sa totale maitrise de soi fit gonfler mon cœur de fierté.

Brooke tapa du pied.

— Écoute, ma jolie, Michael et moi on...

— C'est *Madame Costa.*

— Madame Costa, Michael et moi on se connaît depuis longtemps.

— Ça m'est égal, répondit-elle froidement tout en refermant la porte. C'est ma maison. Michael est mon mari. Trouve-t'en un autre.

Brooke passa son avant-bras dans l'embrasure.

— Il va se mettre en rogne quand il apprendra ce que tu as fait, cria-t-elle.

— J'en ai rien à faire. Prends tes fausses Louboutins et dégage de mon perron, ou alors j'appelle la police.

Il est temps d'intervenir.

J'entrai dans la pièce à grands pas. Mes semelles claquèrent sur le plancher et les deux femmes tournèrent les yeux vers moi. Ma rage devait être palpable, car Brooke fit un pas en arrière avant que je ne lui claque la porte au nez.

— Papa ? C'est qui ?

Merde.

Mariette se tenait à quelques mètres de nous, la bouche grande ouverte.

— Pourquoi elle était en colère ?

— C'était personne, ma puce. Juste une folle. (J'attrapai Carmela par la taille et son corps vint se caler contre le mien sans opposer aucune résistance.) Chérie, et si tu préparais un goûter pour les enfants ?

Carmela avait peut-être gardé son calme face à Brooke, mais maintenant que la porte était close ses yeux lançaient des éclairs.

— Pourquoi pas *toi* ?

— Je vais m'occuper de cette tarée. Vas-y.

Je saisis son menton et embrassai son front plissé de colère, puis ses joues, et enfin sa bouche boudeuse. Une décharge me traversa à cette infime pression sur ses lèvres.

Bon sang, on pouvait dire qu'il y avait de l'électricité entre nous.

Les femmes faciles comme Brooke n'arrivaient pas à la cheville de ma femme. La bouche douce comme du beurre de Carmela fondit sur mes lèvres. Elle avait un goût de vanille, comme les filles que j'avais l'habitude de courtiser quand j'avais la petite vingtaine, et sa pureté était aussi rafraîchissante qu'un verre de thé glacé. J'inclinai la tête et répondis à son chaste baiser par une étreinte sauvage.

Carmela enfonça ses ongles dans mes flancs.

Je m'écartai d'elle, le cœur battant la chamade.

— Je serai dans la cuisine, dit Carmela en se détachant de moi, les joues en feu.

Elle avait l'air d'avoir envie de me frapper.

J'allais finir par me faire poignarder dans mon sommeil.

Pourquoi n'arrivai-je pas à me maîtriser, bordel ?

Je regardai Carmela soulever Mariette pour la faire sortir du salon, les yeux rivés sur le cul de ma femme. Il me fallut un moment pour me souvenir qu'une psychopathe se trouvait sur mon perron. J'ouvris la porte avec force.

Sans surprise, Brooke était toujours là.

Elle explosa dès que je posai le pied dehors.

— *Cette tarée* ? Tu vas *t'occuper* de moi ? Pour qui est-ce que tu te prends ?

— Pour un homme puissant qui peut faire de ta vie un enfer. (Je la pris par le bras et la poussai en arrière.) Qu'est-ce que tu fous ici ?

— J'ai entendu dire que tu t'étais marié.

Et elle avait donc décidé de débarquer chez moi comme une cinglée. Cette conne n'avait aucune limite. Par deux fois, j'avais bloqué son numéro pour ne plus recevoir ses textos incessants. Elle s'était acheté un nouveau portable juste pour me harceler.

Pourquoi est-ce que j'attirais toujours les folles ?

Est-ce qu'il y avait quelque chose d'écrit sur mon front ?

Le regard larmoyant de Brooke se posa sur la fenêtre de mon salon, d'où Carmela nous observait, les bras croisés.

— Comment as-tu pu l'épouser, *elle* ?

— Fais attention à ce que tu dis.

— Est-ce que tu es amoureux d'elle ?

Sa voix se brisa.

— Ça ne te regarde pas, répondis-je.

— Tu ne peux pas l'être. (Elle semblait torturée par cette idée, ce que je trouvais plutôt amusant.) Sinon tu n'aurais pas couché avec moi.

— Elle ne faisait pas partie de ma vie à ce moment-là et ce n'est pas parce que tu me taillais des pipes de temps en temps que tu as le droit d'être jalouse. Je ne t'ai jamais fait de promesses.

Brooke tomba à genou sur le sol.

— Je t'en prie.

J'avais toujours eu un faible pour les jolies filles à genoux. Cette vue aurait dû me chauffer la queue à blanc, mais celle-ci demeura aussi molle qu'un tas de chiffons.

— Relève-toi.

— Force-moi, ronronna-t-elle.

— Je ne joue pas. Cela fait des mois que je ne veux plus de toi. Estime-toi heureuse que je ne te fasse pas descendre pour t'être pointée comme ça chez moi et avoir harcelé ma femme. Fous le camp.

— Tu m'as dit que tu ne t'étais pas encore remis de la mort de Serena. (Elle se redressa d'un coup et me donna un coup sur le torse.) Pourquoi as-tu dit ça ?

— J'ai menti pour me débarrasser de toi.

— Tu es un putain d'enfoiré, Michael !

J'avais essayé de couper les ponts sans heurt, et voilà le résultat. Plus jamais je ne baiserai une folle. Plus jamais.

Je la tirai vers le portail, mais elle résista.

— Je vais raconter à tout le monde ce que tu es vraiment !

— Tu vas leur décrire la taille, la forme et le goût qu'a ma bite ? Vas-y, tu peux le crier sur tous les toits.

— Tu fais du trafic de femmes à Sanctum. Tu es un *monstre*.

Quel mensonge ridicule.

— Adieu, Brooke, dis-je en la poussant sur le trottoir.

— Je sais tout à propos de Serena ! Elle travaillait à Sanctum, elle aussi. C'est là que tu l'as rencontrée, et que tu l'as mise enceinte.

Qu'est-ce qui lui prenait de fouiller dans mon passé ?

— Attention, Brooke. Souviens-toi à qui tu parles.

À l'évidence, ce rappel s'appliquait aussi à moi.

Brooke était une pute de bas étage. Si je l'étranglais à main nue, cela représenterait sans doute l'apogée de sa petite vie pathétique.

— Tu veux savoir ce que les filles pensent de toi ? (Elle se pendit à mon bras, et je me dégageai sans ménagement.) Certaines t'adorent, mais d'autres pensent que tu as assassiné ta femme.

Je fis claquer le portail en fer forgé et me précipitai à l'intérieur de la maison, les menaces et les cris aigus de Brooke résonnant derrière moi.

Elle allait révéler mes crimes. Elle me haïssait. Elle allait me faire tomber.

Prends un ticket et attends ton tour.

Serena était morte d'une overdose en cure de désintox. Tout le monde le savait.

Pas vrai ?

Brooke mentait. Elle m'avait jeté ça au visage pour me déstabiliser, et ça avait marché. La pensée que j'aie pu maltraiter Serena pendant ne serait-ce qu'une seule seconde de notre relation merdique était si révoltante que ma vision se brouilla, et j'entrai en collision avec une forme noire de rose.

J'aidai Carmela à retrouver son équilibre en posant une main sur sa taille. À sa vue, ma colère refroidit immédiatement. Elle était superbe dans son kimono. Elle repoussa une mèche de cheveux châtains et sa manche évasée glissa, dévoilant son avant-bras mince couleur d'huile d'olive. Je sentis ma bouche s'assécher à mesure que je prenais conscience de ses formes qui remplissaient le tissu soyeux, l'ombre tentatrice qui soulignait sa clavicule, les deux collines que formaient ses seins, et le creux à la base de son cou qui semblait me supplier de l'embrasser.

— Elle n'est rien pour moi, Carmela.

Elle coinça la mèche derrière son oreille.

— Ça m'est égal.

— Tu as menacé d'appeler la police.

Sourcils froncés, elle s'écarta de moi et se dirigea vers le salon.

— C'était pour toi, pas pour moi.

Je l'attirai dans mes bras d'un mouvement brusque. Elle se retourna, les pommettes en feu.

— Arrête, *Michael*.

— Pas tant que tu n'auras pas admis que tu es énervée.

— Très bien. Je suis en colère. (Elle se dégagea d'un coup de coude, laissant enfin tomber son numéro de femme blasée.) Je suis coincée dans cette maison avec un homme que je méprise, qui a des maîtresses et qui les invite chez nous.

— Je l'ai foutue dehors, au cas où tu n'aurais pas remarqué.

La colère et la suspicion assombrissaient son regard.

— Je ne tolèrerai pas une autre femme, Michael. J'ai ma fierté. Si tu me trompes, je te quitte.

Croyait-elle vraiment que je la laisserais partir ?

Adorable.

— Je ne suis pas du genre à tromper ma femme.

— Est-ce que tu veux vraiment que je te croie ?

Oui, putain.

— Si tu dois me haïr, j'aimerais l'avoir mérité.

— Tu as kidnappé mon père. Tu m'as arraché ma liberté et mon bonheur. Crois-moi, tu l'as mérité.

Elle me contourna, mais je l'empêchai de passer.

— Ça s'applique aussi à toi, fis-je.

— Je te demande pardon ?

— J'exige ta loyauté. (Je me penchai en avant et son odeur de vanille raviva une douzaine de souvenirs de notre nuit de noces.) Que ça te plaise ou pas, tu n'as que moi.

— Tu es peut-être mon mari, mais je ne t'appartiens pas.

Carmela me repoussa violemment, bien plus fort que la petite tape pathétique de Brooke sur ma poitrine. La force de sa poussée me fit reculer d'un pas.

Pour la première fois depuis des jours, un véritable sourire s'épanouit sur mon visage. Si l'idée que je puisse la tromper la bouleversait à ce point, cela voulait dire qu'elle s'était déjà investie dans ce mariage. Je n'avais aucunement l'intention de jouer avec le feu en ce qui concernait notre vie de couple. Mais avec elle ?

Je comptais bien m'amuser un peu.

DIX
CARMELA

Ne reviens pas.

Mon doigt hésitait au-dessus du bouton d'envoi. Cette phrase était-elle trop inquiétante ? Je relus mon e-mail une fois de plus.

CHÈRE MIA,

Ceci sera mon dernier message. Je ne peux pas entrer dans les détails. Je sais que c'est vague, mais il pourrait être dangereux pour nous de communiquer. Tu es mieux là où tu es, où que ce soit, plutôt qu'ici. La violence a envahi les rues de Boston. Ce n'est qu'une question de temps avant que la ville n'implose. Je ne reste ici que pour le bien de Papa et Maman.

Il n'y a qu'une chose qui me remonte le moral : le fait qu'Alessio et toi vous soyez échappés. Je suis fière que tu aies sauté le pas. Ça n'a pas dû être facile.

Profite de la vie au maximum, je t'en conjure.

Je vous souhaite, à toi, Alessio et la petite Lexy, tout le bonheur du monde. Je vous aime.

Ne me dis pas où vous êtes.

Ne reviens pas.

C

MIA SAUTERAIT dans le premier avion pour Boston si je lui envoyais ça. Après avoir sélectionné le texte, j'appuyai sur *Effacer* et repris du début.

CHÈRE MIA,

Désolée d'apprendre que Lexy fait ses dents ! Avec un peu de chance, ça passera vite. La pauvre ! La vidéo où elle pousse sa colère était trop chou. J'ai tellement de photos de Lexy dans mon téléphone que les gens me demandent sans arrêt si c'est ma fille.

Même si j'adore recevoir de vos nouvelles, il vaudrait mieux que tu n'envoies plus de photos. Vinn me pose des questions sur Alessio à chaque fois que je le vois. Ils veulent à tout prix vous retrouver, et même si je sais que vous faites attention, ça ne vaut pas la peine de prendre de risque.

Tout le monde va bien ! Papa et Maman restent à la maison. Papa s'est mis au jardinage. Il élague beaucoup trop les buissons. Nos rhododendrons n'ont presque plus de fleurs. Ça rend Maman folle.

Moi aussi je vais bien. Je n'habite plus à Boston même, mais devine quoi ? Je travaille à temps plein en tant que barmaid à Sanctum maintenant !

C'est pas fou ça ? C'est Michael qui m'a embauchée. Et tu avais raison, c'est un amour <3 <3 <3

Fais un gros bisou à la petite Lexy de ma part !

Je t'aime,

C

CE TEXTE n'était qu'un tas de foutaises, mais je l'envoyai quand même.

Il allait faire passer le message sans éveiller ses soupçons. J'avais même posé les fondations d'une future histoire d'amour entre Michael et moi. Mia serait triste d'avoir manqué mon mariage, mais au moins elle ne serait pas trop surprise si jamais la nouvelle parvenait jusqu'à leur cachette. Ma sœur deviendrait folle si elle apprenait ce qui s'était vraiment passé.

J'étais prise en sandwich entre deux gamins de vingt ans qui tapaient sur leurs ordinateurs portables. Je m'étais habituée à ma nouvelle routine : je me levais assez tôt le matin pour pouvoir préparer le petit-déjeuner des enfants, sous le regard scrutateur des nounous. J'étais surveillée toute la journée. Avoir un membre du personnel de la maison en train d'observer par-dessus mon épaule chaque fois que je préparais un sandwich au thon faisait carrément bizarre.

Je détestais Michael, mais ses enfants étaient adorables.

Il m'était impossible de rester de mauvaise humeur lorsque Matteo me sautait au cou tous les matins, ou quand Mariette m'avait accordé le titre de meilleure amie après quelques jours passés à la chouchouter. Ils étaient une bouffée d'air bienvenue, mais je continuais néanmoins de m'inquiéter.

Alors je m'étais rendue à pied jusqu'au café le plus proche accompagnée de mon garde du corps, un homme maussade et sec comme un coup de fouet nommé Vitale. Il fumait dehors, malgré les regards désapprobateurs des autres clients. La pluie dévalait les fenêtres de l'établissement tandis que je buvais mon thé en lançant des regards discrets à la vidéo que mon voisin de table était en train de regarder.

« Le maire de Boston a déclaré l'état d'urgence en réponse aux violences de gangs qui terrorisent les citoyens. Reportage dans une heure : la commission d'enquête sur les contrats de travaux publics expose une corruption au sein de la Mairie... »

La voix s'éteignit lorsque mon voisin brancha ses écouteurs.

Un mouvement derrière la vitre attira mon attention. Un homme approchait. Je reconnus le blazer de Michael et me dépêchai de ranger mon téléphone. Il arriva à côté de Vitale, qui indiqua la devanture du café puis me montra du doigt. Mon garde du corps éteignit ensuite sa cigarette sur sa chaussure et s'éloigna nonchalamment. Michael hocha la tête, planta son regard dans le mien, et me fit un signe de la main.

Salut, Ducon.

Il entra dans le café, rayonnant. Les têtes des clientes se tournaient sur son passage tandis qu'il avançait entre les tables. Sa voix douce vint me caresser les oreilles lorsqu'il s'excusa auprès d'une jeune femme qu'il avait bousculée. Celle-ci rougit tandis qu'il la contournait avec soin. Michael était un très fort pour se donner l'air inoffensif.

Je refoulai immédiatement cette pensée.

Je n'avais pas besoin de penser aux domaines dans lesquels il était doué.

Il tira une chaise et s'assit.

— Le thé qu'on a à la maison n'est pas à ton goût ?

— Je voulais avoir une minute pour moi sans t'avoir constamment dans mon dos comme une gargouille.

— C'est vrai que ça ne doit pas être facile d'avoir de l'intimité dans un manoir à neuf chambres avec un jardin de douze mille mètres carrés. (Michael pencha la tête sur le côté.) Il y a quelque chose que tu aimerais me dire ?

Merde.

— Pas vraiment.

— Carmela, tu prépares quelque chose.

— Je ne dois rien faire d'autre de mes journées que garder tes enfants et te tailler des pipes, c'est ça ?

Une ébauche de sourire creusa ses joues.

— Si seulement.

— Va te faire, Michael. J'ai une vie.

— Et qui en fait partie ?

Plus personne.

J'avais géré les affaires de mon père depuis mes vingt ans. Ce n'était pas commun qu'un Don accorde autant de pouvoir à sa fille, mais j'aimais gérer le restaurant et le casino. Je pensais que mon père me préparait à prendre sa suite. Puis il m'a rappelé à la réalité : ce serait mon *mari* qui s'occuperait de tout ça. Mon travail était d'épouser un étranger, Alessio Salvatore. Notre mariage avait été arrangé.

J'avais peur.

Et un prédateur m'est tombé dessus alors que j'étais vulnérable.

— J'avais ma famille avant que tu ne me sépares d'eux.

— Ah oui. Ce meurtrier alcoolique qui te sert de père, ta mère, et Mia. Où est Mia d'ailleurs ? (Michael se pencha en avant, les sourcils froncés pour marquer son inquiétude feinte.) Est-ce que tu as signalé sa disparition à la police ?

— Je ne l'ai pas encore fait, non.

— Intéressant. Cela fait combien de temps qu'ils ont disparu ? Trois mois ?

À peu près.

— Ils sont sûrement en train de se la couler douce dans la forêt Amazonienne, quelque part où il n'y a pas de réseau.

Il me fixa intensément.

— C'est ça ta théorie ?

Je pianotais sur la table, souhaitant de tout mon cœur que mon mari et ses questions gênantes disparaissent.

— C'est possible.

— Alessio dans la jungle avec les serpents, les araignées et les insectes ? dit-il, hilare. Est-ce que tu as déjà rencontré ton beau-frère ? C'est un Italien pur et dur. Il ne va pas se planquer dans un endroit où il n'y a pas de pizzeria.

— C'était une blague, bon sang. Je n'ai aucune idée d'où ils peuvent se trouver.

— Je suis heureux que tu aies gardé ton sens de l'humour, sachant que ta sœur a disparu. Je n'imagine même pas ce que ça doit être. Si j'étais à ta place, je n'aurais pas de repos tant qu'on ne les aurait pas trouvés. Je perdrais complètement les pédales. Tu dois être morte d'inquiétude.

Message reçu.

Je me mordis la langue et arrachai ma tasse des mains de Michael.

— Je vais bien.

— Oh, ma chérie. Je me demande parfois... (Michael me tapota la main)... si tu craquerais sous la torture.

Merde, merde, merde.

Je me levai et fourrai mon téléphone dans mon sac à main, que je passai ensuite vivement à mon épaule, manquant de peu le visage de Michael. Je fonçai à travers la file d'accros au café et faillis percuter une femme qui tenait quatre cafés en équilibre sur un plateau.

Michael me rattrapa avant que la porte ne se referme sur son coude.

— Sujet sensible ? demanda-t-il.

— *Arrête.*

Michael saisit mon poignet, me forçant à m'arrêter.

— Je ne suis pas idiot, Carmela. Dès le moment où il a arrêté de répondre au téléphone, j'ai su. Tout le monde *sait.*

— Qu'est-ce que tu veux que je te dise ? Je ne sais pas où ils sont.

— Je veux la même chose que toi : qu'ils ne reviennent pas.

Comme si j'allais le croire.

— Si tu le dis.

— Tout ce que je veux dire, c'est que tu n'es pas obligée de mentir.

— *Je ne mens pas.*

Il m'attrapa par le bras et me maintint à ses côtés.

— Ce que je te dis est important. Vinn ne va pas oublier Alessio. Plus longtemps il manquera à l'appel, plus terrible sera la vengeance de Vinn.

Mon bras se couvrit de chair de poule là où Michael le tenait.

— Où veux-tu en venir ?

— Si Vinn découvre que ma femme savait où se trouvait Alessio pendant tout ce temps, il supposera que je t'ai aidée. Et ça, ça serait très mauvais pour nous deux.

Vinn n'était qu'un autre Nick. Que pouvait-il me faire que je n'avais pas déjà subi ?

— Je n'ai pas peur de Vinn. C'est un gangster qui a pris la grosse tête. Je connais bien les types comme lui. Ce sont tous les mêmes.

— Tu n'as peut-être pas froid aux yeux, mais je doute que tu veuilles avoir deux orphelins sur la conscience.

Je me mordis la lèvre.

— Vinn ne ferait pas ça. Pas à toi.

— Il n'y a rien que mon cousin ne ferait pas.

Michael devait bluffer. Le patron des Costa ne tuerait pas Michael, un homme digne de confiance, sans une bonne raison. Et pourtant, j'avais entendu des choses au sujet de

Vinn. Alessio l'appelait Mussolini, entre autres surnoms blessants.

— Soit tu me dis la vérité, soit je t'attache dès qu'on arrive à la maison et je te fais parler.

Je mourais d'envie de l'envoyer au diable, mais cela n'aurait fait aucune différence.

Michael savait.

Il fallait que je lâche quelque chose.

— Ils m'ont demandé de partir avec eux.

— Quand ?

— Avant qu'ils s'en aillent. J'ai décidé de rester, et on s'est fait nos adieux. Je n'ai aucune idée d'où ils sont, Michael. Je le jure devant Dieu.

Michael prit mon visage en coupe et ses mains glissèrent sur mes joues. Il me sonda, scrutant mes traits du regard.

— Est-ce que tu es encore en contact avec eux ?

— *Non.*

Il soupira, l'air peu convaincu.

— Je vais te laisser le bénéfice du doute, mais tu as intérêt à ne pas me mentir, Carmela.

Cette menace me fit bouillir le sang, et je décidai de frapper là où cela lui ferait le plus mal.

— Tu as de la chance que tes enfants ne tiennent pas de toi.

— Matteo est pratiquement mon clone, répliqua-t-il en haussant un sourcil.

— Physiquement, peut-être. Mais vos personnalités sont complètement opposées.

— Comment ça ?

— Matteo est gentil. Tu es horrible. Il est sensible. Tu es un connard froid. Il se soucie des autres. Toi, non.

Michael sourit.

— Il sait mieux te manipuler, c'est tout.

— Il a *quatre ans*.

— Il est assez grand pour savoir comment gagner tes faveurs. Il sait que tu as le cœur tendre, et il en profite.

— Ne projette pas tes défauts sur ton fils.

— Tout est en noir et blanc chez toi, hein ? Bon, ou mauvais. Matteo est innocent et moi je suis corrompu. Ce n'est pas comme ça que marche le monde. (Michael posa ses mains sur mes épaules pour me guider à travers le parking.) Arrête de me prendre pour un méchant. Je suis ton mari.

— Comme si le fait d'être forcée à signer quelques papiers dans une église avait une quelconque importance.

— Ça en a pour moi.

Une note sombre s'était infiltrée dans sa voix, laissant entrevoir le monstre qui habitait en lui.

Lorsqu'il me poussa vers la voiture, mon moral était au plus bas.

— Ce mariage ne marchera jamais.

— On s'est bien entendu pendant notre nuit de noces.

Il ouvrit la portière et me fit signe de monter dans la voiture.

— Tu t'es servi de moi pour prouver quelque chose.

— Tu as raison. J'ai prouvé que tu avais autant envie de moi que moi de toi, et c'est ça qui te dérange.

Une goutte de pluie vint s'écraser sur ma joue. Michael l'essuya avant qu'elle ne coule, et ce simple geste fit faire des bonds à mon estomac.

— Qu'est-ce que tu faisais ici, Carmela ? Tu planifiais ta fuite ?

— Je ne compte aller nulle part. Tes enfants ont trop besoin de mon aide, avec toi comme modèle.

— Tout à fait d'accord.

ONZE
MICHAEL

Il y a des femmes qui veulent avoir des enfants.

Il y en a d'autres qui aiment *l'idée* d'en avoir.

Serena faisait partie de la deuxième catégorie. Elle ignorait combien elle détestait être mère jusqu'à ce que cette responsabilité lui tombe dessus. Elle ne s'est pas trop mal débrouillée pendant un moment, mais c'est vite devenu trop dur. Elle a arrêté de faire des efforts. Mes enfants ont payé le prix de son approche égoïste de la parentalité.

Carmela, elle, se levait toujours à l'heure. Elle amenait les enfants au parc, s'assurait que Mariette ait fait ses devoirs, et avait même aidé ma fille à fabriquer une boîte de souvenirs remplie de choses qui avaient appartenu à sa mère. Lorsque Mariette était triste parce que sa mère lui manquait, elle ouvrait la boîte. C'était simple, et *ça fonctionnait.* Mariette la conservait sous son lit.

Après deux semaines sans aucun écart de la part de Carmela, je commençais à me détendre. Je la surveillais de temps en temps grâce à mes caméras, mais pas bien souvent. Carmela ne ressemblait en rien à Serena et je remarquais fréquemment chez elle de nouvelles qualités, comme par exemple son calme olympien.

Quelques jours plus tôt, Mariette s'était glissée dans notre penderie et y avait trouvé la trousse à maquillage de Carmela. Elle avait défiguré l'un de ses sacs à main de luxe, *sans faire exprès*. J'avais passé des heures à attendre une inévitable crise d'hystérie, mais lorsque Carmela était rentrée de son rendez-vous au salon de beauté, elle avait simplement haussé les épaules en voyant le carnage. La perplexité de Mariette quand Carmela l'avait serrée dans ses bras était restée gravée dans ma mémoire parce que j'avais ressenti la même stupéfaction.

Peut-être que je m'étais habitué à la folie.

Je n'avais jamais réalisé qu'on pouvait régler les problèmes sans se crier dessus à en faire trembler les murs. La baise et les disputes, je ne connaissais rien d'autre. Carmela m'enseignait qu'il existait d'autres façons plus équilibrées de vivre.

Je sortis dans le jardin.

Un front chaud nous avait amené un temps doux. La rosée perlait encore sur le gazon, mais le soleil ne tarderait pas à la faire disparaître. Des pinsons jaunes sautillaient de branche en branche tandis que je passais sous les cornouillers. Le jardin verdissait à vue d'œil. Les vignes qui sinuaient le long de la propriété reprenaient vie et se couvraient de feuilles épaisses.

Ma superbe brune était étendue sur une couverture près des rosiers grimpants. Sa chevelure aux reflets caramel brillait là où les rayons de soleil épars venaient se poser. Elle était allongée sur le flanc, dans une veste sans manches rose vif et un legging noir, et elle murmurait à l'oreille de mon fils d'une voix enjôleuse pour tenter de le convaincre de jouer avec ses tubes de Play-Doh.

Mon fils secoua la tête et disparut derrière un arbre. Sourire aux lèvres, Carmela se leva et se lança à la poursuite de Matteo, qui poussa des hurlements ravis lorsqu'elle l'encercla de ses bras. Elle lui chatouilla les côtes et l'embrassa sur la joue. Mon fils semblait le plus heureux des gamins. Il ne la quittait pas des yeux.

Moi non plus.

Carmela avait relevé sa crinière d'ébène en un chignon lâche qui ne faisait qu'attirer l'attention sur ses lèvres pulpeuses, ses sourcils arqués et ses courbes irrésistibles. Je me pris à l'imaginer en talons aiguilles et en maillot de bain en train de poser à côté d'une voiture ancienne. En toute honnêteté, quasiment tout ce qu'elle faisait me mettait l'eau à la bouche.

Matteo tourna la tête vers moi.

— Papa !

Il accourut dans un flou de vêtements aux couleurs de l'arc-en-ciel et vint s'écraser contre mes genoux. Ma poitrine se serra lorsqu'il referma ses bras autour de mes jambes comme un étau. Je me baissai et il me sauta au cou. Je le mis à cheval sur ma hanche, avec une pensée attristée pour le jour où il serait trop grand pour que je le porte. Des larmes perlaient au bout de ses cils.

— Tout va bien, mon grand ?

— Ça allait il y a quelques secondes. (Carmela vint me rejoindre dans un nuage de senteurs florales et caressa le dos de Matteo.) Il a peut-être besoin d'une sieste.

— Nan. Il doit bientôt partir à la maternelle.

Matteo s'écarta de moi en sanglotant. Son chagrin me faisait l'effet d'un coup de pied dans l'estomac. Ce n'était pas ses pleurs habituels, comme pour un bobo. Matteo ne devait pas savoir comment réagir face aux attentions de Carmela. Mon pauvre enfant n'avait jamais vraiment eu de maman.

Il avait l'air au bord de la crise de larmes et l'affection de Carmela semblait être la goutte de trop. Il éclata en sanglots, le visage enfoui dans mon cou.

— Qu'est-ce qui s'est passé ? s'inquiéta Carmela d'un air affligé tout en caressant ses cheveux. Qu'est-ce qui t'arrive mon cœur ?

Matteo secoua la tête.

Je tapotais son épaule tandis qu'il continuait de tremper le col de mon t-shirt de larmes. Je m'assis sur les marches qui menaient à la maison et il se recroquevilla sur mes genoux en pleurant. Chaque fois que Carmela touchait Matteo, ses sanglots décuplaient.

Carmela semblait prendre ça comme un échec personnel. Elle fit quelques pas en arrière. Son visage avait perdu de son éclat.

— Qu'est-ce que j'ai fait de mal ?

— Rien, répondis-je.

Une voiture vint se garer sur le trottoir et klaxonna. Je poussai un soupir de soulagement.

— Regarde, Matteo, c'est l'heure d'aller à l'école ! m'exclamai-je.

Matteo se tourna vers la rue en hoquetant. Il glissa de mes genoux, le visage ruisselant de larmes. Dès qu'il repéra la Lexus noire, ses pleurs cessèrent.

Carmela attrapa ses affaires d'un air déconcerté puis nous accompagnâmes Matteo jusqu'à la voiture. Le chauffeur le fit monter et Matteo nous fit un signe de la main. Carmela le lui rendit avec un grand sourire. Dès que la voiture eut disparu au coin de la rue, son sourire s'évapora.

Sa main serrait toujours la mienne.

— Qu'est-ce qui l'a mis dans cet état ?

— Les gosses de quatre ans pleurent pour tout et n'importe quoi.

Elle continuait de regarder dans la direction qu'avait prise la voiture.

— Il n'en faut pas beaucoup pour le bouleverser.

— C'est la faute à feu sa mère.

— Qu'est-ce qui s'est passé ? demanda Carmela d'une voix enrouée en serrant fort mes doigts. Est-ce qu'elle les frappait ?

L'image d'un van blanc garé sur un parking brûla dans mon esprit. L'écho des cris de mes enfants perça à travers le chant des oiseaux et vida le monde extérieur de toute chaleur. Ce froid s'infiltra jusque dans ma poitrine.

Je me dégageai de l'étreinte de Carmela et rentrai dans la maison à grands pas.

Elle avait l'air horrifiée. Elle s'imaginait déjà le pire, et je ne supportais pas sa pitié. J'avais fait mon possible pour minimiser les dommages causés par Serena, mais rien n'allégerait jamais mon sentiment de culpabilité.

— Michael ?

Je me braquai.

— N'insiste pas.

— Je ne te demande pas les détails scabreux, je veux juste avoir une idée générale de ce qu'ils ont subi. S'ils ont été maltraités...

— À moins que toi aussi tu aies l'intention de me raconter les pires moments de *ta* vie, je te conseille de changer de sujet.

J'attrapai le sac plastique que j'avais laissé sur la table de la cuisine et le lui fourrai entre les bras.

— Je t'ai acheté un cadeau.

Carmela reposa le paquet et continua de me fixer.

— Ouvre-le, insistai-je.

Ses lèvres se pincèrent tandis qu'elle déchirait le papier cadeau. Elle en sortit un sac à main de la marque Burberry.

J'avais trouvé une boutique qui les vendait et avais cherché le même que celui que ma fille avait détruit, mais ils n'avaient plus ce modèle en stock alors j'en avais acheté un qui lui ressemblait. Je n'y connaissais absolument rien aux sacs à main. C'était l'une des vendeuses qui l'avait choisi.

— Pourquoi tu m'as acheté ça ?

— Parce que Mariette a détruit le tien. J'ai pensé que tu aimerais un avoir un autre pour le remplacer.

Carmela lâcha le sac sur le comptoir en granite.

— Tu n'étais pas obligé de faire ça, Michael, dit-elle d'une voix plus douce.

— Je voulais le faire.

— J'apprécie le geste, dit-elle avant de prendre une grande inspiration. Mais je n'en ai rien à faire de mon sac à main. Tu ne peux pas te contenter de me couvrir de cadeaux en espérant que ça fera disparaître tous nos problèmes.

Ça avait pourtant marché avec ma première femme.

— Ne pose pas des questions dont tu ne peux pas encaisser la réponse.

— Qui te dit que je ne peux pas l'encaisser ?

Le fait qu'elle était pure comme la neige vierge.

— La vie n'est pas un conte de fées. Les vérités ne sont pas toutes belles à entendre.

— Je le sais, crois-moi.

— Comment pourrais-tu comprendre de quoi je parle ?

Carmela me lança un regard venimeux.

— Tu as quelque chose sur le cœur ? demandai-je.

— Ne me tente pas, répondit-elle en levant la main.

— Tu meurs d'envie de me balancer mes quatre vérités, alors vas-y. Ça te fera du bien.

— J'aime tes enfants, mais *toi*, je ne t'aime pas. (Carmela attrapa un torchon dans un tiroir et essuya les miettes éparpillées sur le comptoir.) Et je crois que je ne le pourrai jamais.

Pas surprenant.

— Continue.

— Tu es une brute, explosa-t-elle en balançant le torchon dans l'évier. Un connard aigri. Tu es seul. Tu souffres d'avoir perdu ton frère et Serena.

— Tu es loin du compte.

Elle pencha la tête sur le côté et sourit.

— À propos d'elle ou du reste ?

Je l'aurais bien foutue dehors si mes enfants ne s'étaient pas déjà entichés d'elle.

— Qu'est-ce qui te fait croire que je suis aigri ?

— Tu évites les fêtes familiales. Tu refuses de te joindre à la fanfare ou aux soirées pyjama dansantes...

— Taper sur des casseroles ce n'est pas de la musique.

Elle me lança un regard noir.

— C'est amusant.

— Ça me perfore les tympans.

— J'essaie de t'aider, espèce d'ingrat, et tu t'en rendrais peut-être compte si tu arrêtais de te comporter comme un connard !

Carmela souffla longuement, et ce fut là le seul indice qui montrait qu'elle était énervée en dehors de ses joues légèrement rosées. Je ne connaissais personne avec autant de grâce. Elle était belle, même lorsqu'elle me regardait comme si j'étais de la boue sous ses semelles.

Je l'attirai près de moi.

— Tu me détestes, Carmela ?

Le feu qui brûlait dans ses yeux s'atténua quelque peu.

— Tu me donnes un bon nombre de raisons de le faire.

— J'essaie de changer ça.

— Pourquoi ? demanda-t-elle tout en jetant un coup d'œil en direction de son sac.

— C'est déjà une torture de te regarder, mais ne pas pouvoir te toucher est en train de me tuer à petit feu.

Ses courbes pulpeuses remplirent mes mains et mon esprit fut submergé par une douzaine d'images de nos corps entrelacés dans les draps. Le cou et la poitrine de Carmela étaient également rouges à présent. Je me penchai pour embrasser sa joue. Ses lèvres s'entrouvrirent et laissèrent s'échapper un soupir ténu.

— Tu veux savoir ce que moi je pense de toi ? demandai-je.

Ses narines s'élargirent.

— Non merci. J'ai eu mon compte de vérités pour aujourd'hui.

— Je pourrais te surprendre.

— Je n'ai pas besoin de l'entendre.

— L'homme qui est passé avant moi a laissé une blessure profonde, dis-je en traçant une cicatrice invisible sur son cœur. Tu souffres. Tu es seule. Et bientôt, tu me mangeras dans la main… parce que je suis le seul à pouvoir te donner ce que tu désires le plus au monde.

Elle leva la tête, troublée.

Il n'y avait rien de plus excitant que de voir une femme forte lâcher prise, regarder ses défenses s'effondrer une à une jusqu'à ce qu'il ne reste plus que sa véritable essence.

Le secret pour pénétrer l'âme de Carmela n'était pas difficile — quelques minutes de conversation m'avaient suffi pour le découvrir.

Mais elle, elle avait encore du chemin à faire pour me cerner.

DOUZE
MICHAEL

J'étais un gangster, pas un diplomate.

Mais on attendait quand même de moi que je répare nos relations tendues avec la Légion. Les motards ne comprenaient pas pourquoi nous ne pouvions plus prévenir les descentes de flics. Ils voulaient une plus grosse part du gâteau. Ils exigeaient toujours plus et continuaient de terroriser Boston avec leur club affilié, le Rage Machine. Le président de la Légion avait demandé à nous rencontrer, alors nous avons réservé un endroit dans lequel il y avait peu de chance qu'une éruption de violence éclate : un réfectoire aux murs couverts de tapisseries représentant des élans.

Pourquoi les riches étaient-ils si attachés à leurs animaux majestueux ?

La prestigieuse université de Bourton n'était pas l'endroit idéal où parler affaires, mais c'était un terrain neutre. Personne ne risquerait d'ouvrir le feu dans un campus universitaire. Nico était un important donateur et il nous avait suffi de mentionner son nom pour qu'on nous ouvre les portes. Et puis, la bouffe y était plutôt bonne.

Dans l'espoir d'apaiser les esprits, j'avais prévu un barbecue à volonté, que les motards allaient dévorer comme les rats qu'ils étaient. Des spirales de fumée s'élevaient des bacs de bain-marie qui avaient été ratissés quelques minutes avant que le président n'arrive. Carmela et moi étions assis contre le mur, entourés de gars en costards. Elle portait une robe rose avec un décolleté plongeant et je n'arrivais pas à la regarder sans imaginer ma bouche sur ses seins. J'allais bientôt devoir aller trouver Vinn, mais je n'avais absolument aucune envie de m'éloigner de la seule source de lumière de la pièce.

Elle était de mauvaise humeur, sans doute parce qu'elle n'arrêtait pas de me surprendre en train de reluquer son décolleté. Elle tapota mon menton, me forçant à plonger mon regard dans ses yeux d'un brun foncé pour la troisième fois.

— Tu ne peux pas te contrôler ?

Non.

— C'est ce que je suis en train de faire, répondis-je.

Carmela leva les yeux au ciel, puis se remit à m'ignorer. Elle but son Prosecco, la tête penchée en arrière dans un mouvement gracieux.

— Ne fais pas comme si tu n'avais jamais gémi mon nom pendant l'amour.

Elle s'étrangla, et l'alcool fit briller ses lèvres. Je m'imaginai en train de prendre possession de sa bouche boudeuse et d'aspirer l'alcool qui s'y trouvait, ou mieux encore, de renverser le reste du liquide doré entre ses seins et de les lécher jusqu'à ce qu'il ne reste plus rien.

Notre nuit de noces n'était jamais bien loin dans mes pensées. Chacune des minutes torrides passées avec Carmela était restée ancrée dans ma mémoire. Elle avait un corps magnifique. Son goût et son odeur envahissaient mes sens chaque fois que je me branlais. Elle avait infusé dans mon sang un désir insatiable qui ne se taisait jamais.

Carmela reposa son verre.

— Peut-on ne pas parler de...

— J'adore les bruits que tu fais quand tu jouis. Je me demande quels bruits tu feras quand j'éjaculerai dans ta bouche.

La mâchoire de Carmela se crispa.

— Même pas en rêve.

— Ouais, c'est vrai que te jouir dans la bouche serait du gâchis de sperme.

— Qu'est-ce que tu veux dire par là ? demanda-t-elle en me lançant un regard soupçonneux.

Mon sous-entendu était assez clair à mon goût, et j'attendis donc que les pièces du puzzle s'emboîtent dans son cerveau. Tout ce qu'elle avait à faire était de *demander* — ma réponse serait *oui*.

Je me penchai sur la table, luttant pour garder un ton neutre, pour me montrer patient.

— Tu sais ce que je veux dire.

— Non, je ne vois pas.

Peut-être était-elle vraiment obtuse à ce point.

— Bon Dieu, soupirai-je.

— Explique-toi, ou alors ferme-la.

— Je ne peux pas. C'est à toi de deviner. (Mes phalanges glissèrent jusqu'à la base de son cou et appuyèrent sur son pouls battant.) À toi de me dire ce que tu veux.

— Ma famille.

C'était une perte de temps. Si elle n'était pas prête à l'accepter, la forcer dans cette voie ne ferait qu'empirer les choses.

Elle tressaillit lorsque je l'embrassai sur le front et son expression s'assombrit comme si des nuages passaient au-dessus de nous.

— Tu es censé me faire confiance, dit-elle, mais tu refuses de me laisser seule avec les enfants.

— J'y viendrai. Un jour ou l'autre. Est-ce que ça ne vaut pas quelques bons points ?

Apparemment non.

Son visage se ferma et elle s'arracha à mon étreinte, puis elle s'éloigna jusqu'à disparaître dans la foule. Un poids me plomba l'estomac tandis que je regardais sa silhouette rose parcourir le sol en marbre.

Deux faits s'imposèrent à moi :

Un, Carmela avait un blocage mental de la taille du Texas.

Deux, j'aurais aimé pouvoir entrer dans ses bonnes grâces.

Cela ne me ressemblait pas. Carmela pouvait penser ce qu'elle voulait de moi. J'essayais simplement de tirer mon coup. Nous en sortirions tous les deux gagnants. Il fallait vraiment qu'elle arrête de se voiler la face.

Mais peut-être que cela n'arriverait jamais.

Je ne pouvais pas lui faire confiance, et elle ne me verrait jamais autrement que comme le bâtard qui avait torturé son père. Une chose était sûre : après Serena, je ne pouvais pas me permettre de m'investir dans une nouvelle relation. J'avais épousé Carmela pour mes enfants, et peut-être aussi un peu pour ma carrière. Elle ne m'aimerait jamais, et ce n'était pas plus mal – la putain qui m'aimait était *complètement folle*.

Carmela allait aimer mes enfants.

C'était tout ce qui comptait.

Mon humeur s'assombrit, et une épaule large vint pousser la mienne.

Vinn s'était assis à la place que Carmela venait de quitter. Il s'installa sur la chaise qui grinça sous son poids. Avec son visage rasé de près et son costard noir, on aurait dit un

James Bond italien. Je n'arrivais pas à m'habituer à voir mon cousin en costard. Il était plutôt du genre jeans et pull à capuche, mais il avait dû s'habiller de circonstance.

Il passa un bras autour de mes épaules.

— Problèmes de couple ?

— Tout va bien.

— Oh, Mike, à quoi est-ce que t'attendais ? Tu as kidnappé son père. Tu surveilles ses moindres faits et gestes.

— Est-ce que je t'ai demandé ton opinion, putain ?

— Si tu l'avais fait, je t'aurais dit de ne pas épouser une étrangère. Pourquoi as-tu fait ça, d'ailleurs ?

— Elle remplit toutes les conditions sur ma liste.

— Tout comme un million d'autres nanas.

Le regard de Vinn me transperçait, mais je n'avais aucune envie de subir ses railleries pendant la demi-heure à venir si je lui avouais la véritable raison.

— Je n'ai pas de regrets, déclarai-je en finissant mon verre, la chaleur du vin envahissant ma gorge. Elle rend Mariette et Matteo heureux, et c'est tout ce qui compte.

— Tu as presque l'air de croire ce que tu dis.

— Occupe-toi de tes affaires.

— Très bien. Tu lui as parlé d'Alessio ?

Je plongeai le nez dans mon verre.

— Elle n'a aucune idée de l'endroit où ils se trouvent.

— Tu crois qu'elle dit la vérité ?

— Ouais. J'ai accès à ses e-mails.

C'était un mensonge, mais j'avais bel et bien l'intention de pirater sa messagerie un de ces jours.

Vinn se frotta les tempes. Son front était plissé et il semblait plus tendu que d'habitude.

— Alessio va revenir, dis-je. (Je l'imaginai en chemise hawaïenne et short de surf, et reniflai.) Il est trop italien pour se satisfaire de charcuterie merdique de supermarché. Il va vouloir retrouver ses espressos, ses cannolis, son prosciutto di parma, et il rentrera.

— Putain, je te jure... Il a carrément pété les plombs quand sa gamine est née.

— Un de ces jours, ça t'arrivera à toi aussi, fis-je en tapotant son biceps. Et tu comprendras pourquoi j'ai épousé Carmela.

— Je n'aurai pas d'enfants. Jamais. Et ton mariage avec Carmela, ça reste de la folie. En parlant du loup, dit-il en faisant un geste vers l'autre bout de la salle, tu ferais bien d'aller la sauver.

— Comment ça ?

Il montra du doigt un Anthony complètement ivre, qui titubait tout en discutant avec ma femme. Anthony était le fils de Nico Costa, le véritable patron de la famille qui purgeait une peine de cinq ans de prison. Anthony était un ancien élève de cette école ridicule. Il avait un diplôme de psychologie et tout ce qui l'intéressait dans la vie, c'était la fête et les drogues. Il fut un temps où je trainais sans arrêt avec lui, avant de me ressaisir et d'arrêter la coke.

Il m'avait simplement fallu la bonne motivation : devenir père.

J'avais espéré qu'Anthony aurait le même type d'épiphanie, mais il avait maintenant trente-quatre balais.

Ma chaise grinça avant même que je ne réalise que j'étais en train de me lever. Je dus contourner plusieurs personnes pour arriver à Carmela, dont le sourire s'élargissait tandis qu'Anthony se penchait en lui faisant un clin d'œil conspirateur. Il portait un blazer aux couleurs de Bourton et un pantalon repassé, et paraissait étonnement soigné vu son état. C'était ça le problème avec Anthony. Il était difficile de se rendre compte à quel point il était perturbé au premier regard.

Nos yeux se croisèrent et il leva son verre en criant :

— Mikey !

Ce surnom me fit grogner.

— Salut, Anthony.

— C'est *Tony*, mec. Combien de fois faut-il que je te le répète ?

— Encore quelques-unes.

J'étouffai un sourire et attrapai Carmela par la taille, distrait par le tissu moulant qui épousait parfaitement ses hanches. Je l'attirai à côté de moi, puis je posai ma bouche sous son menton pour embrasser ce coin de peau si délectable.

Carmela sourit et passa ses bras sous ma veste.

Anthony remua son verre, ce qui fit tinter les glaçons.

— Vous êtes trop mignons tous les deux. Ça me donne envie de vomir.

Charmant.

— Tu es sûr que ce n'est pas plutôt à cause du Jägermeister ? me moquai-je.

Anthony prit une autre gorgée, les sourcils froncés.

— Qu'est-ce que tu lui trouves, à celui-là ?

C'est vilain d'être jaloux, sale petit merdeux.

Je me retins de répliquer, car je voulais entendre ce qu'elle avait à répondre.

— Plein de choses. (Carmela posa une main sur mon torse et me regarda dans les yeux.) Michael a un grand sens de l'humour. Il me respecte. Il est loyal. Il ferait tout pour sa famille.

— Vous projetez d'avoir des enfants ?

Je jetai un coup d'œil à Carmela, mais elle n'avait pas l'air de vouloir répondre. Elle déglutit et me rendit mon regard.

— Carmela meurt d'envie d'avoir un bébé. On ne va pas tarder à s'y mettre, pas vrai ?

Je lançai un sourire moqueur à ma femme, dont le visage reflétait le choc.

— Je n'ai jamais rencontré de mec qui voulait avoir des enfants, fit Anthony en sirotant son cocktail.

— N'importe quoi. Et Alessio, alors ?

— Il ne compte pas. Il est trop bizarre. (Anthony haussa les épaules. Ses mots devenaient de plus en plus pâteux.) Ça m'a plutôt l'air d'être un sacrifice que certains hommes sont prêts à faire pour garder leur femme.

— Pas dans mon cas.

Anthony me lança un regard noir.

— C'est ce que j'adore chez toi, intervint Carmela d'une voix mielleuse qu'elle réservait en temps normal à Mariette. Tu es un père merveilleux.

Est-ce qu'elle le pensait vraiment ?

Elle avait déjà dit ça, mais jamais avec cette caresse dans la voix. Cela faisait vibrer ma seule corde sensible. Il fallait que je sache si elle se moquait de moi, mais son expression ne laissait rien transparaître.

Les mains de Carmela remontèrent le long de mon cou. Elle s'arrêta, sa bouche à quelques centimètres de la mienne.

Je me penchai vers elle, le cœur battant à tout rompre...

Anthony émit un rire juvénile qui fit exploser notre bulle. Il murmura un « au revoir » avant de s'en aller d'un pas lourd.

J'eus envie de lui balancer mon verre à la tête.

Carmela se glissa de sous ma veste et fit un pas en arrière, le rose aux joues.

— Anthony est un phénomène.

— C'est surtout un casse-couille, grognai-je avant de consulter ma montre. Merde. Il faut que j'aille assister à une réunion dont je n'ai absolument rien à faire, mais quand je reviens tu vas t'asseoir sur mes genoux.

— Ça ne va pas te faire bander ?

Sûrement.

— Essaie de ne pas briser trop de cœurs, lui lançai-je en m'éloignant.

TREIZE
CARMELA

Je détestais les fêtes de gangsters.

Mon père refusait d'accepter l'idée que j'étais encore célibataire à vingt-sept ans, alors il avait pris l'habitude d'inviter tous les mafiosos célibataires des alentours à un barbecue plusieurs fois par an. Maman devait s'occuper de la cuisine et moi, je l'aidais à préparer la pâte pour la tarte aux tomates et je remplissais les verres de ces sangsues.

Ils envahissaient la maison de mes parents comme de la vermine — de gros rats assoiffés de pouvoir qui dévoraient tout notre fromage. Certains d'entre eux avaient l'âge de mon père. Et d'énormes bedaines. Ils parlaient trop fort, tout en m'observant avec leurs sourires pervers.

Dans ce réfectoire grouillant de Costa et de femmes de Costa, j'eus l'impression d'avoir fait un saut dans le passé. Il n'y avait pas d'enfants. Je m'ennuyais à mourir et je n'avais même pas Matteo et Mariette pour me tenir compagnie.

Je sirotais mon Prosecco, incapable de m'ôter ce que

Michael avait dit de la tête. *Carmela meurt d'envie d'avoir un bébé.* Je n'y avais jamais fait la moindre allusion, même si c'était la vérité vraie.

À quoi est-ce qu'il jouait, bon sang ?

Des hommes vêtus de cuir s'avancèrent dans la foule en direction du buffet. Mon pouls s'emballa tandis que j'observai un géant roux de deux mètres de haut remplir son assiette de steaks. Des tatouages décoraient ses bras, et un écusson de la Légion couvrait son torse.

Le gang de Nick.

Mon estomac se noua.

Michael avait mentionné le fait qu'il s'agissait d'une réunion entre associés, mais j'ignorais que cela voulait dire la *Légion*. Nick se trouvait peut-être ici.

Il fallait que je parte. J'ouvris mon téléphone pour l'appeler, mais je tombai sur sa messagerie. Mon cerveau était en ébullition. Je serais mieux à la maison qu'ici. Si je restais, je courais le risque de tomber sur Nick, qui vivait sans doute encore dans son monde imaginaire dans lequel j'étais sa petite amie enamourée, et où sa vue ne me donnait pas envie de vomir.

Dans ma hâte, j'écartai les gens sur mon passage et finis par débouler dehors par la sortie de secours qui se trouvait derrière les cuisines.

L'air froid me piqua les jambes et les pieds. Des hommes fumaient, adossés au mur en briques. J'eus le temps d'entrevoir leurs vestes en cuir alors que je me dépêchais de passer devant eux.

L'un d'eux lâcha un hurlement de loup qui me glaça le sang.

— Remonte ta robe. Montre-nous ta chatte.

— Je t'emmène faire un tour, ma belle ?

Cette voix de baryton m'était familière. Le feu en moi grandit, comme si on l'avait aspergé d'essence. L'univers ne pouvait pas être aussi cruel.

— Comment tu t'appelles, ma jolie ? (Un homme se détacha du mur en jetant son mégot de cigarette.) Attends un peu.

J'accélérai le pas. Mes talons crissèrent sur les pavés. Devant moi brillait un boîtier d'urgence. Si je pouvais l'atteindre, je pourrais appeler la sécurité du campus...

— Hé, je te parle. Attends, ma belle.

Des pas lourds se rapprochèrent, accompagnés d'un tintement métallique.

Il empoigna mon épaule au moment où une odeur familière atteignait mes narines.

Des clous de girofle.

Il fut un temps où cette odeur me rappelait mon chez-moi, mais maintenant elle me faisait penser à la mort. Elle s'échappait des cigarettes brunes de Nick. Tant de fois, je l'avais regardé en allumer une. Avant que notre histoire d'amour ne se transforme en « Attraction fatale » je lui achetais des paquets et les cachais dans des endroits où il les trouverait plus tard, pour lui faire la surprise.

— Je t'ai dit d'attendre, bordel.

Il resserra ses doigts autour de mon avant-bras. Toute trace de plaisanterie s'était évaporée de sa voix. Sa bouche était tordue par un rictus malveillant qui s'atténua lorsque je fis volteface.

— *Ma beauté !*

Il n'avait pas changé ces derniers mois. Il coiffait toujours ses cheveux dorés en une vague qui lui donnait l'air d'un surfeur. Une farandole de scènes de moto tatouées à l'encre noire enveloppait ses bras. Un chaume sombre couvrait ses joues et sa mâchoire. Il laissait sa barbe courte parce qu'elle poussait de façon complètement inégale. Nick prit mon visage en coupe, les yeux brillants de désir.

— Salut, Nick, lâchai-je.

— *Salut, Nick.* C'est tout ce que je mérite ?

Sa large main se posa sur ma poitrine et il me poussa avec bien trop de force. Chaque fois qu'il me faisait mal, il me sortait toujours les mêmes conneries. *Je ne contrôle pas ma force, bébé.* La carrure impériale de Michael était tout aussi imposante, mais lui ne m'avait jamais fait de mal.

J'avais le sentiment que Michael n'éprouverait que du mépris pour un homme qui se servait de cette excuse.

— Nick, tu me fais mal.

Nick siffla entre ses dents tout en continuant de me plaquer contre le mur. Ses doigts remontèrent le long de mon cou et serrèrent ma trachée. Je m'affaissai, le cœur battant à tout rompre, les poumons sur le point d'exploser. Nick adorait m'amener à la limite de la suffocation.

— Arrête, Nick.

— Où t'étais passée ? Je t'ai cherchée partout.

Il serra plus fort, menaçant de couper mon filet d'oxygène. Il me regarda suffoquer, les lèvres retroussées en un sourire sadique. Sa bouche happa la mienne, affamée, dévorante. Une vague de nausée faillit me submerger tandis que sa langue écartait mes lèvres de force. Elle avait le goût de ses cigarettes immondes, et l'odeur de clou de girofle envahit tous mes sens. Il continua de m'embrasser tandis que ma vision se criblait de points noirs. Lorsqu'il me relâcha enfin, l'afflux d'oxygène emplit mon corps d'une vigueur nouvelle.

Je me dégageai sur le côté.

— Ne me touche pas.

— J'en ai pas fini avec toi, ma beauté.

— Ne t'approche pas de moi.

— Tu veux qu'on discute ? (Il se recula de quelques centimètres puis soupira, le regard rivé sur mon décolleté.) Commence par me donner des explications.

— J'ai été occupée.

— À quoi faire ? Me fuir ?

Nick ignorait que j'étais mariée. S'il le découvrait, il m'arracherait la gorge. Un léger picotement descendit le long de ma colonne vertébrale. Cela faisait un moment que j'étais prête à mourir. Je souhaitais juste qu'il le fasse, qu'on en finisse.

Au moins, je serais débarrassée de lui.

La suspicion assombrit son regard.

— Carmela.

— Je suis ici avec un autre homme.

— Tu mens pour me rendre fou. (Son doigt s'enfonça dans mon cou. Il y dessina une ligne comme s'il s'agissait d'une lame, son ongle éraflant ma chair.) J'en suis sûr. Je suis un homme jaloux. Tu sais très bien que je ne fais pas de prisonniers.

— On s'est séparés.

— Je n'ai jamais dit que j'étais d'accord. Tu t'es barrée du jour au lendemain, et depuis on joue au chat et à la souris. (Il plongea sa main sous ma robe et remonta le long de ma cuisse jusqu'à attraper mon cul à pleine main.) Je te retrouve. On baise. Puis, tu t'enfuis. Je l'admets, c'était sympa au début, mais maintenant il faut que tu rentres.

J'écartai brusquement sa main.

— Nick, c'est fini entre nous.

— Certainement pas. Je t'aime.

Non, non, non.

— Ce n'est pas réciproque.

Nick m'attira vers lui avec force.

— Tu ne le penses pas, dit-il.

— Si. On n'est pas bien ensemble.

— C'est des conneries. On a ce que tout le monde recherche.

— C'est-à-dire ?

— L'amour.

Il était incapable d'empathie, et je ne l'aimais pas. J'ai peut-être cru que c'était le cas au début, mais j'étais naïve. Son côté surprotecteur, ses beaux gestes, ses grandes démonstrations d'affection, ses cadeaux somptueux... tout cela n'était qu'une pâle imitation de l'amour.

— Tu es ma femme. (Nick tapa son biceps à l'endroit où était tatouée une rose noire et blanche.) Tu es dans mon cœur, Carmela. Dans mon âme. J'en ai marre de me taper des filles qui te ressemblent, mais qui ne sont pas toi. Je te veux tous les jours, pas une fois de temps en temps.

Comme si un tatouage prouvait quoi que ce soit d'autre que son obsession.

— Tu me bats constamment, rétorquai-je.

— Tu en rajoutes, dit-il en levant les yeux au ciel.

— Non. Tu m'as battue tellement souvent que j'ai mis des semaines à guérir de tout ce que tu m'avais fait.

— Sale menteuse...

— Tu m'as violée devant tes frères.

— Je t'avais prévenue. Je t'avais dit qu'une relation avec moi serait intense. *Tu as dit que tu t'en foutais*.

— Je n'avais aucune idée de ce qui m'attendait.

— Si j'étais un monstre, c'était parce que tu m'y poussais.

— Je ne veux plus jamais te revoir. (Je m'arrachai à sa poigne et frottai la marque rouge qu'elle avait laissée.) C'est fini entre nous.

— Non, fit Nick en secouant la tête, le regard fou. Tu vas me pardonner.

Je me dirigeai vers l'entrée de service, mais Nick me suivit tel un nuage toxique qui exigeait mon attention.

— Ne me tourne pas le dos, putain !

Il m'attrapa par le bras, et se renfrogna à la vue de ma main.

Je refermai mon poing. Trop tard.

— C'est quoi ce bordel ? (Il passa son pouce sur mon alliance, et sa voix se monta dans les aigus.) *Qu'est-ce que t'as fait ?*

— Nick...

— T'es mariée ? (Il laissa retomber ma main d'un air écœuré.) Comment as-tu pu faire ça ?

— Quoi ? Trouver le bonheur ? Me mettre avec quelqu'un qui ne me frappe pas ? Il me traite comme un être humain et pas une poupée gonflable, contrairement à toi.

— Tu as couché avec moi il y a à peine deux mois !

— Qu'est-ce que j'étais censée faire ? Me battre ? Tu étais entré chez moi par effraction. Tu es malade. Je voudrais que tu ailles crever dans un trou. (Ma gorge se serra tandis que je tentais de repousser les images de notre dernière rencontre.) Je te hais, putain. Je te hais plus que tout.

— Carmela...

— Non. Tu as eu ta chance, et tu as tout gâché.

Un lourd silence emplit l'air entre nous, uniquement brisé par les sifflements de ses frères qui harcelaient à présent une autre passante.

Un sourire amer se dessina sur le visage de Nick.

— C'est qui, Carmela ?

— Ça ne te regarde pas.

— Dis-moi comment il s'appelle. Tu m'as dit que tu m'aimais. Tu voulais qu'on se marie et qu'on ait des enfants — où est-ce que ça aussi, je l'ai *imaginé* ? T'es qu'une putain de menteuse. Une salope.

Les cris de Nick attiraient l'attention des employés réunis près de la porte.

— C'est qui, bordel ? hurla-t-il.

— Michael Costa.

— Michael Costa, répéta Nick d'une voix qui n'était plus qu'un grondement menaçant. Je ne vous ai jamais vus ensemble, et tout à coup t'es mariée avec ce con de rital ?

— Oui. Et Dieu merci, il n'est pas comme toi.

Sa main fusa et une douleur atroce brûla ma joue. Mes paumes heurtèrent le béton et des gravillons s'enfoncèrent dans ma peau.

Un peu plus loin, un groupe d'hommes en blouses de travail s'approchaient. L'un d'eux parlait au téléphone tout en lançant des regards mauvais à Nick, qui redressa les épaules et siffla à l'attention de ses frères. En temps normal Nick n'aurait pas hésité une seule seconde à les tabasser, mais nous étions sur un campus universitaire. Il recula, les yeux réduits à deux fentes malveillantes.

Un homme à la peau sombre qui devait avoir la quarantaine m'aida à me relever.

— Ça va, Madame ? Vous voulez qu'on appelle la police ?

— Non, ça va aller.

Les hommes formèrent un cercle inquiet autour de moi alors que je réintégrais le bâtiment.

— Vous êtes sûre que ça va ?

— Je vais bien.

J'avais dû répéter cette phrase un bon millier de fois au cours des semaines qui avaient suivi ma fuite de chez Nick, alors que tous autour de moi s'inquiétaient que je sois devenue l'ombre de la femme que j'avais été. Cette rencontre surprise avec Nick ne m'avait pas déstabilisée. Si mes mains tremblaient, c'était uniquement à cause du froid.

J'allais bien, hormis l'arrière-goût nauséeux que m'avait laissé la présence infecte de Nick. Mon estomac se retourna violemment et de la bile me remonta dans la gorge.

Je me frayai un chemin entre les gens et me précipitai pour me pencher au-dessus d'une poubelle. Un goût amer me racla la langue tandis que je me purgeais. Je vomissais toujours après le départ de Nick. À chaque fois. Peu importait qu'il n'ait pas pu me violer cette fois-ci, parce qu'il finirait par me retrouver de nouveau et il remettrait ça encore et encore, cela ne finirait jamais.

La rage qui me consumait semblait tamiser la lumière du soleil.

— Je m'éloigne pendant quelques minutes et voilà ce qui arrive.

La main chaude de Michael se posa dans mon dos, et soudain une serviette en papier se matérialisa devant mes lèvres.

— Tu vas bien ? demanda-t-il.

— Non.

Je me redressai et le sourire de Michael s'estompa. Son visage pâlit.

— Qu'est-ce qui s'est passé, bon sang ?

— Mon ex est ici. Il m'a frappée.

— Oh putain, tu es *sérieuse* ?

— On avait une relation horrible, mais ça fait un moment qu'on a rompu, dis-je en effleurant ma joue meurtrie. Il fait partie de la Légion. Il a découvert que j'étais mariée et il s'est mis très en colère.

— Je vois. (La voix de Michael se fit glaciale alors que ses bras m'enveloppaient de leur chaleur.) Où il est, ce connard ?

— Dehors.

Il posa son menton sur le haut de ma tête tout en me caressant les cheveux.

— Je vais dire à Vitale de te ramener à la maison. Fais-toi couler un bain. Détends-toi.

— Je ne veux pas être seule.

— Je ne serai pas long. Promis. (Il fit un geste à l'attention de Vitale qui s'avança vers nous.) Comment il s'appelle ?

— Crash.

QUATORZE
MICHAEL

Ce nom m'était familier.

Tous les surnoms de motards se ressemblaient parce qu'ils étaient tous complètement stupides — Axe, Diésel, Crash... Est-ce que *Loser* était pris ?

« Une relation horrible » sous-entendait des passages à tabac et des viols. Le comportement de Carmela prenait maintenant tout son sens. Des signes avertisseurs que j'aurais dû remarquer me frappèrent en pleine figure.

Les hommes qui frappaient leurs femmes valaient à peine mieux que les pédophiles. Ce Crash était une sous-merde. Il avait terrorisé Carmela pour se sentir puissant parce que son ego était fragile. J'allais trouver ce sac à merde, le trainer jusqu à ma voiture, le flanquer dans une cellule sombre, et passer quelques journées à lui infliger des tortures inimaginables.

J'avais renvoyé Carmela à la maison avec Vitale. Elle était dans tous ses états. Cela m'avait pris un moment pour arriver à la calmer. J'avais ensuite rassemblé les troupes — six hommes de main des Costa, des brutes à qui la violence filait la trique — puis j'avais questionné le personnel présent. Ils m'avaient donné une description bien plus terrible de ce qui s'était passé.

— Il a fait *quoi* ?

Ma voix tremblait de rage, l'air autour de moi vibrait de fureur. Tout le monde voulait tabasser les motards. Quand j'étais petit, mon frère se saoulait et radotait au sujet de ces gangs de moto où les mecs corrompaient nos gentilles petites Italiennes. Une profonde méfiance envers les bikeurs courait dans nos veines. Les Costa étaient protecteurs envers les leurs. Rien ne nous mettait plus en rage que de voir un motard poser ses mains dégueulasses sur une de nos femmes.

— Il l'a étranglée, dit un gars qui devait avoir la quarantaine. Elle a essayé de s'échapper, mais ce connard ne l'a pas laissée partir. Il l'a traitée de salope. Il lui a flanqué une gifle.

Un silence de mort plana sur l'assistance.

Ce qu'avait fait Nick était impardonnable. Nombreux étaient morts pour des offenses bien moins graves. Il avait attaqué ma femme, alors que j'étais le bras droit de Vinn. Ce mec était-il fou ?

Son destin était scellé. Il allait crever d'une mort lente.

— Où est-il ?

L'homme fronça les sourcils et sa bouche se pinça.

— Vous m'avez l'air d'être un gars bien. Vous ne devriez pas vous frotter à ce genre de type, il pourrait être dangereux.

— C'est moi qui suis dangereux, l'ami. (Je lui donnai une tape dans le dos et glissai un billet de cinquante dans sa poche.) Merci pour votre aide. J'apprécierais si vous pouviez garder ce que vous avez vu pour vous.

Dès que l'homme fut sorti de la cuisine, un des gars flanqua un coup de poing dans le mur.

— On devrait tous les buter !

Tout à fait d'accord.

Je me tournai vers ma meute de loups assoiffés de sang.

— Personne ne tire, compris ? La dernière chose dont j'ai besoin c'est de me prendre une engueulade de la part du gouverneur à cause d'une fusillade sur le campus.

Ils acquiescèrent.

— Je suis sérieux. Il faut que quelqu'un garde la tête froide parce que moi, je ne sais pas si je vais pouvoir.

— Allons leur casser la gueule, patron.

J'ouvris la porte de service d'un grand coup d'épaule et nous sortîmes dans une allée entre deux bâtiments. Une benne à ordures se trouvait sur ma droite et le sol était parsemé de déchets. Un groupe de motards était adossé au mur de briques. Ils fumaient à côté de leurs Harley garées à la file. Je m'avançai dans l'obscurité fraîche. Mes hommes couvrirent mes arrières tandis que je m'approchais des vestes en cuir.

— Crash !

Ils tournèrent tous la tête vers moi. Je n'avais aucune idée duquel était Crash. Carmela l'avait décrit comme étant grand et blond.

— Lequel d'entre vous est Crash ?

— C'est moi.

Une voix basse attira mon attention vers un homme qui avait la stature d'un seconde ligne. De l'encre noire enrobait ses avant-bras et il portait une veste en cuir délavée par-dessus un t-shirt Metallica. Il devait avoir dans les vingt-cinq ans et ses traits fins me rappelaient ceux de Julian. Ses cheveux étaient ramenés en arrière. Une ébauche de barbe blonde couvrait sa mâchoire. Ses joues rondes lui donnaient un air de chérubin innocent qui ne collait pas avec sa tenue. On aurait dit un gamin qui avait trop regardé *Sons of Anarchy*. Il fumait une cigarette brune, qu'il lança vers moi d'une pichenette. Des étincelles rouges dansèrent sur le goudron.

— Tu dois être le rital qui a épousé ma nana.

Cet abruti voulait vraiment mourir.

— Et toi tu dois être le bikeur qui prend son pied en violant et frappant les femmes.

Ses potes sortirent de l'ombre, prêts à dégainer leurs armes. Crash leva la main et ils s'arrêtèrent.

— C'est ce qu'elle raconte sur moi ?

— Elle ne parle jamais de toi.

La bouche de Crash se tordit en un sourire dégoulinant d'arrogance.

— Parce que tu ne m'arrives pas à la cheville. Elle ne veut pas te faire de la peine, mais tu n'as pas ce qu'elle recherche. Je connais ma femme. Elle ne veut pas d'un brave gars.

— Qu'est-ce qui te fait penser que je suis un brave gars ?

— T'as rien d'un mâle dominant. T'es qu'une pute soumise, et c'est pas ça qu'elle recherche. Tu vas la laisser partir.

— Plutôt crever.

Il haussa les épaules.

— Je ne compte pas te laisser vivre maintenant que t'as goûté à la chatte de ma femme, cracha-t-il.

Ma vision se voila de rouge. J'attrapai mon couteau et l'enfonçai jusqu'à la garde. La lame transperça le cuir avant d'atteindre quelque chose de dur. Mais je ne sentis pas le contact chaud du sang.

Ce fils de pute portait un gilet pare-balles.

Ses phalanges vinrent s'écraser sur mon crâne. Deux autres coups m'atteignirent à la mâchoire. Je titubai. Mes hommes se jetèrent sur les motards, armés de couteaux et de matraques. Je donnai un grand coup d'épaule dans le ventre de Crash, le plaquant contre la benne à ordures. Il me frappa de toutes ses forces. Un coup atteignit mes reins et me força à reculer.

Fils de pute.

Je serrai les dents et lui envoyai mon poing dans le ventre. Il sortit sa lame et la brandit en avant, me forçant sauter en arrière. Je parai ses coups avec mes avant-bras, mais l'un d'eux parvint à s'enfoncer dans ma chair. Je grognai tandis qu'une chaleur familière nappait la paume de ma main. Son couteau siffla dans l'air. Je plongeai pour l'éviter. Je parvins à attraper son poignet et d'une torsion, lui fis lâcher son arme. Puis je lui flanquai un grand coup dans les jambes.

Son genou s'écrasa contre le béton, mais il continua à se débattre. Je n'arrivais pas à maintenir ma prise sur lui. Je lâchai mon arme, puis lui fis une prise d'étranglement. Il poussa sur ses pieds pour tenter de se débarrasser de moi. Une de ses ruades m'atteignit au menton et une autre dans l'entrejambe. Une douleur innommable explosa dans mes entrailles. Le feu qui dévorait mon bas-ventre me donna la nausée.

Je le lâchai, le souffle court.

Il s'élança en avant.

J'attrapai une bouteille qui avait roulé sous la benne et la brandis comme s'il s'agissait d'un club de golf. Elle se fracassa contre sa joue et les éclats de verre tombèrent en pluie sur la chaussée. Crash lâcha un juron et tituba. J'empoignai sa veste et le fis tomber au sol. J'écrasai son visage sur les bouts de verre, puis enfonçai mes phalanges dans ses yeux, son nez et toute autre partie de son corps qui se trouvait à ma portée. Je ramassai les éclats de verre et les lui fourrai dans la bouche.

— *Étouffe-toi avec.*

Crash roula sur le côté et se mit à vomir.

— *Arrêtez !*

Je reconnus vaguement la voix de baryton de mon cousin. Des mains rugueuses me saisirent par le bras, puis me tirèrent brusquement. Mon coude s'encastra dans une mâchoire. On essayait de m'arracher à Crash. Une autre paire de bras me ceintura et me tira en arrière. Je rugis tandis que Crash se redressait tant bien que mal en crachant du sang.

— Lâchez-moi, putain !

Un rouquin de la Légion lui tapa sur l'épaule.

— Ça va, mec ?

— Lâche-moi.

Crash le repoussa, puis ramassa un couteau sur le sol. Ses frères l'interceptèrent. Ils se mirent à quatre pour le contrôler, mais il était comme un tigre enragé. Il donna un coup de lame dans la poitrine du gars à la barbe rousse, coupant sa veste en cuir. Puis le président entra dans l'arène et encastra son poing dans le crâne de Crash.

Celui-ci s'affaissa, et se retrouva à quatre pattes sur le bitume.

— Je t'ai donné un ordre bordel ! lança le président de la Légion qui se tenait aux côtés de Vinn, dont le visage fermé ne trahissait rien de ce qu'il pensait. Qu'est-ce qui se passe ici ?

Crash se releva lentement. Ses lèvres ensanglantées s'étirèrent en un sourire mauvais.

— Costa et moi avons un petit désaccord.

— Il a frappé ma femme. J'ai des témoins. Je veux sa tête.

— Carmela m'appartenait avant d'être à toi. (Crash fit tourner son couteau dans sa main.) Rends-la-moi.

— Si tu as besoin de supplier qu'on te la rende, c'est qu'elle ne t'appartient pas.

— Tu me l'as piquée...

— Je lui ai demandé de m'épouser, et elle a dit oui. (J'éclatai de rire et montrai du doigt le président, qui avait l'air abasourdi.) Même lui, il pense que tu es fou.

— Je l'ai baisée il y a moins de deux mois. On était ensemble !

Je mourais d'envie de poignarder cet enfoiré et de passer sa bouche au chalumeau pour faire taire ses mensonges.

— Et puis elle t'a largué. Dommage pour toi. Tu aurais peut-être dû lui offrir plus que ta petite bite.

— Je vais t'arracher les yeux, Costa. Je vais détruire tout ce à quoi tu tiens.

Cet abruti ne se rendait pas compte qu'il était un homme mort.

— Tu n'en auras pas l'occasion, répliquai-je.

— Ça suffit, intervint Vinn. (Il me poussa rudement, ses gestes en désaccord avec sa voix tempérée.) Pas ici, Mike. Regarde où on est.

Je ne pouvais pas détacher mes yeux de Crash.

— Je vais tuer ce bâtard.

— *Pas ici.*

Le président fit signe à ses hommes, et ils trainèrent Crash vers les motos. Même si je crevais d'envie d'en finir sur le champ, je ne pouvais pas le liquider en plein campus. Une victime par balles dans l'enceinte de cet établissement prestigieux attirerait à coup sûr l'attention de la presse nationale. Ce n'était pas comme ça que je prévoyais de me débarrasser de l'ex de Carmela.

Il allait mourir de ma main.

Bientôt.

ON ORGANISA une réunion d'urgence. Vinn tenta la diplomatie avec le président de la Légion, qui soutenait que son capitaine avait simplement commis une erreur de jugement. Comme si Crash n'avait pas peloté puis cogné ma femme. Il s'attendait à ce qu'on se serre la main et qu'on oublie tout ça, ce qui ne risquait pas d'arriver. D'après Vinn, ce n'était pas la première fois que la Légion se montrait trop laxiste avec Crash. Je me mis donc à hurler dans le combiné et à menacer de suspendre leur approvisionnement en drogues, et il capitula. Nous étions libres de tuer Crash, si nous arrivions à mettre la main sur lui.

Il se terrait sans doute dans un motel, à panser ses blessures. Si Vinn ne m'avait pas arrêté, Crash serait mort sur un brancard, la bouche pleine d'éclats de verre. Sa fierté avait été anéantie. Carmela l'avait rejeté, et je lui avais botté le cul.

Il fallait qu'il meure.

Je finis par me calmer et me rendis aux urgences pour me faire recoudre. Il était minuit passé lorsque je rentrai enfin à la maison. Le cœur battant, je grimpai les marches qui menaient à notre chambre.

De la lumière perçait sous la porte.

Merde. Elle était réveillée.

J'hésitai avant d'entrer.

Carmela se retourna vivement. Elle s'était lavée, mais des marques rouges striaient ses joues comme si elle les avait agrippées pendant des heures. Elle ne portait rien d'autre que le t-shirt noir que je mettais pour dormir. Elle s'approcha de moi, les yeux brûlants.

— Espèce de salaud. Tu aurais pu m'appeler ! (Carmela me saisit par le bras, une grosse veine battant sur son front.) J'étais folle d'inquiétude. Tu ne m'as pas rappelée. Je ne savais pas si je devais contacter les hôpitaux, ou la morgue, ou…

— Écoute, je suis désolé. Je pensais que tu dormais.

— Que je *dormais* ? Ça ne va pas la tête ? (Carmela se gonfla comme une grenouille, et s'accrocha à mon blazer.) Tu es vraiment un grand malade.

Elle m'enveloppa dans une étreinte puissante et éclata en sanglots. Sa respiration se fit saccadée, elle avait du mal à inspirer.

Cela me brisa le cœur.

Je ne l'avais jamais vue s'effondrer. Les mots restèrent coincés dans ma gorge tandis qu'elle continuait à s'accrocher à moi.

— Désolé, fis-je en embrassant son épaule et en enfouissant mon nez dans son doux parfum. Je ne voulais pas te bouleverser.

— Qu'est-ce qui s'est passé ?

— On s'est battu. Ça ne s'est pas fini en bons termes.

— Ne sois pas vague.

— Il m'a poignardé le bras, alors je lui ai fait bouffer du verre. Il est encore en vie…

— Oh mon Dieu, gémit-elle en effleurant mon bandage. Tu es fou.

— Ce n'est rien. Juste une égratignure.

Carmela plissa le front et desserra ma cravate avant de faire glisser ma veste de mes épaules. Elle regarda le bandage blanc qui entourait mon bras, puis dit d'une voix rauque :

— Je suis désolée, Michael.

— Je le referais sans hésiter. Respire, Carmela. Tu es en sécurité.

Elle secoua la tête, si agitée qu'elle n'arrivait pas à expirer sans être prise de tremblements.

— Je le hais. Je voudrais qu'il disparaisse.

J'y travaille.

— Depuis combien de temps te pose-t-il problème ?

— Environ deux ans.

— *Deux ans ?*

— Parfois il me laisse tranquille pendant quelques semaines. Je déménage constamment. Je loue des appartements sous un faux nom. Je fais tout ce que je peux pour l'éviter. Il finit toujours par me retrouver.

Je ne savais pas par où commencer.

— Où as-tu rencontré ce type ?

— Dans un bar, répondit-elle en fermant les yeux. Je croyais être amoureuse. On est sortis ensemble pendant quelque temps. Je me suis enfuie pour pouvoir être avec lui, mais après quelques mois à habiter ensemble, ça a viré au cauchemar. Je l'ai quitté, mais il refuse de me laisser partir.

— Tu aurais pu me demander de l'aide. Tu as passé Noël chez moi. On se voyait tout le temps. Je lui aurais réglé son compte.

— Tu as deux enfants adorables.

— Qu'est-ce qu'ils ont à voir avec ça ?

Tout.

Mon ventre se serra alors que je regardais Carmela s'affaisser sur le lit, sa tristesse l'enveloppant comme une cape.

— Tu étais tellement gentil, dit-elle. Je ne pouvais pas le faire entrer dans vos vies.

Rien de ce qu'elle avait dit jusqu'ici ne m'avait touché autant que ces paroles.

— Tu en vaux la peine, Carmela. Quels que soient tes problèmes.

Elle baissa la tête.

— Crash est la raison pour laquelle tu t'appliquais à m'ignorer, n'est-ce pas ? demandai-je.

Carmela s'enfonça dans le lit et remonta la couverture jusqu'à son front. Le tissu n'étouffait que légèrement ses pleurs et son désespoir me faisait bien plus mal que ma blessure toute fraîche.

Je m'assis à côté d'elle et fis glisser la couette pour pouvoir caresser ses tresses d'ébène.

— Est-ce que tu veux de la compagnie ?

Elle acquiesça.

Je me déshabillai, puis me glissai à ses côtés. Carmela passa son bras sur mon torse et se serra contre moi. Sa chaleur me brûlait la peau.

Je lissai sa manche.

— Pourquoi portes-tu mon t-shirt ?

— Il avait ton odeur.

Elle regardait dans le vide, sans expression.

Je pressai mes lèvres sur sa joue et elle laissa échapper un bruit désespéré, une inspiration rauque qui me serra la poitrine. Je tournai la tête et capturai ses lèvres. Le goût de sel de ses larmes s'insinua sur ma langue. Je l'embrassai plus farouchement, déterminer à faire taire ce son affreux, déchirant.

Elle soupira, et fondit entre les draps. Ses doigts vinrent effleurer mon visage tandis qu'elle s'abandonnait à notre baiser. Elle l'approfondit, les bras enroulés autour de mon corps. Elle se mit à suçoter et à mordre avec passion, sa bouche adorable revendiquant chaque centimètre carré de la mienne.

Mes mains survolèrent ses cuisses. Elle se pressa contre moi. Je lui arrachai son t-shirt dans un tourbillon de tissus noir et de cheveux emmêlés. Elle se tortilla jusqu'à se mettre dans une position où ses seins s'écrasaient contre moi, et ma queue se durcit. Je pétris son cul, puis remontai ses courbes jusqu'à ses hanches, mes mains glissant sur sa peau veloutée. Mes pouces frôlèrent le côté de ses seins. Je les pris en coupe et elle écrasa sa bouche contre la mienne. Je l'empoignai par les hanches pour changer de position.

Les boucles brunes de Carmela s'étalèrent sur le satin blanc. Sa langue écarta mes lèvres, et son goût de vanille envahit mes sens. Mon instinct me hurlait de répondre à sa douceur par une force brute, mais je tirai les rênes de mon désir.

J'aimais le sexe brutal.

Je ligotais les filles dans des positions compromettantes. Je leur donnais la fessée et les forçais à me supplier de les faire jouir. J'adorais ça, et je m'assurais toujours qu'elles aussi. Quand j'étais frustré, quand la vie devenait trop stressante, je baisais des femmes.

Mais Carmela avait besoin d'un homme doux en ce moment.

J'étais loin de l'être, mais je pouvais essayer. Je comptai jusqu'à dix. Je fermai les yeux et serrai les dents. La main de Carmela s'aventura vers mon bas-ventre. Elle se posa sur ma queue et la serra. Sa passion attisait en moi un besoin primaire qui me criait un seul et unique mot : *domine.* C'était plus qu'un désir. C'était un besoin irrépressible de contrôle qui paralysait mes membres et durcissait ma queue.

Il fallait que j'arrête.

Je roulai sur le dos, m'éloignant ainsi d'elle. Carmela me suivit, et ses doigts brûlants s'approchèrent de mon caleçon. J'interceptai sa main et la plaçai sur mon cœur battant. Elle s'échappa de ma prise et mon désir s'enflamma de plus belle.

Je l'écartai de moi.

— Qu'est-ce qui ne va pas ? demanda-t-elle.

Je m'extirpai du lit en trébuchant.

— Je suis désolé. Je ne peux pas te donner ce dont tu as besoin.

La douleur se peignit sur le beau visage de Carmela.

Tout ça est trop intense.

QUINZE
CARMELA

Je n'aimerais plus jamais.

J'avais à peine survécu à ma dernière relation de couple. L'amour détruisait les cœurs de façon systématique, et le mien était brisé au-delà de tout espoir. Mais l'affrontement entre Nick et Michael avait jeté le doute sur cette certitude.

Il m'avait défendue.

Il avait enfoncé des éclats de verre dans la bouche de Nick sans hésiter une seule seconde. Michael n'avait pas perdu de temps en posant tout un tas de questions. Il m'avait crue, et il avait réagi au quart de tour.

Cela représentait tout pour moi.

Je me répétais que Michael avait défendu son honneur, pas le mien, mais je ne pouvais pas séparer ses actions du sentiment de sécurité qu'elles m'avaient apporté. Et peut-être que je ne l'aimais pas, mais il y aurait toujours de la place dans mon cœur pour ses enfants.

Je les adorais.

Matteo était absolument adorable. Il me faisait des câlins dès qu'il en avait l'occasion, sortait des bêtises à mourir de rire, et vénérait Michael comme un héros. Avec sa fille, c'était plus compliqué. Son indépendance farouche m'était difficile à gérer. Elle avait tendance à faire claquer les portes et à lancer des « Je vous hais. » Elle restait sur ses gardes, tout comme son père.

M'occuper des enfants me donnait l'impression d'être utile, mais peu importait combien je me perdais dans mon nouveau rôle, je ne pouvais oublier que Nick était là, dehors.

D'immenses chênes se dressaient au-dessus de nous tels des géants tandis que nous marchions tranquillement vers le terrain de jeux sur le gazon d'un vert profond. Mariette se précipita en avant et se hissa sur la balançoire en poussant des cris de joie. Les jambes de Matteo plongèrent à l'intérieur d'une cabane en plastique. Il tapa sur le gros tambour qui s'y trouvait, et fit tourner des engrenages géants.

Le regard perçant de Michael était rivé sur ses enfants. Des rides de fatigue marquaient son visage, mais à part ça il semblait normal. Un chaume indiscipliné couvrait son cou et sa mâchoire, et ses ondulations couleur café n'étaient qu'à moitié lissées. Lorsque ses yeux ambrés se posèrent sur moi, mon cœur fit un bond.

— Qu'est-ce qu'il y a ? demanda-t-il.

Je souris.

— Tu veux un café ? lui proposai-je.

Il reporta son attention sur ses enfants.

— Avec plaisir. Je le prends avec...

— Du lait et assez de sucre pour mettre un diabétique dans le coma. Je sais.

Il haussa les sourcils alors que je me dirigeais vers le stand de café.

De la rosée s'accrochait à l'herbe et me mouillait les chevilles tandis que le soleil perçait entre les nuages épais. C'était une superbe matinée de printemps. Le vent emportait les pétales de fleurs de cerisier qui venaient se prendre dans mes cheveux. L'air frais me mordait les joues. Tout en touillant le café de Michael, j'examinai l'impression de légèreté qui s'était emparée de ma poitrine — c'était du *bonheur*.

Je revins à côté de Michael et lui tendis son gobelet.

— J'ai mis quatre sucres.

— Parfait. (Il regarda son café en fronçant les sourcils, comme s'il se demandait s'il pouvait être empoisonné, mais il le but quand même.) Merci.

— Tu as le bec sucré, dis-je lorsqu'il me lança un regard interrogateur. Tu mets des bonbons à la menthe dans toutes tes poches. Et puis j'ai trouvé ta cachette dans la penderie.

— Je ne savais pas que tu m'observais. (Il n'avait pas l'air mécontent, plutôt flatté.) Tu cherches à conquérir mon cœur, Carmela ?

— Avec une tasse de café médiocre ?

— Il n'est pas si mauvais. (Le sourire de Michael s'élargit derrière son gobelet.) Qu'est-ce que tu penses savoir d'autre ?

— Tu manges tous les goûters des enfants. Tu n'as pas honte ?

— *Jamais.*

— Quel monstre.

— Je leur ai donné la vie. Le moins qu'ils puissent faire c'est de me donner leur quatre-heures. (Les doigts de Michael frôlèrent mon leggings puis me pincèrent les fesses.) C'est tout ce que tu as découvert ?

— Ton légume préféré c'est le brocoli. Tu as un faible pour les costumes écossais. Tu coupes ta viande avec un couteau à beurre. Je pourrais continuer, mais tout ça n'a pas d'importance. Tes petites habitudes ne me disent rien sur qui tu es en tant que personne. Et je veux connaître mon mari.

Michael avait l'air de n'écouter qu'à moitié, le regard toujours rivé sur ses enfants, mais sembla se figer.

— Parle-moi de tes parents.

— Mon père est mort, dit-il avec véhémence. Il est décédé quand j'avais cinq ans. Le type que tu as rencontré à notre mariage était le copain de ma mère.

— Désolée pour ton père.

— Je ne me souviens pas de lui. Ses funérailles sont gravées dans mon esprit, mais à part ça… c'est un étranger.

Il avait donc grandi sans papa. Cette pensée emplit mon estomac de tristesse.

— Qu'est-ce qui s'est passé après sa mort ? Qui a aidé ta mère à vous élever ?

Toute lumière sembla disparaître à l'intérieur de lui.

— Mon frère, Daniel. Il avait quinze ans.

— C'est une énorme responsabilité pour un adolescent.

— Ouais, mais il a fait de son mieux. Il préparait mes déjeuners et m'amenait à l'école. Il m'achetait tous les bonbons que je voulais. Quand j'étais plus grand, il m'amenait aux arcades et me fourrait un rouleau de monnaie de dix dollars dans la main. Ça faisait beaucoup d'argent en ce temps-là, surtout pour un gamin. Daniel n'était pas parfait. Il n'était même pas gentil, mais il était ce qui se rapprochait le plus d'un père pour moi.

Des nuages passèrent au-dessus de nos têtes et cachèrent le soleil. Michael secoua la tête pour chasser sa mélancolie. Un sourire réapparut sur son visage.

— Vivre avec moi ce n'est pas si terrible que ça, n'est-ce pas ?

— Ça n'est pas une torture.

— Attention chérie, tu vas me faire rougir. Quand tu te lâches comme ça sur les compliments, j'en ai les jambes qui flageolent.

J'attrapai son épaule et déposai un baiser sur son sourcil.

Il me regarda tout en faisant tourner son gobelet vide entre ses mains.

— Est-ce que je te mets mal à l'aise ? demandai-je.

Il renifla.

— Non.

— Depuis que je t'ai parlé de Crash, tu es différent.

— J'essaie de me montrer doux. Je n'essaie pas de trouver des excuses ou de me soustraire à quoi que ce soit. C'est la vérité. (Il se pencha vers moi, et son souffle chatouilla ma joue.) Je n'ai pas de soupape de sécurité, ma belle. Quand je suis excité, c'est dur de m'arrêter.

— Je ne t'ai jamais demandé de changer.

— Je t'ai épousée pour bâtir une vie meilleure. Si je cède à mes pulsions, *je vais te faire mal*. Et je ne pourrai pas le supporter.

— Tu ne peux pas en être sûr.

— C'est un risque, et je ne suis pas assez égoïste pour être prêt à le prendre. Je veux que tu sois heureuse.

Il ne pouvait pas être sincère.

Mais mon cœur se mit tout de même à chanter. Cela faisait tellement longtemps que j'attendais que *quelqu'un* m'apprécie à ma juste valeur. Personne ne m'avait jamais regardée pour ce que j'étais. Les gens ne voyaient jamais plus loin que mon visage et mon corps.

— Tu mens.

— Pourquoi est-ce que je t'aurais épousée, sinon ?

Je n'avais aucune réponse à cela.

Michael ne ressemblait plus au monstre que j'avais rencontré dans son manoir. Les morceaux de sa carapace tombaient un à un, comme un costume mal ajusté qui cachait un bel homme. Il m'avait aspirée dans un trou noir, attirée dans son orbite sombre.

Il ment.

Cela m'était égal. J'en avais besoin.

Je l'attirai vers moi par sa ceinture et l'embrassai sauvagement.

Michael lâcha un rire surpris qui résonna dans ma bouche. Un grondement vibra dans sa gorge et se fit plus profond lorsque je l'écrasai contre un arbre. Son grognement ricocha entre mes jambes tandis qu'il me retournait.

Il plaça sa main dans mon dos avant que je ne heurte le tronc. Nos corps se moulaient l'un dans l'autre. Ses lèvres emprisonnèrent les miennes et ses dents me mordillèrent juste avant qu'une vague de chaleur liquide me submerge. Il me dévorait lentement, passionnément, tout en parcourant mon corps de ses caresses soyeuses.

Il se recula, juste assez pour me réchauffer de son sourire paresseux.

— C'est donc comme ça que tu es quand tu ne me hais pas ? lui dis-je.

— Je ne t'ai jamais haï, Carmela.

— Mon non plus, je ne te hais pas.

— Alléluia.

Il se pencha en avant et prit de nouveau possession de moi. Il se fit plus doux que la dernière fois, sa langue titillant ma lèvre avec une impudence telle que ce n'était qu'une question de seconde avant que quelqu'un ne vienne nous sermonner.

— Je te veux. Je veux découvrir le *vrai* Michael, fis-je en caressant ses cheveux, y emmêlant mes doigts. Pas l'homme que tu faisais semblant d'être.

SEIZE
CARMELA

Je chantais une ballade italienne à tue-tête. Les notes les plus hautes étaient difficiles à atteindre pour moi, car la chanteuse avait une voix de soprano, tandis que moi j'étais une alto. Je baissais les notes de deux demi-tons, mais cela restait trop difficile, alors je décidai de passer à une chanson de Patsy Cline.

Lorsque les dernières notes de *She's got you* se dissipèrent, des applaudissements résonnèrent depuis une autre pièce. Mon ventre se serra et je suivis le son jusqu'au bureau de Michael, où mon mari était nonchalamment assis dans la pénombre. Un rai de lumière découpait son visage à la diagonale et illuminait faiblement le contour de sa silhouette. Il était assis sur le canapé, les pieds sur la table basse. Il joint ses mains devant lui.

— *Bravissimo*.

Mes pommettes s'enflammèrent. Chanter devant des inconnus ne me posait aucun problème, mais devant

Michael, c'était une tout autre histoire.

— Tu es rentré tôt.

— J'ai eu quelques complications.

Je distinguais à peine sa silhouette, qui ne me donnait absolument aucune indication quant à son humeur. Il parut deviner la mienne grâce mon silence.

— Tout va bien, me rassura-t-il. Continue à chanter.

— Je ne peux pas chanter quand tu es là.

— Tu penses que je vais me moquer ?

Ma nervosité était plutôt due à sa présence, qui m'enveloppait comme des lianes et m'attirait inexorablement vers lui où que je me cache. Il avait toujours eu une présence écrasante, d'une certaine façon assez similaire à celle de Nick. Michael était un monstre d'une autre espèce, et je voulais savoir jusqu'où je pouvais le pousser.

— C'est bon, j'ai terminé mon entraînement pour aujourd'hui.

Michael pencha la tête sur le côté.

— Comment se fait-il que je ne t'aie jamais entendue chanter ?

— Je le fais quand tu n'es pas là.

— Nous sommes mariés. Tu n'as plus besoin de te cacher devant moi.

Il n'allait pas lâcher l'affaire.

— Je ne me cache pas. Je chante parfois devant Matteo.

— Ce gamin t'a complètement embobinée. (D'après la douceur de sa voix, cela n'avait pas l'air de le déranger.) Maintenant il faut que *moi* je lui lise cinq histoires tous les soirs.

— Je n'y peux rien. Je l'aime.

Cet aveu m'avait échappé avant que je ne puisse le ravaler.

L'amour était un mot dangereux. Nick m'avait fait des choses innommables en son nom, et les hommes comme Michael considéraient leurs fils comme une extension de leur personne. Il y avait zéro degré de séparation entre lui et Matteo. Il allait s'imaginer que je l'aimais, lui aussi. Et il l'utiliserait contre moi.

Qu'est-ce qui n'allait pas chez moi, bon sang ?

— Est-ce que tu le penses ? demanda Michael d'un ton empreint de suspicion. Ou est-ce que tu dis ça pour flatter mon ego ?

— Je n'en ai rien à faire de ton ego.

— Ça, je veux bien le croire.

Ces mots restèrent en suspens, brûlant l'air entre nous. Puis Michael brisa le silence avec un ordre qui claqua comme un coup de fouet.

— *Viens là.*

Je croisai les bras.

— Demande-moi gentiment.

Michael tapota le canapé avant de concéder :

— S'il te plaît.

J'étais surprise qu'il cède si facilement. Je m'approchai de lui et m'assis à ses côtés.

— Pourquoi ? demanda-t-il.

— Pourquoi quoi ?

Michael se tendit, comme s'il se préparait à recevoir un coup.

— Pourquoi est-ce que tu les aimes ?

— Je... je ne sais pas. Je les aime, c'est tout. (J'observais Michael, mais son expression était indéchiffrable dans la pénombre.) Ils sont mignons, et je m'attache facilement.

— Je ne pourrais jamais ressentir ça pour les enfants de quelqu'un d'autre. Il n'y a que moi et les miens qui ne me laissent pas indifférent.

— Je ne suis pas aussi insensible que toi.

— Parce que tu n'as pas un enfant à toi.

Ces paroles me transpercèrent comme de l'acide.

— Merci de me le rappeler, connard.

— Carmela, je veux bien essayer.

Mon estomac se serra.

Un *bébé.*

Il ne pouvait pas être sérieux.

Il m'attrapa par le poignet et me força à me rassoir avant que je ne puisse me lever du canapé.

— Je pourrais te faire un bébé.

— Est-ce que tu te fous de moi ?

— Non, mais j'aimerai bien la foutre *en toi.*

— Ne plaisante pas. Pas quand il s'agit de ça.

— Je ne plaisante pas. J'ai essayé de t'en parler il y a des semaines de ça. J'ai lâché des sous-entendus gros comme une maison, mais tu as la tête encore plus dure que mon cousin. Tu refuses de voir quoi que ce soit de positif en moi.

— Tu veux un bébé. Avec moi.

Je n'arrivais toujours pas à y croire.

— Pourquoi pas ? fit-il.

— Et bien pour commencer, tu en as déjà deux. Qu'est-ce que tu ferais d'un troisième ?

— Il y a bien des avantages à faire un bébé avec toi, Carmela — en plus de ceux qui sont évidents. (La cuisse de Michael se pressa contre la mienne.) Matteo est à moitié italien. Il ne prendra jamais ma relève, mais notre fils le pourra.

Oh mon Dieu

— Et si on a des filles ?

— Alors tu leur tresseras les cheveux et je leur construirai des maisons de poupées.

— Mais si on a un garçon ?

— Je le préparerai à suivre ma voie. J'ai besoin de quelqu'un à qui je pourrai remettre les rênes quand je serai vieux.

Michael se pencha en avant et ajouta d'une voix plus douce :

— Il va falloir que tu acceptes cette idée.

Cela me serrait le cœur, mais je savais qu'il n'en serait pas autrement avec un homme comme lui.

— Et Téo ? hasardai-je.

— Quoi, Téo ?

— Est-ce que tu as les mêmes projets pour lui ?

Michael secoua la tête.

— Ce gamin est trop sensible.

— Il est parfait !

— Je sais. Ce n'est pas une critique. J'adore sa gentillesse, mais il faut que je me rende à l'évidence. Tu avais raison. On est différents, lui et moi. Et qui plus est, il n'est qu'à moitié rital. Il ne sera jamais accepté. Je ne peux pas lui demander de rejoindre une famille qui ne l'adoptera jamais vraiment.

Cette conversation était démente.

— Je ne suis même pas encore enceinte.

— Je préfère mettre les choses au clair dès maintenant. Dans tous les cas, je serai heureux.

C'était de la folie complète.

— Tu seras heureux avec les rendez-vous médicaux, les couches à changer et…

— Tu veux un bébé, oui ou non ?

Était-ce une question sérieuse ?

— *Bien sûr.* J'ai toujours voulu être maman. (Je lâchai un hoquet de surprise lorsque l'attention de Michael se concentra sur la fermeture éclair dans mon dos.) Qu'est-ce que tu…

— Faisons un bébé.

Michael ouvrit ma robe et ses mains se promenèrent dans mon dos. Le coton glissa le long de mon corps et il écarta les bretelles de mon soutien-gorge pour les remplacer par des baisers ardents. Sa bouche était divine. Il prit mes seins dans ses paumes, sa langue suivant le mouvement de ses pouces. Puis il fit remonter sa main le long de ma jambe et une bouffée de plaisir me fit perdre pied.

Je passai mes doigts dans ses cheveux soyeux, et Michael me répondit en me mordillant sauvagement. Il me fit passer sur ses genoux. Mes cuisses s'écartèrent de part et d'autre de ses jambes, et il me berça comme une poupée.

Je fis passer mes doigts sous sa chemise pour parcourir les muscles de son torse. Le désir me prit à la gorge. Je le dévêtis, avant de remarquer que sa manche était humide.

— Qu'est-ce que c'est ?

— Du sang, murmura-t-il. Mais ne t'en fais pas, c'est le mien.

— Merde. Je vais chercher des pansements.

— J'ai tous les soins qu'il me faut ici. (Il m'embrassa, puis effleura les coutures de ma culotte.) Et *là*.

Oh, *mon Dieu.*

— Pourquoi ne me laisses-tu pas te soigner ?

— *Je baise comme j'en ai envie.*

Un frisson glacial me parcourut les veines en entendant son ton cassant.

C'était un avertissement.

Un avertissement dont je devais tenir compte, parce qu'il était couvert de sang. Quelque chose de mortel bouillonnait en lui, mais il ne le libérerait pas tant que je ne lui aurais pas donné mon assentiment. Un lourd silence emplit l'air tandis que je considérais si je devais ou non lui abandonner le contrôle de la situation.

— Tout pour un bébé, murmurai-je.

Il saisit mes avant-bras d'une poigne de fer.

— *Carmela.*

— Je suis prête à trouver un compromis.

— Ça n'existe pas. C'est tout ou rien.

— Continue. (J'attrapai sa main et la guidai vers le bas.) C'est ma décision.

Michael me prit le menton et me donna un baiser passionné. Il se libéra de mon étreinte et m'arracha mon soutien-gorge. Puis il descendit ma robe et fit glisser mon string. Ses caresses se firent plus pressantes. Le feu me dévorait partout où se posaient ses lèvres, et sa langue nappait ma peau d'une chaleur liquide.

Une fois qu'il m'eut débarrassée de tous mes vêtements, Michael me prit dans ses bras. Lentement, il défit sa ceinture. Le cuir claqua contre son pantalon lorsqu'il la libéra. Il la tint tendue devant lui et caressa ma joue avec.

— Je ne peux pas être doux. Quand je baise, c'est brutal. C'est intense. C'est à l'opposé de ce dont tu as besoin. Il faut que tu comprennes que je ne fais pas ça par méchanceté. C'est juste que je ne peux pas me retenir. Et j'essaie d'être un bon mari.

— C'est bon. Je peux gérer.

— Je vais exploser toutes tes limites, Carmela. Si tu ne le sens pas, tu ferais mieux de prendre tes jambes à ton cou.

— Je te veux, moi aussi.

Il me serra plus fort.

— Tu ne le penses pas. C'est impossible.

— Je t'ai dit que *oui*...

— Alors assez parlé.

Il m'embrassa.

Ce baiser fut si brutal qu'il me coupa le souffle. Son essence masculine emplit ma bouche tandis qu'il écartait brutalement mes lèvres. Il pencha la tête et s'écrasa davantage contre moi. Il embrassa le haut de ma bouche, puis ma lèvre inférieure.

Il passa sa ceinture autour de ma taille. Il la fit glisser sur mon ventre puis la serra, restreignant ainsi ma mobilité. La lanière passa sous ma poitrine et frôla mes tétons. Puis il la serra de nouveau, aplatissant mes seins.

Les semaines que j'avais passées à m'occuper des enfants de Michael n'avaient pas atténué mon désir d'avoir un bébé. Mon cœur se gonflait de jalousie chaque fois je voyais ses enfants s'entasser sur ses genoux. J'avais même commencé à avoir du ressentiment envers lui, car je pensais qu'il ne serait jamais d'accord. J'aurais donné n'importe quoi pour cette expérience.

C'était ce que je voulais.

Je pouvais le faire.

Le monde autour de moi devint sombre et silencieux tandis qu'il continuait de m'immobiliser. Je sombrai dans un détachement indolent. Je m'affaissai entre ses bras. J'abandonnai.

Michael émit un son triomphant et se pencha en avant. Son sourire vint se presser sur mes lèvres froides. Il se recula alors vivement.

— *Non.* Tu n'as pas le droit de disparaître.

Il me remit debout et me poussa en arrière tout en empoignant mes fesses. Puis il me souleva.

Mes jambes heurtèrent le bureau.

Il me prit sous les cuisses et me poussa sur la surface dure. Il poussa tout ce qui se trouvait sur le bureau, éparpillant les presse-papiers et autres dossiers. Puis il m'allongea sur le bois. Il se releva et se dirigea d'un pas nonchalant vers les rideaux qu'il écarta brusquement. La pièce fut soudain baignée de lumière.

J'eus un hoquet de surprise.

Des auréoles rouge sombre tachaient ses manches. Il arracha sa chemise, les lèvres retroussées en un sourire sauvage. Il n'y avait aucune légèreté en lui. Le monstre voulait s'amuser.

Il s'agenouilla et écarta mes genoux tandis que sa tête disparaissait entre eux. Sa bouche enflamma ma chatte. Il se mit à aspirer, et une délicieuse chaleur s'empara de mon clitoris. Il continua à me lécher, d'avant en arrière. Le feu me monta aux joues et je lâchai un grognement. Des convulsions parcoururent mes jambes tandis que sa bouche m'attirait de plus en plus vers lui.

Doux Jésus, c'était tellement sexy.

Mon corps tout entier était incandescent. Je me tortillai jusqu'à me retrouver sur le ventre, dans l'espoir de me soustraire ainsi à sa douce torture, mais Michael continua à me maintenir fermement.

Il me donna une grande claque sur le cul.

Le coup me brûla la peau, mais Michael l'apaisa d'une caresse de la main. Puis il me frappa encore.

Et encore.

Chaque fois un peu plus fort. Pas assez pour me faire crier, mais assez pour tester mes limites. Mais même s'il n'apaisa pas cette fois ma peau en feu, sa langue était toujours là et continuait à me lécher et me pénétrer. Cela m'était égal qu'il me donne la fessée, tant qu'il n'arrêtait pas d'utiliser sa bouche. Tant que sa langue continuait de tourbillonner dans mon humidité, qui enveloppait maintenant mes cuisses. Je criais, à l'agonie, incapable de supporter l'incroyable frustration de ne pas pouvoir le chevaucher.

Soudain, il s'écarta.

Non !

Je hurlai lorsqu'il s'éloigna. Mon corps était au bord de l'autodestruction tant j'avais besoin qu'il me remplisse.

Le pantalon de Michael tomba en tas sur le sol. Il se pressa contre ma jambe tout en me prenant par la taille. Sa queue vint frotter contre mon clitoris, qui était déjà trempé de désir. Il me tira brusquement en arrière à l'aide de la ceinture. Sa voix était brûlante de luxure.

— Tu aimes ça, pas vrai ? (Il saisit mon visage et me donna une tape malicieuse.) Je t'ai posé une question.

— Oui.

— Je vais te baiser de toutes mes forces, dit-il en faisant glisser ses mains sur ma gorge. Souviens-toi de ce que je t'ai dit, Carmela.

Quelle partie ?

Il me pénétra d'un coup brutal. Son membre s'enfonça en moi comme un bélier, sans me laisser le temps de m'y ajuster. Il s'enfonça davantage, me privant d'oxygène. Un vide bourdonnant emplit ma tête tandis qu'il continuait ses poussées. J'étais subjuguée par sa queue ferme et glissante qui attisait mes étincelles jusqu'à les transformer en brasier hurlant. Je luttais pour respirer, à bout de souffle, et pourtant je ne pouvais m'empêcher de me frotter contre lui. Je lui rendis ses poussées, tout désir de détachement m'ayant quittée.

C'était trop bon.

Un gémissement pressant s'échappa de mes lèvres serrées.

Michael fit rouler ses hanches et me pénétra encore plus fort. Une claque vint rebondir sur mon cul, et la vibration me chatouilla la chatte. L'euphorie me picotait la bouche, s'échappait des doigts de Michael et électrisait sa queue, qui vidait ce que restait d'oxygène dans mes poumons.

Encore.

Ma poitrine me brûla tandis que je tentais d'inspirer. Mon orgasme enflait, se rapprochait de plus en plus. Michael accéléra la cadence. Sa main se glissa entre nos corps et dessina des cercles autour de mon clito. Ce léger contact envoya des décharges d'électricité au plus profond de mon être.

Il me bloqua sous lui, puis relâcha sa prise sur ma gorge, et la jouissance me frappa comme un semi-remorque. Un cri désespéré s'échappa de mes lèvres. Je hoquetai, soulevée par un dernier coup de reins tandis qu'il se vidait à l'intérieur de moi. Un liquide chaud vint napper mes parois alors que sa main continuait à me doigter.

Michael avait promis d'exploser toutes mes limites, et il avait tenu parole. Mes remparts gisaient en morceaux, il les avait détruits jusqu'au dernier.

Et j'étais au comble du bonheur.

Une plénitude sexuelle comme je n'en avais jamais connue se posa sur nous comme une couverture moelleuse tandis que Michael m'écartait du bureau. Il défit la ceinture et mes bras retombèrent mollement. Il m'attira contre sa poitrine avant de se laisser tomber sur le canapé. Il posa sa tête sur la mienne et me tint dans ses bras, comme purgé de sa folie. Il semblait à présent aussi inoffensif qu'un ours en peluche.

J'effleurerai son cou tout en savourant la délicieuse douleur entre mes jambes.

Pourquoi son côté dominateur m'avait-il paru si libérateur ?

Pourquoi avais-je envie qu'il recommence ?

Michael me caressa les cheveux et essuya les larmes qui mouillaient mes joues.

— Tu vas adorer être sous mon contrôle. Je te le promets.

J'ALLAIS AVOIR UN BÉBÉ.

Je n'étais pas enceinte, mais ce n'était qu'une question de temps. Nous avions fait l'amour encore trois fois ce jour-là. Michael m'avait réveillée au beau milieu de la nuit en pressant son érection contre mon dos. J'avais déjà téléchargé une application qui enregistrait mes cycles et établissait mes jours d'ovulation. J'avais partagé ce calendrier avec Michael, qui avait accepté de réserver ces jours-là à la conception. Son soutien était plus que ce que j'avais espéré.

J'étais d'un optimisme prudent.

J'attendais à présent avec impatience le retour de Michael, et pas seulement à cause de nos parties de jambes en l'air incroyables. Il me manquait. Cela m'était tombé dessus un matin, après m'être réveillée dans un lit vide. Un trou béant s'était ouvert dans ma poitrine. J'avais passé une heure entière à serrer son oreiller avant de réaliser ce que signifiait ce vide : j'étais en train d'attraper des *sentiments*.

Merde, merde, *merde*.

Avec Nick, cela avait été l'amour au premier regard. J'étais tombée passionnément amoureuse de lui, et son obsession s'était enfoncée en moi comme un hameçon. Nous ne savions pas ce que c'était de traiter l'autre décemment. Nick et moi ne passions jamais plus de vingt-quatre heures sans nous engueuler, sans hurler, sans nous battre et sans faire l'amour en colère. Il m'en avait énormément coûté de m'arracher à lui.

Michael et moi ne nous disputions jamais vraiment. Il n'avait pas d'habitudes agaçantes. Son univers était vaste. Ce n'était pas un inadapté émotionnel. C'était un homme qui voulait baiser sa femme, jouer avec ses enfants et faire du bricolage. Depuis que j'étais arrivée il avait repeint la barrière, remastiqué la salle d'eau, réparé les placards de la cuisine, et ce n'était que le début de la liste. Il était sans cesse à la recherche de quelque chose à rafistoler, presque comme si cela le calmait.

J'aimais bien le fait qu'il était dégourdi, qu'il laissait toujours de gros pourboires à ses employés, et qu'il n'hésitait pas à vérifier lui-même les pièges à rats difficiles d'accès. Sa routine était peut-être prévisible, mais j'avais besoin de cette stabilité.

Peut-être cela allait-il fonctionner, après tout.

Je souris tout en vérifiant la cuisson du carré d'agneau qui grésillait dans le four. Les enfants jouaient dans le jardin. Michael avait invité sa famille à venir fêter Pâques chez nous et nous avions passé la matinée à préparer une chasse aux œufs dans le jardin. Plutôt que de prendre l'apéritif avec les autres adultes, Michael jouait les baby-sitters. Les enfants s'entassaient sur son dos, réclamant tous son attention. Il décora des œufs avec son fils et rassembla les enfants lorsque ce fut l'heure du goûter. Michael n'était jamais aussi heureux que lorsqu'il était avec Mariette et Matteo. C'était adorable, et en même temps cela me ravivait en moi une douleur profonde.

Il ne manquait qu'une chose pour compléter ce tableau parfait : ma famille.

Mia était partie. Mes parents, bannis à vie. Nous ne passerions jamais les fêtes ensemble. Je ne serrerais jamais ma nièce dans mes bras et pour couronner le tout, Matteo avait pris l'exaspérante habitude de s'enfuir en courant dès que j'approchais.

Je m'élançai à sa suite jusque dans la cuisine en granite. J'avais un point de côté d'avoir tant couru après ce petit garnement. Il cria en fonçant dans Michael, qui renversa un peu de son vin.

Il posa son verre et lécha ses doigts.

— Où tu vas comme ça ? demanda-t-il à son fils.

— Poursuis-moi !

— Non. Le diner va bientôt être prêt. (Michael s'agenouilla et enleva de l'herbe du t-shirt de Matteo.) Lave tes mains avant de manger.

— C'est ce que j'allais lui faire faire, mais il n'arrête pas de m'échapper, dis-je en tentant d'attraper Matteo, qui se faufila entre les jambes de son père et s'enfuit dans une autre pièce. Tu vois ?

Michael lança un regard derrière lui et haussa les épaules.

— Ça lui prend, des fois.

— Est-ce que j'ai fait quelque chose de mal ? On s'entendait bien avant, et maintenant... on dirait qu'il me *déteste*.

Michael eut un rire doux qui me réchauffa le ventre.

— Bien sûr que non.

— Est-ce qu'ils m'aiment bien ?

— Ils t'adorent.

— Ils t'aimeront toujours plus que moi. Tu as toujours fait partie de leur vie.

— Laisse-leur le temps, Carmela. L'amour ne s'acquiert pas du jour au lendemain.

J'étais consciente que mes attentes étaient irréalistes, mais c'était difficile de ne pas m'attacher à des enfants dont je m'occupais tous les jours. Je leur chantais des chansons. On regardait des films, jouait à des jeux, faisait des câlins.

Je fis mine de suivre Matteo, mais Michael m'attrapa par le bras.

— Même moi, le connard surprotecteur, je trouve que tu prends ton rôle trop au sérieux. La maison est remplie à craquer d'adultes. Il ne va rien lui arriver.

— J'ai pu entrer ici et prendre ton fils dans mes bras sans que personne ne le remarque.

— *Moi*, je l'ai remarqué. Tout le monde va penser que tu aimes mes enfants plus que tu ne m'aimes moi, ajouta-t-il en haussant un sourcil.

— Et bien, c'est vrai.

— Que puis-je faire pour changer ça ?

Ses doigts se glissèrent dans ma main et sa douceur m'emplit d'une vapeur chaude.

— Tu ne peux pas te mesurer à Matteo.

— Je sais, et je ne vais même pas essayer de le faire. Mais dis-moi au moins que je me rapproche. (Le ton de sa voix me donna l'impression d'être immergée dans une chaleur liquide.) Parce que toi, tu me plais de plus en plus.

— Tes enfants sont heureux maintenant, et toi tu tires ton coup. N'est-ce pas là tout ce que tu voulais ?

— Avec toi, je veux tant de choses, Carmela. Tu ne peux pas réduire la liste à seulement une ou deux. (Les doigts de Michael effleurèrent ma joue, puis mon cou.) Tu es sûre que ça va ?

— Pour la millième fois, ça va.

J'étais tombée sous le charme de Michael.

De la façon dont sa voix envoûtante me donnait des ordres, dont son corps prenait possession du mien. De notre passion.

J'adorais tout cela.

Les ceintures, les cordes et les jouets qui m'avaient choquée au début me paraissaient maintenant inoffensifs. Je les voyais pour ce qu'ils étaient : des morceaux de nylon et de cuir. Seule la personne qui les tenait pouvait me faire du mal.

Et Michael ne ferait jamais ça.

— Est-ce que ça va ? demandai-je en me tournant vers lui.

— Je ne sais pas. Toute cette baise m'épuise.

Il me fit un clin d'œil.

Je levai les yeux au ciel, mais le laissai m'attirer dans ses bras. Je m'enfonçai dans son étreinte incroyablement chaude et fis de mon mieux pour ne pas sourire malgré le bonheur qui s'épanouissait en moi.

— Je veux juste m'assurer que tout va bien, Michael. Le mariage est une voie à double sens, comme on dit.

— Dans ce cas, je ne dirais pas non à une pipe. (Il rit tandis que je lui donnais un coup dans le dos.) Bon, d'accord. Il y a bien quelque chose que je veux.

— Quoi ?

La chaleur s'enroula autour de ma taille alors qu'il m'attirait plus près de lui. Sa bouche survola ma mâchoire. Plusieurs baisers vinrent embraser mon visage et mes oreilles avant que son murmure rauque ne résonne au milieu de mes sentiments embrumés :

— Un rencard avec toi.

DIX-SEPT
MICHAEL

Le bonheur avait un caractère insaisissable.

Quand j'avais la vingtaine, je l'avais poursuivi au travers d'une série d'objectifs ridicules. Je serai heureux quand je gagnerai deux millions de dollars par an. Je serai satisfait lorsque je me serai tapé trois nanas en même temps. Je serai content quand je ne serai plus coincé dans un mariage terne avec une femme que j'abhorre.

Vous voyez le tableau.

La déception était inévitable parce que les objectifs que je me fixais ne cessaient de s'éloigner de plus en plus. Ce n'est qu'une fois que je les ai abandonnés que j'ai pu trouver de la joie dans les choses simples du quotidien : une tasse de café, le son de la pluie sur le bitume, la baise avec Carmela.

Ce matin-là avait été parfait.

Aussi parfait que le baiser langoureux que Carmela m'avait donné lorsque j'avais essayé de lui dire au revoir. Un baiser à la fois doux et sexy. Elle ne voulait pas me laisser partir, et le fait de la laisser me semblait insensé. Elle m'avait donné tout ce que je voulais, et cela m'avait rendu optimiste.

Peut-être cela allait-il fonctionner.

Peut-être allions-nous devenir l'un de ces couples mielleux à outrance que je détestais tant.

J'étais encore sur un nuage après qu'elle avait passé toute la nuit à me chevaucher, et je n'avais jamais été aussi fatigué de ma vie. Un sourire béat ridicule éclairait mon visage tandis que j'entrai dans Sanctum, mon sex club illégal.

Le club était entièrement noir avec des accents dorés, et plein à craquer de femmes superbes et d'amateurs de culs haut de gamme. Des filles arborant des masques d'animaux en soie et de la lingerie de créateur pendaient comme des ornements aux bras de leurs compagnons masculins. Une femme nue à quatre pattes portait un plateau de boissons en équilibre sur son dos devant deux hommes en pleine discussion. D'autres faisaient un strip-tease. Les gens baisaient sur des chaises et des sofas, dans des pièces à la porte ouverte.

C'était de l'hédonisme pur. De la folie.

Il fut un temps où je m'y adonnais avec plaisir, mais cette époque était révolue. Des visages familiers me sourirent, mais je les ignorai. Je n'avais jamais été aussi indifférent aux femmes nues. Je me dirigeai droit vers une porte arrondie. Elle s'ouvrit sur une pièce éclairée par une lumière orange vacillante provenant d'une cheminée aux parois de verre. Des meubles couleur d'obsidienne emplissaient l'espace et l'éclat du feu faisait briller leurs silhouettes à peine visibles. Sur les murs, des filets argentés étincelaient entre les briques. On n'entrait dans cette section que sur invitation. Elle était réservée aux VIP, aux princes saoudiens, à la royauté britannique, et à tout autre invité désirant un peu plus d'intimité.

Je repérai une silhouette stoïque à l'extérieur d'une alcôve, ainsi que la chevelure blonde de Julian. Son expression indiquait qu'il s'ennuyait à mourir. Il pianotait sur son smartphone et son regard pâle croisa le mien lorsque je m'approchai de lui.

— Salut, Michael.

Je grognai en guise de salutation, puis demandai :

— Ça fait combien de temps qu'il est ici ?

— Toute la nuit.

Je jetai un œil à l'intérieur de l'alcôve. Les cheveux d'Anthony s'étalaient sur le cuir. Ses yeux étaient fermés et ses lèvres étirées en un sourire paresseux.

— Il est défoncé ?

— Probablement.

Putain d'Anthony.

Le père en moi voulait l'aider, le prendre par la main et lui apprendre des choses. Mais surtout, j'aurais voulu pouvoir l'étrangler. Anthony me tapait sur le système, tout comme mon fils le faisait parfois, sauf que je n'éprouvais pas pour Anthony un amour inconditionnel.

L'alcôve était une vraie porcherie. Des bouteilles vides, des verres et des monticules de poudre encombraient la table en marbre. Cet idiot se prenait pour Scarface. Les filles qui l'entouraient étaient occupées à se faire des lignes de coke quand je fis mon entrée.

— Les drogues sont interdites dans ce club.

Leticia se redressa en se frottant le nez.

— Que... Michael ? Oh, merde. (Elle donna un coup de coude à l'autre femme, une nouvelle recrue.) Michael, on est vraiment désolées. Il n'a pas... c'est lui qui a proposé.

— Sortez.

Elles détalèrent.

— *Michael.* Quelle surprise, dit Anthony en se redressant. Assieds-toi. Joins-toi à moi. Tu veux une ligne ?

Cet enfoiré savait très bien que je ne touchais plus à la coke.

— J'ai deux enfants à la maison.

— Tu es devenu aussi ennuyeux qu'Alessio. (Anthony fouilla sa veste jusqu'à y trouver un paquet de cigarettes. Il en glissa une entre ses lèvres puis se mit à la recherche d'un briquet.) Enfin bref, comment tu vas ?

— Je suis énervé.

— Pourquoi ?

— Pour commencer, je suis ici alors que je devrais être en train de faire un gosse à ma femme.

Anthony grimaça.

— Putain, mec.

— J'ai assez à faire sans avoir en plus à m'occuper de toi. J'ai passé toute la journée à négocier avec nos partenaires. À essayer de les convaincre que tu allais te tenir à carreau. Tu m'épuises, Anthony. Sérieusement. *Mais qu'est-ce que tu fais ?*

— Je fume une cigarette.

— C'est non-fumeur ici. (Je lui ôtai la clope de la bouche et l'écrasai.) Et je ne veux pas non plus de drogues à Sanctum. Jamais.

Anthony me fixa de ses yeux bouffis et sourit.

— C'est toi le patron.

Je lui collai une gifle en pleine figure et l'éclat dans les yeux d'Anthony brilla encore plus fort.

— Ne me parle pas sur ce ton, le prévins-je.

— Pour qui est-ce que tu te prends, putain ? Mon *père* ? On a le même âge !

— Si tu te comportes comme un enfant, je te traiterai comme un enfant.

Anthony se passait les mains dans les cheveux. Il avait l'air au bord de la crise de nerfs.

— Va te faire foutre, Michael. C'est pas ma faute si je suis accroc.

— Combien de cures de désintox est-ce qu'il va te falloir ?

— Tu ne comprends pas.

— Pourquoi est-ce que tu fais ça ? Est-ce que c'est un appel au secours ? Une tentative de suicide sur le long terme ? Tu veux mourir ?

— Non, répondit-il d'une voix sombre.

— Je ne te crois pas.

— Non, geignit-il. Je ne veux pas mourir.

— Alors prouve-le. Arrête les conneries. (Je le saisis par le bras, étonné de voir combien il avait fondu.) Rentre chez toi et fais profil bas.

— Donne-moi quelque chose à faire et je te promets que j'arrêterai la coke — et les boîtes.

Personnellement, l'idée de donner quelques responsabilités à ce sac à merde me plaisait, mais Nico était catégorique : il voulait laisser son fils en dehors des affaires de la mafia.

— Hors de question.

— Je suis le successeur direct ! C'est moi qui devrais être le patron par intérim, pas Vinn.

— Premièrement, tu es un désastre ambulant. Personne ne suivrait tes ordres. Deuxièmement, on n'est pas en Angleterre. Tu ne peux pas simplement *hériter* du trône. Troisièmement, tu vas te faire buter si tu sors en public. Tous les gangsters de Boston veulent te faire la peau.

Anthony attrapa la bouteille de vodka et porta le goulot à ses lèvres. Je la lui arrachai des mains et luttai contre l'envie de la fracasser sur son crâne. Je le tirai hors de l'alcôve et le poussai dans les bras d'un garde du corps.

— J'ai promis à ton père que je te garderais en vie, mais tu as l'air bien décidé à te tuer à petit feu. Alors je vais te couper les vivres à la source. Tu es banni de Sanctum.

— *Comme tu veux.* Je trouverai bien un autre endroit qui me servira à l'œil.

Cette discussion était une perte de temps.

Je me tournai vers son garde du corps, qui avait d'énormes valises sous les yeux.

— Je vais embaucher d'autres mecs pour t'aider, lui dis-je. Je veux qu'il soit surveillé nuit et jour. Pas de drogues. Pas d'alcool. Et pas de boîtes de nuit.

— Compris.

Je fis un signe de la main pour indiquer qu'ils devaient partir.

Anthony me lança un regard plein de fiel tandis qu'on le trainait vers la sortie. Je me tournai vers Julian, qui regardait Anthony partir. Il éclata de rire lorsque celui-ci tenta d'attraper une putain sur le chemin de la sortie.

— Quel bon à rien de tox.

Ce commentaire me dérangea, venant de lui.

— Si tu chopes Anthony avec de la drogue, tu m'appelles immédiatement. N'attends pas qu'il ait snifé assez de coke pour se retrouver en taule.

— Michael, c'est un combat perdu d'avance. Le gamin va mourir.

— Si cet imbécile meurt, Nico nous butera jusqu'au dernier.

Je fis signe à Julian de me suivre dans une pièce privée.

— J'ai besoin que tu fasses quelque chose pour moi.

— Bien sûr. Quoi donc ?

L'air impassible de Julian me hérissait les poils. Il en avait probablement assez que je lui délègue toutes les tâches merdiques, comme faire la nounou avec Antony. Julian avait perdu son travail un an auparavant. J'avais eu pitié de lui et lui avais proposé un boulot parce que Serena m'avait supplié de le faire. Pour une raison ou pour une autre, ce con faisait toujours partie de ma vie.

— Je veux que tu diriges les soirées VIP du club.

Julian s'adossa à son siège en soupirant.

— Qu'est-ce que j'y connais, moi, en événementiel ?

— Organise une soirée un vendredi sur deux pour attirer plus de pigeons à Sanctum. Moins je passerai de temps ici, mieux ça sera.

— Je vois. Tout pour faire plaisir à Madame. (Julian enfonça sa tête entre ses mains.) Je veux bien le faire, à condition qu'on organise des sorties avec les enfants. Je veux faire partie de la vie des enfants de ma sœur.

Et moi, je préférerais qu'il disparaisse de la mienne.

— D'accord.

— Comment vont les choses chez vous ?

— On va bien.

— Okay, dit-il prudemment. Carmela avait l'air contrariée à votre mariage. J'ai trouvé ça un peu bizarre. Et puis j'ai demandé autour de moi, mais personne ne sait quand vous avez commencé à sortir ensemble.

— Tu as une question à me poser ?

Julian hésita avant de se lancer :

— Pourquoi l'as-tu demandée en mariage ?

— Je te l'ai déjà dit. Je la connais depuis longtemps. On s'est revus à l'anniversaire de ma fille et je me suis tout de suite rendu compte que je voulais l'épouser.

— Donc tu lui as demandé sa main, et elle a dit oui. Juste comme ça.

— Ouais, Ducon.

— Calme-toi, je ne dis pas ça pour t'énerver. Serena et toi n'alliez pas vraiment ensemble. Je ne voudrais pas que l'histoire se répète.

— Ferme-la, bordel.

Je me levai et ouvris la porte d'un coup sec, avant de lui faire signe de sortir.

C'était typique de Julian. Sous sa sollicitude bidon se cachait un bâtard sarcastique. Je haïssais toute cette famille. Et maintenant, voilà que cet enfoiré me faisait douter.

Ce que j'avais avec Carmela semblait en effet trop beau pour être vrai.

Elle était géniale avec les enfants et elle avait la tête sur les épaules. Elle respectait sans rechigner tout ce que je lui demandais, ce que Serena ne faisait jamais. Je pensais que j'allais devoir la couvrir de cartes de crédit et me farcir des vacances dans le Nantucket, mais tout ce qu'elle voulait faire, c'était jardiner. Pendant que j'étais au travail, Carmela désherbait et construisait des jardinières. Des plants de tomates bordaient maintenant le mur est du manoir. L'autre jour, je l'avais surprise en train de découper un bon d'achat.

Qui était cette femme que j'avais épousée, bon sang ?

Une fille de riche qui utilisait des bons d'achat. Une beauté qui enfouissait ses mains dans la terre. Carmela était la contradiction personnifiée, et je n'arrivais pas à la cerner.

Cela m'agaçait.

Je regardais fixement mon ordinateur portable tandis que Julian quittait la pièce en refermant doucement la porte. Lorsque j'entendis le loquet s'enclencher, je l'allumai. J'ouvris le navigateur internet et entrai les identifiants de la messagerie de Carmela. Je l'avais piratée plusieurs semaines auparavant, mais m'étais jusqu'ici retenu de violer sa vie privée.

Je ne devrais pas faire ça.

Mais il le fallait.

Une lave suppurante bouillonnait dans mon estomac tandis que j'explorais sa boîte de réception, où je ne trouvai rien d'autre que des pubs. Puis je passai à sa boîte d'envoi, déterminé à tout passer au peigne fin, et ce que j'y vis me souleva le cœur.

Et merde.

Mes lèvres se retroussèrent à mesure que je parcourais chacun des messages, dont celui où Carmela prétendait que je l'avais embauchée. Il ne me fallut que quelques secondes pour relever dans la photo d'Alessio des indices suffisants pour me permettre de les localiser. Des vacances en Amazonie, mon cul. Il se trouvait à Boce Raton, en Floride.

Pas malin.

Elle avait tenté de faire disparaître le contenu de ces e-mails pour aider sa sœur à se cacher, mais ce n'était pas ça qui me dérangeait.

Elle m'avait menti.

Elle avait juré qu'elle ignorait où ils se trouvaient.

Ne lui avais-je pourtant pas expliqué à quel point il était important de le ramener ?

Je fixai le texte jusqu'à ce que les lignes noires se fondent dans le blanc, et qu'une rage écœurante embrase mon corps. Toutes mes intentions de donner une vie douce à Carmela s'évanouirent.

Elle ne savait pas qui elle avait épousé.

Je répondis au message :

Michael m'a forcée à l'épouser. Aide-moi.

DIX-HUIT
CARMELA

Michael empoignait mes cheveux. Ses râles frôlaient mon cou tandis que son corps était secoué par des vagues de plus en plus puissantes. Ses muscles glissaient sous mes mains et sa peau bronzée était baignée d'une épaisse couche de sueur. Il écrasa son visage contre mon collier puis suça et me mordit avec force.

Il lâcha un grognement inarticulé.

Quelque chose de sauvage explosait en Michael quand il me baisait. C'était peut-être dû à ses orgasmes, à la façon dont ils résonnaient comme une blessure, ou bien à la manière dont il agrippait mes poignets lorsqu'il jouissait. Un grondement sourd vibra dans sa poitrine. Ses cuisses furent prises de spasmes et il se déversa en moi. Sa respiration se calma. Il me relâcha, purgé de sa noirceur.

J'adorais faire l'amour avec lui.

Mais je chérissais par-dessus tout les moments où il se fondait en moi en m'embrassant. Il était si sensuel que cela valait le coup de braver les flammes. Ce soir, cependant, ses baisers me marquaient au fer rouge.

— Papa ! *Papa !*

Michael s'écarta de moi en grognant. Il remontait les draps sur nos corps lorsque Matteo déboula dans la chambre, en pyjama. Il sauta sur le lit et se jeta sur le dos de Michael, qui grimaça.

— Donne-nous une minute, mon pote.

— Qu'est-ce que tu lui faisais à Caramel ? fit Matteo en passant ses bras autour du cou de Michael. Pardon, *Carmela*.

— Des trucs de grands. Va jouer avec ta sœur, Téo.

— Je veux dormir avec Carmela.

Michael regarda son fils avec un sourire narquois.

— Si tu étais n'importe quel autre mec, je dirais non.

— Il y a trop de gens dans ce lit, rugit Mateo tout en s'enfonçant entre nous. Papa, tu peux dormir par terre.

— *Quoi ?*

Je me couvris le visage et explosai de rire.

Michael enfila son boxer avant de mettre Matteo dehors. Je me rendis dans la salle de bains. Michael vint me rejoindre et me serra dans ses bras par-derrière. Je sentis les battements sourds de son cœur tandis qu'il m'attirait contre son corps couvert de sueur.

— Mon délicieux caramel.

Une vague de chaleur accompagna ces mots.

— Tu veux toujours sortir ce soir ? demandai-je.

— Oh que oui ! J'ai embauché une baby-sitter.

Je me douchai, puis j'enfilai une robe de cocktail avant de me maquiller. Une fois prête, j'allai le rejoindre.

Michael était en train de peigner ses cheveux, les yeux rivés sur le miroir, le front barré par une profonde ride de concentration. Puis il m'aperçut, et ses yeux revinrent immédiatement se poser sur moi tandis que ses lèvres se retroussaient en un sourire sauvage. Il lâcha son peigne et s'approcha de moi comme un chasseur de sa proie.

— Une vraie tentatrice, dit-il. Laisse tomber tes jeans de maman, il faut que tu portes ça tous les jours.

— Quand m'as-tu jamais vue en pantalon ?

— Je ne prête pas attention à tes habits, sauf quand ta tenue me fait tellement bander que mon cerveau arrête de fonctionner. (Il releva mon menton avec son doigt jusqu'à ce que je croise son regard.) Attends-moi dehors.

— Pourquoi ?

— Je ne peux pas aller au restau avec un fusil chargé.

Il me poussa vers la porte en me donnant une claque sur le cul. Vingt minutes plus tard, Michael émergea de la salle de bains. Il s'était rasé, avait lissé ses cheveux sur les côtés, et enfilé un blazer bleu marine avec un pantalon noir.

Nous descendîmes les escaliers pour dire au revoir à la nounou, puis montâmes dans son Audi. Mon estomac était serré tant j'étais impatiente.

— Où est-ce que tu m'emmènes ?

— Dans un endroit qui va te plaire, répondit-il d'une voix monocorde tandis que nous sortions de l'allée. Je déteste les bouchons.

— Tu as réservé ?

— Pas besoin.

Intéressant.

— Maintenant, je me demande si je ne suis pas trop habillée.

La main de Michael remonta le long de ma cuisse et son toucher me brûla à travers le tissu.

— Tu es belle avec un grand B.

— Tu es beau, toi aussi. Je suis contente qu'on sorte ce soir.

— Moi aussi. Et tu sais quoi ? Il est grand temps qu'on se prenne des vacances en famille. Je pense à la Floride.

— Disney World ? Ouais, ça serait super !

Il secoua la tête.

— Non, pas Orlando. Miami. Palm Beach. Boca Raton, pourquoi pas.

Mon cœur galopa à toute allure.

— Bien sûr, dis-je faiblement.

— Quel est le problème ? s'enquit Michael en fronçant les sourcils.

— Tout va bien. Je... je réfléchis, c'est tout.

— Tu réfléchis à quoi, chérie ?

Chérie.

— Est-ce que tu te sens bien ? m'inquiétai-je. Tu as l'air différent.

Il me jeta un regard perplexe qui me fit douter.

Notre discussion s'arrêta lorsqu'il se gara dans une rue qui me semblait familière. Il sortit de l'Audi et lança les clés au valet. Puis il me prit la main, avec un sourire si resplendissant qu'il me convainquit que j'avais imaginé des choses.

Je lus le nom inscrit sur l'auvent illuminé et eus un hoquet de surprise.

— C'est le restaurant de mon père !

— Je sais.

Cela faisait des mois que je n'y étais pas venue.

— Comment... J'ai quasiment grandi ici.

Michael regarda le bâtiment en souriant, comme s'il était plongé dans la nostalgie.

— C'est l'un des titres de propriété que ton père m'a transférés.

— On va manger ici ?

— Oui, à part si tu ne le souhaites pas.

— Non, c'est parfait. Merci, Michael.

C'était comme si l'épisode étrange de la voiture ne s'était jamais produit. J'enfonçai mes doigts dans sa veste et l'embrassai. Il resta d'abord rigide, telle une statue de pierre qui respirait, mais n'émettait aucune chaleur.

Puis il ouvrit la bouche.

— Bien sûr, mon cœur. J'ai pensé que tu aimerais y manger avant que je ne le démolisse.

DIX-NEUF
MICHAEL

Carmela me regardait comme si j'avais tué son chien. La lumière blanche fit pâlir sa peau dorée lorsque nous nous arrêtâmes sous l'auvent. Son sourire s'était dissipé.

— Qu'est-ce que tu entends par *le démolir* ?

— Boston n'a pas besoin d'un restaurant italien de plus. J'ai fait une étude de marché de ce quartier et devine ce qui est en demande ? Les magasins de marijuana.

— *Quoi ?*

Sa voix résonna comme un coup de tonnerre.

— Je vais transformer cet endroit en dispensaire de cannabis, expliquai-je en me délectant de son air bouleversé. Toutes les transactions se feront en liquide. Parfait pour le blanchiment d'argent.

— Alors comme ça, tu vas démonter l'affaire légale de mon père pour y construire un coffee shop où le FBI fera constamment des descentes, dit Carmela, dont les yeux brillaient d'une furie déchaînée. C'est l'idée la plus débile que tu as jamais eue.

— Je pense que je vais l'appeler Starbuds.

— Pourquoi est-ce que tu veux te lancer dans ce business ? Il y a trop de réglementation.

— On s'autorégulera. Je payerai des agents municipaux pour qu'ils ferment les yeux sur nos activités. (Je posai la main sur son épaule et la fis avancer vers le bâtiment.) Je vais le repeindre en gris avec des bordures vertes. Je vais vider la cuisine et donner les meubles à des foyers pour sans-abris.

— Tu ne vas pas détruire mon restaurant, putain.

— J'en suis le propriétaire. Je peux en faire ce que je veux.

Avant qu'elle ait pu ouvrir la bouche, l'hôtesse vint prendre nos manteaux et nous guida jusqu'à notre table.

La salle était tapissée de briques. Des banquettes rembourrées en cuir couleur café s'alignaient contre les murs, à côté de tables en bois rustiques. Des lampes en fonte pendaient au-dessus et dispensaient une lueur blanche qui se reflétait sur le cuir brillant. Les fenêtres étaient drapées de rideaux noirs translucides. Le style était le même que chez moi.

Un quatuor de jazz jouait sur une petite scène. La musique était trop forte, et ennuyeuse à souhait. L'endroit était plein à craquer de jeunes couples. C'était magnifique. Ignacio avait dû dépenser une fortune pour les rénovations.

Une fois installés je consultai la carte des vins et reniflai d'un air méprisant.

— Ces prix, c'est du racket.

— Regarde autour de toi, Michael. Les gens adorent cet endroit. (Carmela se pencha vers moi au-dessus de la table.) *J'adore* cet endroit.

— Alors je te conseille de commander tout ce qu'il y a au menu, parce que je vais le fermer.

— Pourquoi ferais-tu une chose pareille ?

Parce que tu es une putain de menteuse.

— Je développe de nouvelles opportunités d'affaires.

— Fais-le avec une de tes propriétés à toi !

— Tu recommences, la taquinai-je tout en parcourant des yeux le court menu. Chérie, on est mariés. Ce qui est à toi est à moi.

— Alors ça ne te dérangerait pas si moi aussi je détruisais ta maison ?

— Fais-toi plaisir.

— Je ne comprends pas, dit-elle d'une voix tremblante qui me transperça le cœur. Pourquoi fais-tu ça ?

— Ce restaurant ne représente rien pour moi, mais il est important pour toi. Je vais le fermer. Je n'en ai rien à foutre.

— Qu'est-ce qui ne va pas chez toi, bon sang ?

Tant de choses.

— Rien. J'aime bien te voir en colère.

Je me tournai vers le serveur, qui nous regardait en grimaçant, et ajoutai :

— On prendra tout ce que vous avez.

— Monsieur, nous ne faisons pas de petites portions...

— Tu sais qui je suis. Apporte tout ce que vous avez au menu, ou je te vire.

L'homme devint blanc comme un linge.

— D'accord.

Carmela reposa son verre, les doigts serrés autour du pied comme si elle aurait voulu qu'il s'agisse de mon cou.

— Tu touches à une seule brique, Michael, et je jure devant Dieu...

— Quoi ? Tu vas mettre du sel dans mon café ? Rayer ma voiture ? Détruire mes sex toys ? (Je me délectais de la voir se tortiller, mal à l'aise.) J'en rachèterai d'autres.

— Je suis sûre qu'il y a une ou deux choses sur ton corps qui te manqueraient.

— Tu n'aurais pas le cran de faire ça. (Je me penchai en avant et lui tapotai la tête.) Et puis, je t'aurai ligotée bien avant que tu n'approches un couteau de mes couilles.

— Tu ferais bien de dormir avec un œil ouvert.

— Je t'attacherai à la tête de lit. *Problème réglé.*

Le serveur s'approcha avec nos amuse-bouches : bruschetta, poulpe grillé et burrata. Carmela offrit un sourire rayonnant au serveur, ce qui le poussa à s'attarder à notre table jusqu'à ce que je lui lance un regard d'avertissement appuyé. Elle s'attaqua à la bruschetta et y entassa du fromage, le visage rayonnant de plaisir anticipé.

— C'est trop bon, gémit-elle.

— Tu es ridicule.

— Goûte, Michael.

Je m'exécutai.

J'enfonçai mes dents dans la ciabatta nappée de basilic. La saveur marquée de noisette me transporta en Méditerranée, où j'avais dégusté un bol de pesto absolument délicieux. Je n'avais jamais rien mangé de comparable aux États-Unis. Tout ce que je pouvais voir c'était les eaux turquoise et les pare-soleil blancs de Portofino. Cette vision s'effaça peu à peu pour faire place à Carmela, qui me regardait avec un sourire entendu.

— Ça a le goût de l'Italie, n'est-ce pas ?

Je fis de mon mieux pour rester de marbre.

— Ce n'est pas mal.

— Le secret, c'est les pignons. La plupart des restaurants les importent de Chine, mais le goût n'est pas le même. Il faut les obtenir à la source. La Méditerranée.

Je repoussai le plat de hors-d'œuvre à demi entamé, énervé qu'elle ait réussi à m'atteindre, à travers la bouffe qui plus est.

— Portofino, soupirai-je.

— Tu vois ? s'exclama Carmela, aux anges. Cet endroit n'est pas *juste* un restaurant italien de plus, Michael. Tu n'as pas idée combien j'ai dû me battre pour qu'on obtienne ces pignons. Ils coûtent une fortune, mais ça en vaut la peine. Il est impossible de les manger sans que tes papilles se mettent en ébullition.

— C'est toi le chef cuisinier, ou quoi ?

— J'ai dirigé le restaurant pendant un moment. J'ai travaillé dans beaucoup des commerces de Papa. (Carmela souleva sa fourchette et tripota une tache d'eau sur la nappe.) Je venais ici pour les services du midi et du soir, et pour rencontrer les entrepreneurs.

— Les entrepreneurs ?

— Ouais, Papa voulait installer une brasserie et une salle de dégustation. C'était un énorme projet, il fallait tout un tas de permis. Les travaux se sont avérés être un cauchemar. Il fallait que je supervise le moindre petit détail.

— Qu'est-ce qu'il faut pour une brasserie, à part quatre murs et du béton ?

— De la bureaucratie. Ça a pris une éternité.

Un sourire vint effleurer mes lèvres. Derrière toute cette beauté se cachait une véritable battante. J'avais été attiré par ses seins et son joli cul. J'adorais les femmes avec des formes, et Carmela en avait à revendre. Jamais je n'aurais songé qu'elle avait fait autre chose de sa vie que de dépenser l'oseille de son père.

Je m'étais bien trompé.

Carmela n'était ni une plante verte ni une fille à papa. C'était une bosseuse. Une nana qui se tapait des journées de douze heures juste pour s'occuper. Un peu comme moi, en fait. La découverte de cette nouvelle facette de ma femme me remplit d'effroi.

Il fallait que je la détruise avant qu'elle ne me tue.

Je lui fis signe de me suivre.

— Viens.

— Qu'est-ce que tu veux ?

Ses yeux trahissaient son irritation.

Ne pouvait-elle donc rien faire sans discuter ?

— Je te donne une chance de sauver le restaurant de ton cher papa.

Elle se leva de sa chaise, les yeux brillants d'un espoir que j'allais vite écraser.

— Puisque tu es une femme du monde, tu ne devrais avoir aucune difficulté à divertir les foules. Suis-moi.

Ses joues rosirent tandis que je la guidais entre les tables en direction de la scène. Je dépliai un billet de cent dollars et m'approchai de l'homme qui chantait dans un micro.

J'agitai l'argent sous son nez.

— Nous ne faisons pas de chansons à la demande...

— Dégage. Laisse chanter ma femme. (Je lui fourrai le billet dans la main. Lorsqu'il haussa un sourcil, j'ajoutai plusieurs billets supplémentaires.) Maintenant, tire-toi.

Il s'écarta et la musique s'arrêta brusquement. Les autres clients ne levèrent même pas les yeux.

Carmela me regardait, bouche bée.

— Michael, qu'est-ce que tu fais ?

— Ce soir, c'est toi le divertissement.

Je fis un geste vers la salle remplie de hipsters occupés à déguster leurs pâtes à la Bolognaise et leurs vins, et ajoutai :

— Si tu réussis à faire en sorte que toute la salle t'applaudisse, je ne passerai pas cet endroit au bulldozer.

— D'accord.

D'accord ?

Carmela sourit comme si je venais de lui décerner un trophée, puis alla se planter devant le pianiste.

— Est-ce que vous pouvez jouer *Valerie* en mi bémol ?

Le temps que je retourne m'assoir, Carmela s'était débarrassée de toute émotion. Elle semblait calme, dans son élément. Elle ajusta le micro comme si elle l'avait fait des centaines de fois auparavant.

Les musiciens entamèrent une mélodie de jazz au tempo rythmé. Lorsque les gens commencèrent à lever les yeux vers la femme ensorcelante qui se trouvait sur scène, ils ne purent plus détourner le regard. Carmela se mit à chanter à pleins poumons. Je ne connaissais pas les paroles, mais plusieurs voix se joignirent à elle lors du refrain.

Elle fut parfaite. Elle n'hésita pas une seule fois sur les paroles. Sa voix était merveilleuse, et avant la fin de la chanson le restaurant tout entier reprenait le refrain à tue-tête. Tout le monde applaudit lorsqu'elle eut terminé — même ce con de barman ! Le guitariste lui posa une main sur l'épaule et lui lança un « c'était super ». Carmela remit le micro à sa place. Elle rayonnait comme si elle avait pris de l'ecstasy. Les têtes se tournèrent sur le passage de ma brunette sexy lorsqu'elle vint me rejoindre à la table. Je sentais les regards jaloux des hommes de l'assistance dans mon dos.

Carmela avait l'air plus vivante que jamais. L'aura de sa confiance en elle brillait comme une torche, à tel point qu'elle m'aveuglait.

— J'ai gagné. Tu as perdu.

Cela m'était égal.

J'étais sous le charme.

— Tu as été incroyable, lui dis-je.

Carmela s'enfonça dans sa chaise, les joues en feu.

— Où est-ce que tu as appris à chanter comme ça ? m'exclamai-je tout en rapprochant mon siège pour que l'on puisse s'assoir côte à côte. Comment est-ce que tu as pu faire... *tout ça*.

— Tout le monde aime *Valerie*. C'est un disque populaire. (Carmela haussa les épaules et picora dans le plat de calamars frits.) J'ai eu beaucoup d'entraînement. Je faisais du karaoké, dans le temps.

— Tu avais l'air vraiment heureuse sur scène.

— Je l'étais. Le chant est ma passion. Si je pouvais retourner en arrière, j'intègrerais un groupe.

— Pourquoi tu ne le ferais pas maintenant ?

— Je ne saurais même pas par où commencer.

— Tu as fait tourner la tête à toute une salle pleine d'inconnus. Ils sont encore en train de te regarder. Je crois bien que tu es faite pour la scène, Carmela.

Carmela avait le même air que tout à l'heure, devant le restaurant. La bruschetta s'effrita entre ses doigts. Elle les essuya sur sa serviette, les yeux écarquillés.

— Qu'est-ce que tu veux dire par là ?

— Tu pourrais chanter dans mon club. J'organise des soirées VIP tous les mois. Intéressée ?

— Oh mon Dieu, oui ! Oui, *j'adorerais ça.*

Je tournai vers les hors-d'œuvre, mais elle me saisit par le poignet.

Les yeux brillants, elle pressa sa bouche contre la mienne. Elle m'embrassa comme elle ne l'avait jamais fait. Un courant d'électricité me traversa. Sa fougue fit remuer ma queue et réveilla en moi des sentiments qui auraient dû rester enfouis.

Nous nous écartâmes l'un de l'autre. Elle écrasa ses lèvres sur ma joue jusqu'à ce que je la repousse à contrecœur.

— C'est bon, calme-toi.

— Je ne peux pas m'en empêcher. C'est ce que j'ai toujours voulu.

Je levai mon verre à sa santé et déclarai :

— À ta nouvelle carrière.

Elle fondit.

— Merci.

— Ça ne me coûte rien, répondis-je.

— Je te suis reconnaissante. Je ne serais jamais montée sur scène si tu ne m'y avais pas poussée.

— Tu plaisantes ? Je pensais que tu allais te ramasser.

— Ton plan s'est retourné contre toi, dit-elle en sirotant son vin.

Je ne pouvais pas rester en colère contre elle.

— Tu m'as bien remis à ma place, admis-je.

— J'aime les hommes qui savent s'avouer vaincus.

— Ouais, et bien moi, j'aime les femmes qui savent me remettre à ma place.

Les joues de Carmela rosirent.

— Je ne sais jamais sur quel pied danser avec toi, murmura-t-elle.

Je trempai son doigt dans la sauce au pesto et le léchai.

— Rentrons à la maison. Je te montrerai.

JE N'ARRÊTAIS PAS de penser à Carmela.

J'imaginais ses seins entre mes mains, ses lèvres rouge carmin en train d'aspirer ma queue, la façon dont au réveil ses cuisses reposaient sur moi, et sa saveur douce et légère. Je pensais à sa bouche, à sa chatte, et à la façon dont j'avais fait des allers-retours entre les deux. Elle avait tellement adoré que j'avais remis ça ce matin.

J'avais aussi pris une photo de Carmela profondément endormie entre mes draps. Je la regardais aussi souvent qu'un adolescent enamouré le ferait.

Ma décision de la laisser chanter à Sanctum n'était pas un acte d'amour. Je l'avais fait pour apaiser ma femme. Je réalisais son rêve. Cela ne me dérangeait même pas qu'elle m'ait battu à mon propre jeu. Je respectais le fait qu'elle ait tourné la situation en sa faveur sans faire de scandale. Elle avait plus de cran que je ne le pensais, ce qui faisait d'elle un bon modèle pour Matteo. Il avait besoin d'une maman qui ne tapait pas sans arrêt des crises. Oui, elle avait menti — mais elle l'avait fait alors que nous n'étions mariés que depuis une semaine, et pour protéger Mia. Je pouvais lui pardonner cet écart.

Pendant la béatitude post-orgasmique de la nuit dernière et le brouillard heureux qui avait accompagné mon sommeil, j'avais été en paix. Et je l'étais resté jusqu'à ce que j'arrive à Sanctum.

Julian n'avait aucune envie d'être ici.

Ses traits étaient tirés par la fatigue, ses joues normalement rasées de près étaient couvertes de chaume et j'avais dû le rappeler à l'ordre à cause de sa chemise froissée. Les employés de Sanctum ne pouvaient pas se permettre d'avoir l'air de sortir du lit.

— Tu n'as pas pu mettre la main sur ton fer à repasser ce matin ? lui lançai-je.

Sa bouche se tordit.

— Ma fille était malade et sa nounou était en retard. Elle a eu un accident de voiture, alors non, je n'ai pas eu le temps. Ça te va comme raison ?

— Tu as les yeux rouges.

— Parce que je travaille de nuit. (Julian passa ses doigts dans ses cheveux et soupira.) Mais je ne me plains pas de la vue en tout cas.

Je ne lui avais jamais expliqué que j'avais rencontré sa sœur ici. Il ignorait qu'elle avait fait le tapin. Serena avait fait gober à sa famille qu'elle était comptable, ce qui était plutôt drôle étant donné que les seuls calculs qu'elle savait faire étaient ceux qui lui permettaient de savoir combien de grammes d'héroïne suffiraient à la faire planer.

Je jouais avec le feu en gardant Julian à Sanctum. Quelqu'un finirait bien par lui parler de Serena, et la vérité l'anéantirait.

— Je l'ai fait pendant des années, lui dis-je. Alors souffre en silence, et n'emmerde pas les filles.

Je jetai un œil au calendrier accroché au mur, puis ajoutai :

— Je veux que tu me rendes un service.

Julian s'avachit sur sa chaise et lâcha un énorme soupir. Son attitude était terriblement ingrate, étant donné que c'était grâce à moi qu'il avait encore des vêtements sur le dos.

— Il faut peut-être que je te rappelle pourquoi tu travailles pour moi.

Les lèvres de Julian se pincèrent et il lâcha un « non » à peine audible.

— Tu n'es pas obligé de te comporter comme un connard, grommela-t-il.

Les actes de défiance de Julian étaient comme des pétards mouillés. Il avait toujours été comme ça — un perdant qui se laissait facilement intimider et qui courbait l'échine sous la moindre pression. La faiblesse de caractère courait dans sa famille.

— Ma femme va chanter lors des soirées VIP à partir de maintenant. Donne-lui tout ce dont elle a besoin. Il se trouve qu'elle est une chanteuse phénoménale. (Une pointe de fierté me réchauffa la poitrine.) Elle a carte blanche, tant que l'ambiance est bonne et que les adhésions augmentent.

— Ta femme travaille ici ?

— Je l'ai mise en garde à propos de cet endroit. (Mais cela ne voulait pas dire que je faisais confiance aux chiens en chaleur qui le fréquentaient.) Garde-la à l'œil.

— Okay.

— Encore une chose, ajoutai-je en faisant glisser un cliché de police de l'ex de Carmela sur la table. Préviens-moi si tu vois ce mec.

— C'est qui ?

— Un enfoiré de motard qui se fait appeler Crash. (Je tapai du doigt sur la photo pour attirer son attention.) C'est important, Julian. Si tu le vois, tu m'appelles. *Immédiatement*. Et s'il essaie de partir, tu le retiens. Tu lui donnes tout ce qu'il veut. Filles et consommations à l'œil. Tu te mets à quatre pattes et tu lui suces la bite s'il le faut, mais tu ne le laisses pas partir. Compris ?

— Michael, je ne suis pas un gangster. Je n'ai aucune envie d'être mêlé à tout ça. Tu devrais plutôt demander à un de tes hommes de...

— Ne fais pas ta couille molle. Je ne te demande pas de le descendre, juste de le retenir.

Je doutais que Crash se pointe ici, mais je devais parer à toutes les éventualités.

— D'accord.

— Et si Carmela est ici, mets-la en lieu sûr. Elle ne doit jamais croiser ce type. Pigé ?

— Pourquoi ?

— Moins tu en sais, mieux tu te porteras. (Julian ouvrit la bouche, mais je le congédiai de la main comme s'il s'agissait d'une de mes danseuses.) Et va changer ta chemise, putain. J'en ai de rechange dans mon placard.

Julian marmonna une réponse indistincte tandis qu'il sortait en trainant des pieds. Mon regard retomba sur la photo, et les yeux morts de Nick Smith. J'avais offert une récompense généreuse pour sa tête. Ce n'était qu'une question de temps avant que quelqu'un le balance.

Depuis que Carmela m'avait raconté toute l'histoire, j'étais consumé par un désir de vengeance. Les ragots qui entouraient la rupture de Carmela et Alessio n'avaient jamais mentionné de motard, ni le fait qu'elle avait passé huit mois en captivité. Alessio avait gardé pour lui tous les détails écœurants de cette histoire, et découragé les gens ne serait-ce que de prononcer le nom de Carmela.

Il avait enterré toute l'affaire si profondément que je l'avais moi-même écartée de mes pensées. Carmela soutenait qu'il avait fait cela pour lui épargner une humiliation publique, mais c'étaient des conneries. Alessio était un connard égoïste. Il ne voulait pas que cela vienne ternir son image.

Pourquoi n'avait-il pas tué Crash ?

Pourquoi ne s'était-il pas davantage battu pour Carmela ?

Il fallait qu'Alessio revienne.

J'avais *beaucoup* de questions à lui poser.

VINGT
CARMELA

Je descendis de scène.

Les barmen applaudissaient entre deux cocktails, les hommes sifflaient et me tiraient leurs chapeaux. Malgré quelques hésitations sur les paroles, je venais de terminer ma toute première performance.

Incroyable.

Un afflux d'energie envahit mon corps tandis que je me dirigeais vers le bar en ébène. J'étais seulement en première partie, mais cela m'allait très bien. J'avais besoin de pratiquer. Chanter dans un bar miteux était une chose, mais me montrer en spectacle dans un établissement haut de gamme était une tout autre affaire.

Mes mains tremblaient encore tandis que je fouillais dans mon sac.

— Vous avez besoin de boire un coup, dit un inconnu masqué qui poussait vers moi un pichet contenant un liquide ambré.

Il était assez vieux pour être mon grand-père.

— Comment tu t'appelles ? s'enquit-il.

— Carmela, et elle est mariée.

La voix grave de Julian fendit l'air tandis qu'il s'installait à côté de moi, avec sur le visage l'expression du parfait mari jaloux.

— Désolé, dit l'homme en tournant les talons.

L'ex-beau-frère de mon mari lissa ses boucles blondes.

— J'aurais pu m'occuper de ce type, lui dis-je.

— Ouais, mais Michael m'a donné des instructions précises. Certains mecs peuvent être de vrais pervers.

Un large sourire s'épanouit sur le beau visage de Julian, et il ajouta :

— J'avais des doutes, mais tu as été vraiment géniale.

Une pointe de chaleur me traversa.

— Vraiment ?

— Tu as un sacré coffre, tu sais.

— Je vais peut-être changer de clé pour *Someone to Watch Over Me*. Je crois que je l'ai chanté trop bas.

— Non, c'était parfait. Ta voix était claire comme du cristal. (Il s'appuya sur le comptoir, ignorant la blonde dévêtue qui lui faisait les yeux doux.) Tu as trop de classe pour cet endroit.

— J'espère pouvoir chanter dans des bars plus intimes un jour, mais Sanctum est un bon point de départ.

Cela ne me dérangeait pas qu'il s'agisse d'un sex club. Personne ne me connaissait ici, alors peu importait si je me plantais, et puis Julian était très serviable. Je n'avais pas passé beaucoup de temps avec lui, en dehors de rares et brèves sorties avec les enfants, mais il était plutôt sympathique.

Je ne comprenais pas pourquoi Michael avait un problème avec lui.

— Ça se passe bien avec Michael ? me demanda-t-il.

— Oui. Et les enfants sont des anges. (Je tripotais ma robe, incapable d'empêcher le rose de me monter aux joues.) Comment va ta fille ?

— Elle est chez sa mère cette semaine, dit-il en se frottant l'arête du nez, avant de bâiller à s'en décrocher la mâchoire. Bon sang, ces horaires de nuit sont rudes. Je ne sais pas comment Michael a pu faire ça pendant si longtemps. Il travaillait la nuit pendant que ma sœur gardait les enfants. Il dormait le matin, se levait vers midi, et passait ses après-midis à courir après Mariette avant de tout recommencer.

Je pris une gorgée de mon cocktail.

Julian semblait soudain accablé par le deuil. Il cligna des yeux, et demanda d'une voie brisée :

— Est-ce que ça lui arrive de parler de Serena ?

— Jamais.

— Ça ne m'étonne pas, fit-il avec un sourire triste.

En toute honnêteté, je mourais d'envie de connaître toute l'histoire. Ce que Mia m'en avait dit semblait complètement fou.

— Elle était comment ? demandai-je.

— Belle. Vous aviez ça en commun, elle et toi. Elle avait un rire incroyable. Elle pouvait se montrer chaleureuse et douce, mais elle était aussi égoïste. Profiteuse. Radine.

— Michael déteste parler d'elle.

— J'imagine qu'il aimerait oublier jusqu'à son existence, mais ses enfants appartiennent à moitié à ma sœur.

Je posai la main sur son épaule.

— Je n'essaie pas de la remplacer, tu sais. J'encourage les enfants à parler d'elle. Mariette à une boîte de souvenirs. Je veux qu'ils se rappellent de Serena.

Il sourit, les yeux brillants.

— J'espère qu'il ne te traite pas comme il la traitait, elle.

— Qu'est-ce que tu veux dire ?

— Ils avaient une relation explosive. Ils se disputaient tout le temps. J'adore mon beau-frère, mais il peut être difficile à vivre. Ma sœur m'appelait sans arrêt en larmes. Si toi aussi, tu as besoin d'aide, n'hésite surtout pas à me passer un coup de fil.

Il s'était exprimé d'un ton si sombre que j'en eus la chair de poule.

— Merci. Je m'en souviendrai.

— De quoi ? fit une voix d'homme derrière moi.

Un bras m'attrapa par la taille et je fus attirée vers un corps chaud. Un bouquet de tulipes enveloppé dans du cellophane se glissa entre mes mains, puis une voix rauque vint me chatouiller l'oreille :

— Bravissimo. (Michael posa sur mes lèvres un baiser brûlant qui m'embrasa de l'intérieur, avant de se tourner vers Julian avec une agressivité non dissimulée.) Qu'est-ce que tu fais planté là ?

Julian soupira et murmura un « au revoir ». Michael le regarda disparaître dans une mer de vestes noires. Son regard féroce suivit Julian jusqu'à ce que je tire sur sa cravate.

— Pourquoi est-ce que tu es si grossier ?

Il me pinça la joue.

— Il a besoin qu'on le remette à sa place.

— Ce n'est pas vrai. Il est gentil.

— C'est ce que tu disais de moi au début, répliqua Michael, tout sourire, en posant son front contre le mien. Tu aimes toujours les gars gentils ?

— C'est important pour moi que tu traites bien les gens. Je ne veux pas devenir la femme du connard.

— Tu l'es déjà.

Je grognai, puis lui demandai :

— Pourquoi est-ce que tu détestes Julian ?

— Je n'ai aucun respect pour lui. C'est un connard sarcastique et ingrat.

— Est-ce que ça te tuerait de te montrer un peu plus aimable ?

— Probablement pas, mais je ne compte pas pour autant essayer.

Il prit mes joues entre ses mains, et une vague de chaleur remonta le long de mon cou.

— Pourquoi pas ?

— Parce que tu m'apprécies comme je suis.

— Ah oui ? Je t'apprécie ?

— Ouais, dit-il avec un sourire.

Il avait beaucoup évolué depuis notre première nuit ensemble. Il avait pris ma défense contre Nick. Il m'avait permis de chanter dans un club. Il allait me donner un enfant. Il me faisait des câlins, m'envoyait des emojis idiots par texto, me préparait le petit déjeuner et me couvrait de petites attentions affectueuses. Un sentiment fort emplissait mon cœur lorsqu'il me prenait dans ses bras — plus fort que de la simple affection.

Je portai les fleurs à mon nez et inhalai leur odeur.

— Comment as-tu su que c'étaient mes fleurs préférées ?

— Facile. C'est ce que tu avais choisi pour notre mariage.

— Tu t'en es souvenu ?

— Impossible d'oublier quoi que ce soit, depuis que tu fais partie de ma vie.

Je penchai la tête sur le côté et l'embrassai. Il me rendit mon baiser avec une passion décuplée. Puis son soupir vint effleurer mes lèvres et il s'écarta, les yeux toujours fermés comme s'il continuait de savourer le goût de ma bouche. Un sourire paresseux s'épanouit sur son visage.

Il passa son bras sous le mien et me guida loin des clients et des femmes à moitié nues. Il nous fit entrer dans un hall vide et sombre où plusieurs portes ouvertes donnaient sur des chambres.

— Tu es gentil aujourd'hui.

— Toi et la gentillesse…

Il m'attrapa par la taille et me poussa dans une des chambres. Un frisson me parcourut l'échine lorsqu'il me pressa contre le mur. Il plaqua mon bras contre la surface en ciment et attacha un bracelet en cuir autour de mon poignet.

— Je suis fou de toi, Carmela. C'est pour ça que je suis *gentil.*

Doux Jésus.

Un deuxième frisson me traversa les côtes.

Est-ce qu'il le pensait vraiment ? Cela faisait-il partie du sexe ? J'avais présumé que nos échanges coquins seraient confinés à la chambre à coucher, mais voilà qu'il remettait ça à *Sanctum.* Michael me regardait comme si j'avais décroché la lune.

Ma bouche devint sèche lorsque je me rendis à l'évidence.

Sa passion me rappelait un autre homme.

Nick.

VINGT-ET-UN
MICHAEL

Le diable nous pousse à pêcher, mais nous aimons nous tortiller sous son emprise.

C'était ce que ma mère répétait sans arrêt. À l'époque je prenais ça pour des platitudes idiotes, mais je n'étais jamais sobre assez longtemps pour aligner deux pensées cohérentes. Je n'ai compris ce qu'elle entendait par là qu'après avoir arrêté les drogues. Lorsque le manque me faisait subir des migraines insupportables, je ne pouvais penser à rien d'autre qu'à me droguer.

Je ne pouvais plus fonctionner sans drogues. Je les avais laissées me consumer, détruire tout ce qui me plaisait chez moi. Ce n'est qu'une fois que j'ai arrêté la coke que je me suis rendu compte de l'étendue des dégâts physiques que je m'étais infligés. Les enfants m'ont sauvé de l'autodestruction, mais un nouveau démon rôdait autour de moi.

La vengeance.

J'avais trouvé le numéro de Crash.

Mon bon sens me criait de ne pas contacter ce type que je comptais descendre, mais les détectives privés que j'avais embauchés n'avaient toujours pas déniché cet enfoiré. Il fallait que je découvre dans quel squat infesté de rats il créchait pour que je puisse *l'étrangler*.

Je voulais le mettre en colère.

J'espérais qu'il finirait par merder et se montrer. J'ouvris mon téléphone jetable et composai le numéro. Mon pouce appuya sur le bouton d'appel vert avant que j'aie eu le temps de me calmer.

La ligne sonna une fois, puis on décrocha.

— Crash, fit une voix monocorde.

— C'est Michael.

— *Costa*. Comment t'as eu ce numéro ?

Je souris.

— Ne t'en fais pas pour ça.

— J'ai rien à te dire.

Moi, si.

— Comment va ta bouche ? demandai-je. Elle guérit ?

— Ça te dérange qu'elle m'ait sucé la bite deux mois avant que tu lui passes la bague au doigt ?

— On n’est pas sortis ensemble avant de se marier, alors ma fierté est intacte. Tu sais, elle ne voulait pas non plus de moi au début. (Je rapprochai ma chaise de la fenêtre et regardai à travers la vitre.) Mais moi, au moins, j’ai eu les couilles de la garder.

— Je ne l’ai pas perdue.

— Si.

— Ce n’est pas parce que j’aime la chasse…

— J’ai gagné. Elle s’est mariée avec moi.

— J’ai pas dit mon dernier mot ! couina-t-il comme un animal blessé. T’es juste sa pute du moment. Elle et moi, c’est pour toujours.

— Tu te fais des illusions. Elle porte mon alliance. On est en train de bâtir une vie ensemble. On va avoir un bébé. Tu n’es qu’une loque, un violeur, un bon à rien. Une merde de motard.

— Rends-la-moi, fils de pute !

— Je foutrai le feu à ta moto et la balancerai dans la baie plutôt que de te laisser l’approcher.

— Ferme ta gueule, putain, ou je te défonce les dents et je te les fais bouffer pour te la fermer…

— Je vais te trouver, grondai-je dans le combiné. Je vais entrer dans ta maison pendant que tu dors et t’arracher les tripes. Mais avant ça, bien sûr, je vais baiser ma femme.

— Je vais buter toute ta famille de merde, putain de rital de...

Je raccrochai. Je brisai la coque du portable et le lançai de toutes mes forces contre le mur. Je ne supportais pas qu'on menace ma famille.

J'étais en train de sortir de mon bureau lorsque j'entendis les pas de Carmela résonner dans l'escalier. Je la vis disparaître dans notre chambre. J'entrouvris la porte, attiré par le bruit de la douche. Mon regard se posa sur une paire de chaussures à talons, une culotte et un soutien-gorge qui gisaient en tas à côté du lit. Je caressai les bonnets soyeux du soutien-gorge, qui dégageaient encore la chaleur de ses seins. Ma queue se durcit et une vague de chaleur envahit mon bas-ventre. Je me dirigeai vers la salle de bains.

Carmela était debout derrière la vitre à moitié embuée. Le jet aspergerait son cou et ses épaules. Je contemplais ses courbes bronzées, chacune de ses fossettes, ses seins en forme de gouttes d'eau et ses arches gracieuses qui étaient interdites aux autres hommes. Je pensais à Crash, et à la manière dont il avait convoité cette même femme et gagné sa confiance, pour ensuite la trahir et infliger des douleurs affreuses à ce corps divin.

Il fallait absolument que je fasse la peau à ce bâtard.

La porte émit un clic sonore lorsque je la refermai.

Carmela tourna la tête vers moi. Les lèvres entrouvertes, elle m'observa un instant avant de se remettre face au pommeau de la douche. Elle fit mousser du savon et se massa le cuir chevelu. Des coulées de mousse blanche dévalèrent sa peau que mes mains mouraient d'envie de toucher.

Je retirai brusquement ma chemise et défis ma ceinture, avant de faire tomber mon pantalon et mon caleçon à mes pieds. Puis j'entrai dans la vapeur de la douche. Carmela haussa les sourcils tandis que je m'avançais sous le jet d'eau.

Les choses allaient mieux entre nous.

Je me réveillais le matin dans un nuage de vanille, son bras en travers de ma poitrine. Il m'était parfois difficile de ne pas laisser échapper les trois mots qui accaparaient mon esprit, mais je n'avais fait qu'affaiblir son armure. Si je lui faisais une telle déclaration maintenant, elle paniquerait. Les épais remparts de Carmela se dressaient dès que je faisais allusion à mes sentiments grandissants. Cela avait quelque chose à voir avec Crash.

Je me mis à lui masser les épaules.

Carmela laissa échapper un soupir rauque et se recula dans mes bras.

— Je ne te dis pas assez souvent combien tu es belle, murmurai-je en caressant sa peau couleur d'huile d'olive et en embrassant son épaule. C'est le plus grand crime que j'ai jamais commis.

— Tu peux être d'une niaiserie.

— Et pourtant, tu adores mes blagues débiles.

Carmela leva les yeux au ciel en souriant. Ses fossettes se creusèrent tandis qu'elle se tournait pour me faire face. Elle jeta ses bras autour de mon cou et m'embrassa, ce qui eut pour effet d'envoyer une myriade d'étincelles électriques dans tout mon corps.

J'attrapai sa lèvre entre ma langue et mes dents. Je pétris ses courbes et embrassai le creux juste en dessous de son oreille. La chaleur qui embrasait mes entrailles devint insupportable, et se transforma en véritable feu de l'enfer lorsque Carmela m'attrapa par la taille et se mit à taquiner la base de mon sexe tout en s'abaissant.

Je coupai l'eau.

Nous entrâmes en titubant dans la chambre. J'attrapais une serviette au passage et l'essuyai avec, jusqu'à ce que Carmela me la retire doucement des mains pour l'enrouler autour de mes épaules.

— À quand remonte la dernière fois que quelqu'un s'est occupé de toi ? dit-elle.

— Je n'ai pas besoin...

— Je sais. Tu n'as besoin de personne. (Elle prit mon menton entre ses doigts et effleura mes lèvres.) C'est ce qui me plaît chez toi.

J'ai besoin de toi.

Elle m'embrassa avant que je ne puisse lui faire cet aveu.

Carmela était le sang dans mes veines, le feu dans mon âme, et une fois qu'elle serait enceinte, elle ne me quitterait jamais. Il fallait qu'on scelle le marché.

Elle me mordit, puis apaisa rapidement la douleur avec sa langue. Elle s'écarta de moi et son sourire sensuel s'élargit davantage. Ses ongles parcoururent mon torse tandis qu'elle se mettait à genoux. Un afflux de sang paralysa mon cerveau lorsque Carmela posa ses paumes sur mes cuisses.

J'empoignai ses cheveux.

— Qu'est-ce que tu attends ? grognai-je.

— Que tu me dises ce que tu veux.

Ma queue tressauta à la vue de Carmela, nue et accroupie à mes pieds.

— Tu ne devrais pas avoir besoin d'un mode d'emploi.

Ses doigts vinrent chatouiller mes testicules, puis elle empoigna ma verge et fit glisser sa main de haut en bas. Elle continua les va-et-vient, tout en massant le liquide préjaculatoire qui bordait mon gland. Sa peau soyeuse m'excitait au point de me faire perdre tout contrôle. Elle embrassa le bout de ma queue. Une chaleur liquide glissa sur moi.

Un frisson intense parcourut mon bas-ventre. Je mis les hanches en avant et m'enfonçai dans sa bouche. Ses lèvres s'écartèrent, et elle m'accueillit en elle. Je lui tins la tête tandis qu'elle se penchait en avant. Son humidité chaude se resserra tout autour de moi. Bon sang, elle la prenait profondément.

Ma bite pulsa. Je faisais de mon mieux pour me retenir d'éjaculer, comme si j'avais dix-huit ans et non trente-quatre. Mais il était quasiment impossible de contenir les flammes qui s'emparaient de moi quand elle me prenait entièrement dans sa gorge, les yeux plongés dans les miens. Elle se recula enfin, pantelante.

— Ouais, fais une pause. Tu l'as bien mérité.

Elle éclata de rire.

Ma poitrine se serra lorsqu'elle avala de nouveau ma queue. Je parcourus son cou du bout des doigts, puis l'arche délicate de son menton et la ligne de sa mâchoire. Ses muscles se contractaient. C'était tellement beau à voir. J'étais complètement sous le charme de cette sirène suceuse de bites, qui semblait déterminée à me vider.

— Ralentis, tu vas me faire jouir.

Elle ne ralentit pas. Elle s'activa encore plus vigoureusement, tout en me lançant un petit sourire ingénu chaque fois qu'elle faisait une pause. Elle me narguait avec ses légers coups de langue, ses joues douces, et ses mains qui glissaient de haut en bas sur mes cuisses.

J'enfonçai mes doigts dans ses cheveux. Je ne pouvais pas abandonner le contrôle. Je ne pouvais pas supporter de la laisser me donner du plaisir. Je mourais d'envie de lui éjaculer dans la bouche, mais mon excitation fondait chaque fois que je croisais son regard.

Je n'y arrivais pas.

La voir dans cette position me mettait les nerfs à vif parce que cela me forçait à reconnaître mes crimes. Une telle innocence brillait dans ces immenses yeux bruns qui me faisaient confiance. Elle m'avait tout donné.

Et moi, qu'avais-je fait ?

Je l'arrêtai d'une main sur l'épaule, puis l'aidai à se relever avant de l'attirer entre mes bras.

— Pourquoi veux-tu que j'arrête ?

Je nous rapprochai du lit.

— Parce que je préfère faire ça.

— Est-ce que je m'y suis mal prise ?

— Tu as été parfaite. Tu es toujours parfaite.

Je l'allongeai sur le matelas. Je me glissai ensuite entre ses cuisses et m'introduisis en elle. Mes lèvres se posèrent sur les siennes tandis que mes hanches entamaient un mouvement de va-et-vient lent et doux. Ses jambes m'enserrèrent la taille. Elle soupira alors que je m'enfouissais au plus profond d'elle. Elle enfonça ses ongles dans ma peau, mais je réussis néanmoins à résister à la tentation de la pilonner comme un animal en rut.

Je voulais lui faire l'amour.

À quand remontait la dernière fois que j'avais fait ça ? Dès que j'avais passé le cap de la vingtaine, je m'étais aperçu que j'aimais le sexe brutal et j'avais accepté ce fait. La douceur ne me faisait ni chaud ni froid. Si je ne dominais pas la femme que je baisais, je m'ennuyais. Mais à présent, je n'avais pas envie d'être brutal.

Je continuais mes va-et-vient tout en glissant sur sa peau humide. J'embrassai ses lèvres sensuelles et une vague de chaleur envahit ma poitrine. J'accélérai la cadence, et Carmela se cambra. Elle s'agrippa à moi et m'attira violemment contre elle, mais je ne perdis pas le contrôle. Ses yeux fouillèrent les miens. Son regard débordait de questions auxquelles je ne répondrais pas.

Pas encore.

Notre étreinte devint un crescendo de coups de reins rapides et de baisers maladroits. Lorsque Carmela atteint l'orgasme, son corps tout entier trembla. Ses parois se resserrèrent autour de moi et massèrent mon membre jusqu'à ce que je jouisse, moi aussi. J'enfouis mon visage dans son cou. Une vague d'euphorie me submergea et vida mon corps de toute force tandis que je me déversais en elle.

Carmela vint presser son sourire contre ma joue puis me mordilla l'oreille.

— C'était... différent, fit-elle.

— Doux.

J'attrapai une mèche de ses cheveux et inhalai son parfum.

— Et ça t'a plu ? s'enquit-elle.

— Bien sûr. (J'embrassai ses joues roses, surpris d'entendre une note d'inquiétude sincère dans sa voix.) C'est toujours bon avec toi.

— Je veux juste que tu sois satisfait, c'est tout.

J'étais plus que satisfait.

J'étais amoureux.

VINGT-DEUX
CARMELA

Ma vie était un conte de fées.

Les nuages d'orage s'étaient dissipés et un bel horizon s'étendait devant moi. J'avais redouté le retour de Michael le connard sarcastique, mais il semblait bien décidé à jouer le rôle du mari parfait.

Il semblait différent. Au réveil, il avait toujours une main posée sur ma hanche ou sur ma cuisse. Il mettait plus longtemps à me lâcher lorsqu'il me prenait dans ses bras et il trainait les pieds à chaque fois qu'il devait partir — même si cela s'expliquait peut-être par le fait que je cuisinais plus souvent à présent. Je lui préparais des sucreries maison parce qu'autrement il avalait des boîtes entières de gâteaux de supermarché, et je ne voulais pas qu'il mange ces saletés remplies de conservateurs.

— Je dois filer, dit Michael en finissant son cookie et avant d'embrasser les enfants. À tout à l'heure, mes bébés.

— Attends ! (Je trempai une cuillère dans la casserole et la tendis à Michael.) Goûte.

Il s'exécuta.

— Qu'est-ce que c'est ? De la soupe ?

Je fis la grimace.

— C'est la sauce pour les spaghettis. Ne me dis pas qu'elle est trop liquide.

— Un petit peu, admit-il. Mais elle a bon goût.

— J'y ai mis trop de légumes.

Je n'avais pas d'autre moyen de faire manger les enfants de manière un tant soit peu équilibrée. C'était incroyablement difficile de leur faire avaler quoi que ce soit d'autre que des patates.

— Laisse-la mijoter pendant quelques heures et ça ira, dit Michael.

Je l'interceptai en attrapant sa main, et il revint vers moi. Je m'émerveillai de l'incroyable chaleur qui remuait mes entrailles lorsqu'il se pencha en avant et que ses lèvres frôlèrent les miennes, si douces et...

— Arrêtez de vous faire des bisous ! s'écria Mariette, qui regardait son père d'un œil mauvais. Vous êtes tout le temps en train de vous embrasser. C'est trop dégoûtant.

Michael souleva Mariette et lui planta un baiser sonore sur la joue, puis il ébouriffa sa tresse et se dirigea vers la porte.

— Dégoûtant, marmonna-t-elle en s'essuyant le visage.

Les enfants finirent de manger, puis je fis la vaisselle. La sonnette de la porte d'entrée retentit alors que j'étais en train d'essuyer le plan de travail. Je jetai le torchon dans l'évier et sortis sur le seuil, d'où j'aperçus un homme appuyé contre le grillage en fer forgé. Sa peau était aussi sombre que la mienne, et il portait un pantalon bleu marine ajusté et un t-shirt noir avec un col en V. Il avait une épaisse chevelure couleur ébène, des traits anguleux et une allure taciturne. Le soulagement se peint sur sa figure lorsqu'il m'aperçut et il se redressa pour me faire signe.

— Alessio ?

Je sortis, bouche bée. Mes yeux devaient me jouer des tours.

— Qu'est-ce que tu fais ici ? m'exclamai-je.

Je me précipitai vers le portail et l'ouvris en grand.

Alessio entra et regarda le manoir derrière moi tout en passant la main dans ses boucles couleur café.

— Est-ce que Michael est là ?

— Non, tu l'as raté de peu. Je n'arrive pas à croire que tu es là !

Les larmes me brûlèrent les yeux tandis qu'Alessio me serrait fort dans ses bras.

— Mia est à la maison, dit-il. Viens, il faut qu'on se tire d'ici.

— Quoi ? Pourquoi ?

— Carmela, est-ce qu'on peut attendre d'être chez moi pour jouer aux questions-réponses ?

— Qu'est-ce que tu fais ici, déjà ? (Je rentrai dans la maison, mais mon beau-frère s'entêta à rester dans le jardin.) Ne reste pas dehors. Entre.

— Je ne suis pas venu pour faire la causette.

Mais il enfonça ses mains dans son pantalon et me suivit néanmoins dans la maison. Son regard alternait entre les photos qui couvraient les murs, les dessins des enfants sur le réfrigérateur, et moi.

— J'ai lu ton message. Je n'arrivais pas à y croire, honnêtement. J'ai pensé qu'à coup sûr, quelqu'un avait piraté ta boîte mail. Alors j'ai passé ces dernières semaines à me renseigner auprès de mes anciens contacts et... ils m'ont tout dit.

— Je ne sais absolument pas de quoi tu parles, mais tu n'aurais pas dû *revenir*. Allez-vous-en, toi et Mia. Ils sont encore à votre recherche !

Chaque seconde qui passait les mettait en danger.

— Je ne partirai pas sans toi.

— Alessio, je vais bien. Je respire et tout. (Je fis claquer mes mains sur mes hanches, énervée par sa pitié.) Ne me regarde pas comme ça.

— Mais c'est toi qui m'as demandé de l'aide !

— Quoi ?

Mon ex-fiancé me regardait avec les sourcils froncés comme si je souffrais de lésions cérébrales. Je m'éloignai de lui pour passer dans le salon. Les enfants étaient assis sur le canapé, le nez collé à leur iPad. Ils tournèrent la tête vers nous et Matteo poussa un cri strident.

— *Zio* !

Mariette joua des coudes pour pouvoir se jeter sur Alessio avant son frère. Alessio, lui, paraissait toujours sonné, comme s'il venait de se réveiller après un affreux cauchemar. Il tapota la tête de Mariette.

— Salut, ma puce.

— Où est-ce que tu étais, *Zio* ?

Les yeux écarquillés d'Alessio se posèrent de nouveau sur moi.

— Ce n'est pas toi qui l'as envoyé. C'est lui.

— Envoyé *quoi* ?

— Ce putain de message ! (Il baissa la voix en entendant le hoquet scandalisé de Mariette.) Tu... enfin *il* a écrit que tu avais été forcée de l'épouser.

Les pièces du puzzle s'assemblèrent lorsqu'Alessio ouvrit son portable pour me montrer le message.

Michael m'a forcée à l'épouser. Aide-moi.

Je n'avais jamais tapé ces mots. Je me serais fait Hara-kiri plutôt que d'inciter ma sœur et son mari à revenir à Boston.

C'était l'œuvre de Michael.

Il avait violé ma vie privée. Il avait attiré mon beau-frère dans un piège et il l'avait fait sans me consulter. Sa traîtrise me transperçait le cœur. Ma gorge se noua.

— Il faut que tu t'en ailles. Maintenant. (Je saisis son bras et le serrai.) Tu n'as aucune idée de ce qui t'attend.

— Si. Tes parents ont disparu.

Quoi ?

— Non, ils sont chez eux !

Le visage d'Alessio s'empreignit de tristesse.

— Ils ont disparu il y a des semaines de ça. Personne ne les a vus depuis, et ils n'ont donné aucune nouvelle.

La chaleur quitta mon corps. L'éclairage autour de moi parut s'assombrir. Mon champ de vision s'étrécit et se vida de toute couleur.

— Non. C'est impossible.

— Carmela, je suis passé chez eux. Leur jardin est envahi de mauvaises herbes. Leur boîte aux lettres est pleine et la poste a arrêté de leur livrer le courrier. Ils ne sont plus là, dit-il, avant d'ajouter d'un ton incrédule : tu ne le savais pas ?

JE RELÂCHERAI IGNACIO.

La voix rauque de Michael résonnait dans ma tête durant le court trajet en voiture jusqu'à la villa d'Alessio. Les enfants piaillèrent tout du long. Je n'avais pas dit à Michael que je partais. Je ne savais pas quoi faire. J'étais au bord de la crise de nerfs, mes épaules étaient secouées de soubresauts et Alessio dut monter le son de la musique pour étouffer le bruit de ma respiration sifflante. Il me lança un regard inquiet lorsque nous nous fûmes garés dans son allée. Des Cadillac Escalade entouraient sa villa d'architecture géorgienne, mais aucun dispositif de sécurité n'arrêterait Michael.

Alessio fit monter Matteo sur sa hanche et nous nous dirigeâmes vers la maison. Mariette s'élança à travers le portail et grimpa à toute allure les marches du perron, sur lequel se tenait ma sœur vêtue d'un corsaire blanc et d'un haut rose. J'éclatai en sanglots lorsque la minuscule brunette traversa le jardin en courant. Elle se jeta sur moi et me serra de toutes ses forces dans ses bras. Nous entrâmes tant bien que mal dans la maison en riant et pleurant simultanément, tandis qu'Alessio courait après les enfants.

— Tu vas bien ? Est-ce que tu as besoin de quoi que ce soit ? (Mia me palpa les épaules comme si elle cherchait des blessures.) Veux-tu qu'on appelle un docteur ?

— Je vais bien.

La demi-heure qui suivit me rappela ce qui s'était passé après que je me sois échappée de chez mon ex-petit ami et que pendant des semaines on n'avait rien vu d'autre en moi qu'un corps meurtri. Ils continuaient à me regarder comme si j'étais une pauvre petite chose brisée et cela me brûlait les entrailles, car je n'étais pas abîmée. J'avais survécu à Nick. J'avais survécu à Michael. Mais *ça*, je ne le supportais pas.

Mia enfonça ses ongles manucurés dans mes épaules tandis que nous nous installions dans la salle de jeu, qui semblait recouverte d'une épaisse couche de poussière.

— Pourquoi ne m'as-tu rien dit ? s'exclama-t-elle. Pourquoi as-tu fait comme si tout allait bien ?

— Parce que tu mérites d'être heureuse.

— Et toi, alors ? fit-elle d'une voix inquiète tout en serrant ma main entre ses doigts fins. Tu crois que je suis heureuse de savoir que tu étais torturée et…

— Michael n'a jamais levé la main sur moi.

Mia échangea un regard avec son mari, qui était assis à côté d'elle.

— C'est sans importance, dit-elle. Il a dépassé les limites.

— Il m'a promis qu'il relâcherait Papa si je l'épousais. J'ai cru qu'il tiendrait parole. C'était un acte désespéré, mais aussi complètement *stupide* de ma part. Je n'arrive pas à croire que je lui ai fait confiance.

Michael n'avait pas relâché mon père.

Papa était probablement mort. Et Maman ? Qu'était-elle devenue ?

Mes genoux flanchèrent sous le désespoir. Mes paumes vinrent heurter le plancher et la douleur m'envahit la gorge avant d'en jaillir en un long hurlement. Mia se précipita sur moi et éclata elle aussi en sanglots, tandis qu'Alessio tentait en vain de nous calmer.

Ma vie était un mensonge.

Il m'avait trompée et j'étais tombée dans le panneau, séduite par ses charmes et la promesse d'un bébé.

Comment avait-il pu me faire une chose pareille ?

Comment pouvait-il être aussi cruel ?

Je laissai libre cours à mes sanglots, qui résonnèrent dans la maison. Mia s'accrocha à moi et poussa un grondement sourd qui exsudait la fureur. Rien ne pouvait me calmer — ni les promesses d'Alessio, ni la présence réconfortante de ma sœur. Ce ne fut que lorsqu'un petit corps vint se presser contre mon flanc que je me tus. Des doigts effleurèrent mes joues et une voix ténue me supplia :

— Ne pleure pas, Maman.

Ce mot me fendit en deux. Il me remplit à la fois d'une joie pure et d'une douleur insupportable. Michael avait dû encourager Matteo à m'appeler comme ça, car il savait ce que cela représentait pour moi. Il m'avait manipulée depuis le début.

J'aimais beaucoup trop ses enfants.

Et je ne pouvais pas quitter Michael sans les abandonner eux aussi.

— Désolée mon cœur, dis-je en m'essuyant le visage avec un sourire forcé. Je suis triste parce que je n'ai pas vu ta tata depuis très longtemps. Va jouer avec ta sœur.

La vue des grands yeux de Matteo m'emplit de peine. Il avait les mêmes que son père. Il retourna à sa pile de Legos et attrapa une poignée de blocs colorés avant de les lancer sur Mariette.

— Il faut que j'envoie un texto à Michael.

— Carm, tu ne dois pas retourner là-bas. (Mia se tourna vers Alessio, comme pour lui demander d'intervenir.) On va t'aider.

— Je ne peux pas partir. Ils ont besoin de moi.

Alessio et Mia échangèrent un regard inquiet.

— Ils survivront. Ils ont toute une équipe de nounous.

— Je les aime.

— Tu trouveras quelqu'un d'autre. (Alessio s'agenouilla et sa voix s'adoucit.) Tu fonderas ta propre famille.

— Non. Je ne vais pas les quitter.

Une sonnerie retentit dans la poche d'Alessio. Il porta le combiné à son oreille puis se tourna vers nous.

— Il est ici.

Je me levai en soupirant.

— Reste avec nous. On a bien assez de place.

— Il ne le permettra jamais. (Je sentis mes entrailles se tordre lorsque la porte d'entrée grinça, et que ses pas vifs résonnèrent sur le plancher.) Ça va. Je vais y aller.

— Non, ça ne va pas, gronda Mia avant de saisir la manche d'Alessio. Tu ne peux pas le laisser nous l'enlever.

— Je ne peux pas l'empêcher de voir ses enfants !

— Non, tu ne peux pas.

La voix rocailleuse de Michael était comme suspendue dans l'air. Il entra dans la pièce, qu'il empoisonna de sa présence. Mon mari observait Alessio avec un sourire en coin.

— Tu es très bronzé. On dirait que Boca Raton t'a fait du bien.

La mâchoire d'Alessio se contracta.

— Qu'est-ce que tu veux, Michael ?

— Ma femme et mes enfants. *Maintenant.*

— Il vaudrait mieux qu'ils passent quelques jours chez nous.

— Non. Leur place est à mes côtés. Et toi, tu ferais mieux de te préparer à recevoir Vinn. Il est en chemin. (Michael pencha la tête sur le côté et me lança un sourire resplendissant.) *Viens.*

Mia serra les poings tandis que Michael entraînait sa fille derrière lui.

— Sympa de t'avoir revue, Mia. Dommage que vous n'ayez pas pu venir au mariage. On vous enverra des photos.

Ils nous suivirent jusqu'à la porte. Le visage de Mia était blanc de peur.

Alessio empoigna la manche de mon mari.

— Tu es mort à mes yeux, gronda-t-il.

Michael se libéra de sa prise.

— Ouais, et alors ?

VINGT-TROIS
MICHAEL

Les yeux de Carmela lançaient des éclairs.

Dès que j'avais mis les enfants au lit, elle s'était glissée dans la penderie. Elle fit glisser la fermeture éclair de sa robe et balança le tas de tissus délicat dans un coin de la chambre. Elle jeta ses talons d'un coup de pied, ses courbes appétissantes exposées à ma vue. Puis elle fit glisser les bretelles de son soutien-gorge sur ses épaules. Son regard brûlait de larmes contenues tandis qu'elle ôtait ses couches de vêtements l'une après l'autre. Mon sexe se gorgea, indifférent à sa douleur.

Mais mon cœur, lui, ne l'était pas.

— Qu'est-ce que tu fais ? demandai-je.

— Je te donne ce que tu veux.

Carmela posa la paume de sa main sur mon torse et me poussa avec assez de force pour me faire trébucher en arrière. Elle ne comprenait pas l'effet que sa fureur avait sur moi, les pulsions dangereuses qu'elle réveillait.

— Tout ce que tu as toujours voulu, c'était d'avoir un corps à ta disposition et un esprit à *torturer*.

— Tu sais très bien que ce n'est pas vrai.

— Je ne sais plus qui tu es maintenant. Tout ce que je sais, c'est que tu es un menteur et un horrible modèle pour tes enfants.

— C'est bien pour ça que je t'ai épousée ! Tu es leur conscience morale. Carm, tout ce que j'ai fait, je l'ai fait pour toi !

Je fis un pas en arrière, tentant de contrôler mes sentiments bouillonnants.

— Tu as piraté ma messagerie !

— J'ai eu le pressentiment que tu me mentais à propos de ton beau-frère. Tes explications étaient dérisoires. Alors oui, j'ai lu tes e-mails. Ce sont des excuses que tu veux ? Tu vas attendre longtemps.

— Va te faire foutre.

— Mes enfants sont plus importants qu'Alessio, et son absence menaçait leur sécurité. Tu ne lis pas le journal ? La situation ne fait qu'empirer, en partie parce qu'il nous a abandonnés en emportant tous ses contacts avec lui. Je ne regrette pas d'avoir manipulé Alessio.

— Parce que tu es un bâtard.

— Tu n'es pas en colère parce que je l'ai berné, *lui*. Tu es contrariée parce que tu penses que je t'ai trahie. Mais ce n'est pas le cas. J'ai toujours été dans ton camp, Carmela.

— Tu as violé ma vie privée !

Pourquoi s'acharnait-elle sur ce petit détail ?

— Tu peux lire mes messages si tu veux. Je m'en fous.

Je lançai mon portable sur la moquette. Je m'attendais à ce qu'elle fouine dedans, mais elle se contenta de secouer la tête comme si j'étais dangereux.

— Je ne peux pas rester avec toi.

Mes entrailles se tordirent.

— Pourquoi ?

— Parce qu'il ne s'agit pas seulement de ma messagerie. Tu as menti à propos de mon père. Tu m'as menti sur toute la ligne. Je me sens conne de t'avoir cru. J'ai fait une énorme erreur en t'épousant. Je vais prendre les enfants pendant quelques jours.

— Et pourquoi ne pas m'arracher le cœur, tant que tu y es ? Je ne peux pas vivre sans eux.

Ou sans toi.

— Va en enfer.

Elle s'étrangla sur ces derniers mots, qu'elle prononça avec une amertume telle que j'en eus la chair de poule. Elle serra les poings, tremblante. Carmela était furieuse, et cela me donnait de l'espoir.

Cela voulait dire qu'elle avait encore des sentiments.

Je décidai donc de lui avouer mon dernier secret.

— Carmela, je t'aime.

Son visage se draina de toute couleur. Elle attrapa une valise, l'ouvrit, et y enfourna des piles de vêtements. Elle semblait tout à coup décidée à s'enfuir au plus vite.

— Je t'aime, répétai-je.

— *Ne t'approche pas.*

Je n'avais pas bougé d'un cil.

— Pourquoi ?

— Parce que tu me fais peur. Tu ne m'aimes pas, Michael.

— Je n'ai jamais ressenti ça pour *personne.*

— C'est juste un béguin.

Elle avait tort.

Je l'aimais.

Cette prise de conscience ne m'était pas tombée dessus comme dans les films à l'eau de rose, avec confettis et feux d'artifice. Cela avait été progressif. J'avais mis sa photo en fond d'écran sur mon putain de portable bien avant de me rendre à l'évidence. Elle était constamment dans mes pensées, et j'avais commencé à m'imaginer des choses folles.

— C'est de l'amour, insistai-je.

— Non, Michael. Tu aimes ce que je *fais* pour toi.

— Et pourquoi pas les deux à la fois ?

— Parce que je te dis que non. (Elle parcourut le dressing, la mâchoire si serrée qu'elle en grinçait des dents.) C'est le problème avec les hommes dans ton genre.

— Pourquoi es-tu si prompte à dénigrer mes sentiments ?

— Le dernier homme qui m'a aimée a failli me tuer par amour.

— Je ne suis pas comme lui, Carmela. (Je lui pris la main et elle se figea.) Je t'aime. Que faut-il que je fasse pour te le prouver ?

— Je... je ne sais pas.

— Ne t'ai-je pas prouvé à quel point tu es importante à mes yeux ? Je t'ai donné tout ce que tu demandais. Que te faut-il d'autre ? Dis-le-moi, et tu l'auras.

— Tout ça est trop intense. (Ses pommettes étaient en feu.) Il faut qu'on fasse une pause.

Mais je ne voulais pas de pause. Je la voulais dans mes bras, dans mon lit, sur mon bureau, partout, tout le temps.

— C'est toi qui as allumé ce feu en moi, lui dis-je. Comment suis-je censé l'éteindre, maintenant ?

— *C'est ton problème.*

— C'est trop tard. Je t'aime.

— Tais-toi. (Les larmes coulaient le long de ses joues et elle secoua la tête.) Tu ne m'aimes pas !

— Si, je t'aime. Si ce n'était pas le cas, j'aurais tué ton père quand il a menacé de s'en prendre à mes enfants.

— Il n'aurait jamais dit ça !

— Il l'a fait, Carmela. (Je me frottai la nuque. Les menaces qu'Ignacio avait prononcées après mon mariage me revinrent en mémoire.) J'étais prêt à le laisser partir, mais il a fallu qu'il ouvre sa putain de grande gueule.

— *Qu'est-ce que tu as fait de mes parents ?*

— Je les ai épargnés. *Pour toi.* J'ai agi à l'encontre de mon bon sens parce que je t'aime.

— Où sont-ils ?

— En Italie. Ils vont bien.

Je poussai un soupir. Carmela tremblait comme une feuille.

— Je ne t'ai rien dit parce que j'avais peur que tu me haïsses, ajoutai-je.

— C'est trop tard, bordel. Je te hais !

J'aurais été dévasté si elle avait réagi avec indifférence, mais au contraire, sa rage faisait battre mon cœur.

— Bébé...

Sa main fendit l'air. Elle vint s'écraser contre ma joue. Ma peau brûla sous l'effet de sa gifle puissante. Carmela lâcha un hoquet horrifié et recula contre le placard.

C'était tordu.

Je ne devrais pas.

Je saisis son poignet lorsqu'elle leva de nouveau la main, et l'attirai brutalement contre ma poitrine. Je me penchai en avant. Mon nez toucha le sien. J'aspirai le *va te faire foutre* qu'elle murmura puis pris possession de sa bouche.

Elle frémit lorsque mes lèvres se pressèrent sur les siennes. Elle haleta, et j'approfondis mon baiser. Ma langue se délecta de son goût de miel tandis que je l'embrassais plus farouchement et...

Son poing vint s'écraser contre ma mâchoire.

Je reculai, sonné par cette douleur inattendue, puis j'attrapai son poignet au vol. Je la plaquai ensuite contre le mur, le cœur battant à tout rompre.

Pas de violence.

— Excuse-toi.

— Non.

— Excuse-toi, ou je te punis.

— Je suis désolée que ton enfance ait été si merdique que ça t'a transformé en véritable *sadique*. (Sa véhémence la quitta soudain et elle fondit en larmes.) Je suis désolée de t'avoir fait confiance. Je suis désolée d'avoir pensé qu'on pourrait élever un enfant ensemble. Je regrette le jour où j'ai posé les yeux sur toi.

J'attrapai le collier sur l'étagère et l'enroulai autour de son cou. Je le bouclai avant qu'elle ait pu l'arracher, puis sifflai dans son oreille :

— Moi, je ne regrette rien de tout ça.

Les ténèbres m'envahirent. Tous les remparts que j'avais bâtis pour contenir mes pires pulsions s'effondrèrent. Cette partie de moi que j'avais jusqu'à présent contrôlée se rua sur Carmela.

Je la trainai jusqu'au lit. Il n'y eut aucune tendresse dans la façon dont je la balançai sur le matelas. Je lui grimpai dessus. Un désir malsain me consumait. Elle emmêla ses doigts dans mes cheveux. Elle ne tira pas dessus, et ne me repoussa pas. Elle se contenta de me regarder avec dans les yeux une fureur incandescente qui était incroyablement sexy.

Elle pencha la tête sur le côté et me nargua avec sa bouche entrouverte. Sa peau irradiait la haine.

— Je te déteste, gronda-t-elle.

— Alors *prouve-le*. Avec ta bouche, pas tes mots.

Carmela m'attrapa le menton et écrasa ses lèvres sur les miennes. J'enlevai ma veste, puis mon t-shirt. Ma ceinture claqua contre mon pantalon lorsque je la retirai. Carmela me griffait tout le corps à mesure que mes vêtements disparaissaient. Mon torse nu vint se plaquer contre ses seins tandis que nous nous échangions des baisers sauvages, mordants. Du sang suintait sur ma langue et ce goût métallique vint se mêler à son odeur de vanille — cette douce saveur que j'avais corrompue.

Elle continuait de me griffer. Ses ongles s'enfonçaient dans mes fesses comme de petites piqûres de haine. Je savourais la douleur. Elle pouvait me frapper, me griffer jusqu'au sang, ou hurler. Cela n'avait pas d'importance.

Je l'aimerais toujours.

Surtout ses seins. Je les léchai, et elle gémit. Je passai ma langue tout autour de son téton. Elle sembla s'adoucir. Je l'embrassai entre les seins, sous ses côtes, sur son cœur battant et le long de son ventre. J'écartai ses cuisses et fis glisser mes doigts sur ses plis humides. Je continuais de la titiller tandis qu'elle restait allongée sans bouger, les poings serrés sur les draps.

— Tiens donc, tu as envie de moi maintenant ?

— *La ferme.*

Son insolence fit exploser un éclair brûlant le long de ma colonne vertébrale. Elle méritait d'avoir l'empreinte de ma main gravée de façon permanente sur ses fesses, alors je la retournai et empoignai ses cheveux. Je tirais dessus pour la forcer à se cambrer. Puis je fis claquer ma paume sur son cul.

Elle se contorsionna, les joues en feu.

— Mais qu'est-ce qui te prend, putain ?

— Je punis ma femme.

Carmela réussit un instant à me faire lâcher prise, mais je saisis ses poignets et les maintins juste au-dessus de ses fesses. Elle se tortilla, immobilisée par mon poids.

— Dégage !

— Qu'est-ce que je t'ai dit le soir de notre mariage ? (Je lui assénai une nouvelle claque sur le cul et me délectai de voir sa peau rosir.) Dis-moi quelle règle tu as enfreinte.

— Pas de violence !

— Quand j'en aurai fini avec toi, tu ne vas pas pouvoir t'asseoir pendant des heures.

Carmela frémissait à chaque coup. Sa bouche se tordait lorsque je pinçais puis frottais ses meurtrissures. Elle grogna. Il n'avait pas fallu longtemps à sa peau mate pour rougir. Je glissai ma main de haut en bas, le long de ses courbes sulfureuses. Les halètements de Carmela se fondirent en un soupir.

— Tu vas avoir un joli souvenir pour les jours à venir, sifflai-je dans son oreille. Chaque fois que tu verras ma main, rappelle-toi ce qui se passe quand tu me désobéis.

L'expression sur le visage de Carmela était hébétée lorsque je la retournai pour m'installer entre ses cuisses. Je frottai ma queue sur son clitoris, la faisant glisser sur sa mouille. Puis je remontai brusquement ses jambes sur mes épaules et m'abaissai. Je m'enfonçai alors en elle de toutes mes forces. Sa respiration se coupa tandis que je m'immobilisai dans ses profondeurs.

— Va te faire foutre.

— C'est toi que je vais remplir de foutre. Je vais te baiser jusqu'à te faire oublier que tu me hais. (Je me retirai avant de la pénétrer de nouveau profondément.) Déteste-moi. Débats-toi. Ça n'a aucune importance. Je t'aimerai toujours.

Son grognement se mua en un gémissement sonore.

— Je te déteste.

Et pourtant, elle continuait à m'attirer contre elle en haletant. Ses douces lèvres continuaient à me chercher. Elle me détestait, mais elle ne se rassasiait pas de mon corps. Elle se blottissait contre moi sur le canapé, dans le lit, partout. Son influence avait enrichi la vie de mes enfants. Elle faisait tant pour se rendre attachante.

Et moi, j'étais tombé amoureux d'elle.

En quoi était-ce une surprise ?

Je la pris par la gorge et serrai. Son cœur battait à tout rompre. J'écrasai ma bouche contre la sienne. Je la pilonnais, et mes coups de boutoir la faisaient reculer sur le lit. Elle se remonta dans mes bras et m'attaqua à coup de baisers. Elle me mordit sauvagement l'épaule, puis sa langue vint apaiser ma peau.

Je soutins ses hanches et la pénétrai violemment. Puis ma queue tressaillit et un cri puissant s'échappa de mes lèvres. L'euphorie prit possession de mon corps avec la rapidité de l'alcool s'immisçant dans les veines. J'embrassai les larmes qui mouillaient ses joues tout en continuant mes va-et-vient.

Carmela se rapprochait de la jouissance. Elle balançait ses hanches en rythme avec mes poussées. Ses sourcils se rapprochèrent et elle s'accrocha à moi. Elle enfonça ses ongles dans ma peau, la mâchoire crispée. Puis elle émit un grognement de frustration et passa la main derrière ma nuque.

Je lui donnai un doux baiser de Prince charmant. Carmela me le rendit avec une passion furieuse. Elle me griffa les cotes tout en se convulsant autour de mon membre. Des spasmes traversèrent son visage comme des ondes de plaisir.

— Je t'aime, lui dis-je.

— Arrête de dire ça.

Ses yeux étaient encore nimbés de douleur.

— Je vais continuer de le répéter jusqu'à ce que ça entre dans ta tête dure.

Carmela se détacha de moi. Elle descendit du lit, attrapa un peignoir et me lança un regard effarouché avant de se précipiter hors de la chambre. Ses pieds nus claquèrent sur le plancher tandis qu'elle disparaissait dans une autre pièce. J'entendis le bruit d'une porte qu'on verrouillait.

Je ne partis pas à sa poursuite. Il allait me falloir du temps avant de regagner sa confiance.

Je voulais qu'elle ait tout ce qu'elle désirait.

Mais il fallait que ce soit avec moi.

VINGT-QUATRE
CARMELA

Je t'aime.

Chaque fois que la chaleur de ces mots m'envahissait, ma gorge se nouait. J'étais comme paralysée. Mon corps était submergé par la panique. Michael avait repris sa vie comme si rien n'avait changé, mais pour moi tout était différent.

Je t'aime.

C'était mon pire cauchemar.

L'amour de Nick avait failli m'anéantir. Que ferait celui de Michael ?

D'une certaine façon, j'avais fini par oublier que le manoir grillagé de Michael n'était pas une oasis de félicité urbaine. Je m'y étais sentie chez moi. J'avais commencé à apprécier ses fauteuils en cuir et ses canapés gris. Les murs ne semblaient plus aussi ternes maintenant que je les avais recouverts de dessins d'enfants. Mes couvertures colorées avaient donné de la vie au foyer, et une fois les quelques meubles que je détestais remplacés par du mobilier plus doux, plus féminin, je m'y étais sentie à mon aise.

Je ne le vis pas beaucoup durant les jours qui suivirent. Les conséquences du retour d'Alessio se faisaient sentir. Il y avait des hauts fonctionnaires à amadouer, des gangsters à contrôler et une opinion publique à apaiser. Il fallait donner le temps à la machine des relations publiques d'Alessio de se mettre en marche.

Je passais des heures entières en compagnie de mes parents, qui étaient revenus d'Italie. C'était agréable d'être à nouveau tous réunis, mais la constante tension sous-jacente m'empêchait de me détendre. J'avais informé Papa et Alessio du retour de Crash dans ma vie. Ils étaient à fleur de peau, surtout mon père. Papa éclata en sanglots lorsqu'il apprit la nouvelle. Alessio envoya un coup poing dans le mur, ce qui fit éclater un cadre photo en mille morceaux.

Quant à moi, je ne ressentais rien d'autre qu'un léger agacement. Il était déjà assez difficile de digérer ce qui s'était passé sans en plus avoir à me préoccuper des sentiments des autres, alors j'errais dans la maison en tentant d'ignorer leurs cris furieux jusqu'à ce que leur crescendo me tire de ma torpeur.

Alessio était debout, adossé à une étagère de bibliothèque. Ses yeux noirs étaient étroitement fermés.

— Je ne pensais pas que Vinn s'en prendrait à ma famille. Je me suis *trompé*. Je suis désolé.

Papa secoua sa tête grisonnante.

— Tu as merdé, fiston.

— Je sais. (Alessio s'affala sur une chaise et se frotta le visage.) Mia et moi voulions juste nous retirer des affaires.

— Autant courir après une chimère. Puisque tu n'as plus de figure paternelle maintenant que Nico est sous les verrous, je vais te donner un conseil. Arrête les conneries. Tu as une famille.

— J'essayais simplement de la rendre heureuse...

— Ma fille est jeune, mais toi ? Tu devrais avoir plus de plomb dans la tête, espèce *d'idiot*.

Je regardai Papa, ébahie.

Alessio lui lança un regard noir avant d'admettre :

— Tu as raison.

Il n'y avait pas une once de ressentiment dans sa voix, seulement de la résignation.

Papa lâcha un petit rire moqueur et quitta la pièce d'un pas lourd. Au loin, une porte claqua, faisant trembler les murs. Alessio regardait fixement le sol, ce qui me mettait dans la position embarrassante d'avoir à réconforter mon ex.

Il fut un temps où nous nous haïssions, mais Alessio avait énormément changé depuis. Il n'était plus le même gangster soupe au lait à qui j'avais été fiancée. Son amour et son dévouement envers ma sœur avait changé l'opinion que j'avais de lui.

— Ça va aller, fis-je en lui serrant l'épaule. Mia s'y fera. Elle n'est pas stupide. Elle sait que tu ne peux pas raccrocher, juste comme ça.

— Mia est une rêveuse, dit-il, et l'amertume dans sa voix s'atténua. Ce n'est pas facile de demander à quelqu'un comme elle d'abandonner ses rêves de conte de fées. Il y aura forcément une crise.

— Elle n'est pas obligée d'abandonner tout espoir. Une fois que vous serez bien installés, elle se rendra compte qu'élever un enfant entourée de sa famille, c'est mieux que de le faire toute seule en Floride.

— Peut-être, s'il n'y avait pas cette violence permanente... (Il secoua la tête comme pour en déloger ses souvenirs.) C'est sans importance. Je suis revenu. Si tu pouvais me rendre un service et passer voir Mia, je... *Merde.*

— Quoi ?

— *Michael.*

Alessio se posta à la fenêtre et regarda d'un air mauvais l'Audi de mon mari se garer le long du trottoir.

Un frisson de colère me traversa.

— Il ne devrait pas être ici, grondai-je.

— Tu pensais vraiment qu'il allait obéir ?

— À plus tard.

Alessio grogna sans détourner le regard de la fenêtre.

Je sortis de la maison en traînant les pieds, sans prendre la peine de passer voir mon père. Il était probablement en train de se saouler, et Maman s'affairait dans la cuisine à préparer un festin pour des invités qui ne pouvaient pas se voir en peinture.

Michael remonta l'allée d'un pas nonchalant et son regard s'adoucit lorsqu'il se posa sur moi. Il me serra contre son pull en cachemire. Puis il repéra Alessio et enfonça ses doigts dans mes épaules. Il prit mon visage entre ses paumes et me donna un baiser pressant et possessif qui m'emplit de chaleur. Ses mains descendirent le long de ma colonne vertébrale pour venir se poser sur mon cul.

Son comportement était tellement semblable à celui de Nick.

Cela m'effrayait.

— Tu n'es pas censé t'approcher de mes parents.

— Je ne peux pas me passer de toi.

Michael enroula son bras autour de ma taille et me guida vers sa voiture. Il n'avait de cesse de lancer des regards vers Alessio et finit par lui faire un doigt d'honneur.

— *Arrête*, Michael.

— Je plaisante. (Le sourire de Michael vacilla tandis qu'il m'ouvrait la portière côté passager.) Je ne peux pas m'empêcher d'être un peu jaloux. Tu as été fiancée à ce type.

— Il n'en avait rien à faire de moi.

Michael émit un grognement peu convaincu.

— Nous n'allions absolument pas ensemble, insistai-je. On se détestait. (Je m'installai dans le siège en cuir, frissonnant à l'idée d'avoir Alessio comme mari.) Il n'est pas méchant, mais je ne voudrais certainement pas vivre avec lui.

Michael s'assit derrière le volant et joua avec ses clés.

— Je sais que ce ne sont pas mes affaires, mais...

— Non, je n'ai pas couché avec lui.

— Ce n'est pas ce que j'allais te demander. Quelle a été ta réaction quand il a épousé ta sœur ?

— Je me suis inquiétée. Je pensais qu'il était violent. (L'ironie de cette situation continuait de me retourner l'estomac.) Je ne voulais pas de lui. Il n'a jamais été mon genre.

— C'est quoi, ton genre ?

Les comédies romantiques dont je m'étais gavée m'avaient convaincue que l'homme de mes rêves était quelqu'un de charmant, drôle et romantique. Mais de qui étais-je tombée amoureuse ? Un psychopathe. Un homme brisé, *obsessionnel.*

Michael mit le contact en souriant. Il me serra la cuisse tandis que nous nous éloignions du trottoir et déclara :

— Et bien toi, tu es mon genre.

— Je sais.

— Non, tu ne sais pas. Je te le dirais plus souvent si tu ne me rembarrais pas à chaque fois, mais tu es une femme superbe, Carmela. Alessio n'est pas aveugle. Il doit regretter de t'avoir laissée partir.

— Michael, je ne l'intéressais pas. Quand il m'a retrouvée et qu'il a découvert que j'étais avec Nick, il est parti…

Je me mordis la langue, mais le mal était fait.

Michael freina brusquement et tourna la tête vers moi.

— *Quoi* ? Il t'a retrouvée ?

Oh merde.

— Comment ça, *il t'a retrouvée* ?

— C'est rien, dis-je, le cœur battant, en agitant la main d'un air faussement détaché. Oublie ce que je viens de dire.

Michael se gara dans une rue résidentielle, puis reporta toute son attention sur moi.

— Je veux que tu m'expliques tout ça.

— Je préférerais ne pas en parler.

— Tu vas m'expliquer. *Maintenant.*

Sa voix tremblait d'une fureur contenue.

Le silence se fit dans l'habitacle lorsque Michael coupa le moteur. Son regard était si intense qu'il semblait me transpercer la peau. Je me mordis les lèvres.

— J'attends, Carmela.

— Bon, d'accord. Alessio m'a retrouvée alors que j'étais avec Nick, environ un mois après que je me sois enfuie.

Il me fixa d'un air abasourdi.

— Tu *déconnes* ?

— Non. Je l'ai supplié de partir, et c'est ce qu'il a fait.

— Il t'a retrouvée. Avec Crash. Tu n'es pas sérieuse.

— Je lui ai dit de partir, Michael.

— J'en ai rien à foutre. Il t'a abandonnée là-bas. Toute seule. Ça me rend malade.

La voix de Michael s'éteignit presque.

— Pourquoi ?

— Il aurait dû se rendre compte que tu avais des ennuis. Il n'est pas stupide, ajouta-t-il d'un ton amer. Ce fils de pute en a profité pour se rabattre sur ta sœur. L'enfoiré !

— Michael, *arrête*. Je ne te dirai plus rien si tu réagis comme ça.

— Désolé.

Michael refoula son agressivité et m'étreignit la main. Il ne dit pas grand-chose durant le reste du trajet. Une fois à la maison, il balança ses clés sur le comptoir.

— C'est quoi, ton problème ? demandai-je.

— Rien. (Il répondit d'un ton impassible, mais ses poings restaient serrés.) Je vais bien.

Okay.

Je me rendis dans notre chambre, suivie par les pas feutrés de Michael. Il tenait une boîte entre ses mains.

— Je t'ai acheté un test de grossesse, comme tu as dit que tu étais un peu patraque l'autre jour.

— C'est vite passé, répondis-je, la gorge serrée. Tu veux que je le fasse maintenant ?

— Tu n'es pas obligée, mais n'es-tu pas un peu curieuse ?

Bien sûr que si.

Je déchirai la boîte et me glissai dans la salle de bains. Michael s'immisça dans l'entrebâillement de la porte avant que celle-ci ne se referme. Il resta là, l'air un peu déboussolé. Son expression se fit pensive tandis que j'urinai sur le bâtonnet.

— Alors, qu'est-ce que ça dit ?

— Je ne sais pas encore. (Je tirai la chasse et posai le test à côté du lavabo. Ma peau était parcourue d'électricité.) C'est une première pour moi.

— Pour moi aussi, dit Michael en haussant les épaules. Matteo et Mariette ont tous deux été des... accidents heureux.

— La première fois ne t'a pas servi de leçon ?

— J'aimais bien être papa. Je n'ai jamais été contre l'idée d'en avoir d'autres. (Michael s'assit sur le rebord de la baignoire, un sourire malicieux aux lèvres.) Et je ne le suis toujours pas.

— Et si c'était positif ?

Il était fort possible que ce soit le cas et je fus emportée par un sentiment d'excitation mêlée de peur. Une fois enceinte, je ne pourrais plus échapper à Michael. Il serait encore plus envahissant qu'il ne l'était déjà.

Michael se pencha en avant.

— On prendra rendez-vous chez le docteur pour découvrir à combien de semaines tu en es, puis on commencera à se disputer à propos du nom.

— Je suis en colère contre toi, Michael. Ne l'oublie pas. Tu as de la chance que mes parents soient sains et saufs. S'il leur était arrivé quelque chose, j'aurais demandé le divorce en moins de deux.

— Tu n'aurais jamais trouvé d'avocat pour te représenter, rétorqua-t-il avant de poser de nouveau les yeux sur le bâtonnet. Qu'est-ce que ça dit ?

Mon estomac se serra tandis que je lisais la réponse. Un puits de déception s'ouvrit en moi et un goût amer me monta à la gorge.

Une seule ligne.

Pas enceinte.

VINGT-CINQ
MICHAEL

Il fallait absolument que je bute Crash.

Ce n'était qu'une question de temps avant que Carmela ne tombe enceinte. Et après ça, plus jamais je ne dormirais sans garder un œil ouvert. Tous mes efforts pour retrouver ce type n'avaient mené à rien, alors je décidai de retourner à la maison d'Ignacio. La Lexus d'Alessio était toujours garée dans l'allée.

Parfait.

Il était grand temps que j'aie une conversion avec mon nouveau beau-frère. Cela m'avait fait un sacré choc de les apercevoir ensemble à travers la fenêtre. Je faisais confiance à ma femme, mais je ne pouvais pas ignorer le fait qu'ils avaient eu une relation, si courte et sans amour fût-elle.

Je tambourinai du poing sur la porte.

Ignacio m'ouvrit en jogging et tricot de peau, un cocktail à la main. Il ne semblait pas troublé outre mesure de trouver son ravisseur sur le pas de sa porte.

— *Qu'est-ce que tu veux ?*

— Discuter, c'est tout.

Ignacio poussa un grognement exaspéré et rentra dans la maison après m'avoir jeté un dernier regard insolent, comme si j'étais un chat de gouttière dont il n'arrivait pas à se débarrasser. Il ne s'assura même pas que je le suivais. Une fois à l'intérieur, il appela sa femme.

Elle arriva, tout sourire.

— Salut, Michael !

Maria avait les formes de Carmela, mais l'innocence de Mia. Elle me fit la bise. Elle ignorait à l'évidence que j'avais torturé son époux. Ignacio lui avait sorti un tissu de mensonges pour expliquer sa disparition. J'étais là lorsqu'il l'avait appelée, et je m'étais dit que cet idiot perdait son temps.

Maintenant, je comprenais.

Il l'aimait. Il aurait fait n'importe quoi pour la mettre à l'abri du danger, même abandonner sa maison à quelqu'un comme moi. S'il n'avait pas tué mon frère, j'aurais eu de l'admiration pour cet homme. Carmela avait hérité de son courage. J'espérais que nos futurs fils en hériteraient aussi.

Ignacio passa un bras autour de mes épaules et sourit.

— Maria, tu veux bien nous apporter quelque chose à manger ?

Je refusai d'un geste de la main.

— Ne vous embêtez pas pour moi.

— Ça ne m'embête pas du tout.

Maria papillonna entre les placards et le frigo, piochant par-ci par-là tandis que son mari me conduisait dans le salon. Elle était comme ma mère : une hôtesse généreuse, qui n'hésitait pas à nourrir ses invités de force.

— Qu'est-ce que tu veux ? demanda Ignacio tout en s'installant dans son fauteuil, avant de prendre une gorgée de son cocktail. Tu es venu me casser les couilles comme mon autre bon à rien de beau-fils ?

— Je ne suis pas un bon à rien.

— Qu'est-ce que tu as réussi à faire, à part *essayer* de me pourrir la vie ?

— Je t'ai offert des vacances dans ma villa toscane plutôt qu'un aller simple pour aller rendre visite à Jésus.

Ignacio eut un rire amer.

— Je suis ici pour parler de Crash, repris-je.

L'expression d'Ignacio s'assombrit comme un ciel d'orage tandis que Maria déposait les amuse-bouches sur la table.

— Pourquoi ? fit-il.

— Je veux tout savoir sur lui.

— *Pourquoi* ?

— Parce que je vais lui régler son compte.

Il renifla avec mépris.

— Tu crois vraiment que je vais avaler ça ?

— Ça m'est égal que tu me croies ou non. Je vais le faire.

Il s'enfonça dans son fauteuil en osier et fit un vague sourire à Maria, qui disparut dans la cuisine.

— Tue-le, et tu deviendras mon beau-fils préféré. Tout sera pardonné.

— Je vais le faire pour elle, pas pour toi. Carmela mérite qu'on lui rende justice.

— Mmm, sourit Ignacio tout en se piochant dans le plat de charcuterie. Peut-être que tu n'es pas un trou du cul inutile, après tout.

— Tu as une sacrée grande gueule, Ignacio.

— Je n'ai pas peur de toi.

Sans déconner.

— Pourquoi pas ?

— Parce que tu aboies, mais tu ne mords pas.

— Combien de fois est-ce que je t'ai cassé la gueule ?

Ignacio me proposa du prosciutto, que je refusai.

— Si tu avais voulu me descendre, je serais déjà six pieds sous terre. Au lieu de ça, tu m'as envoyé en Italie où je n'ai fait que bouffer et me saouler.

Ignacio ricana et je sentis des flammes de fureur envahir mon corps. Je commençai à me lever, mais il m'attrapa par le poignet.

— Je dis ça pour te charrier, Mike.

— Ne m'appelle pas *Mike*. (Mon frère m'appelait comme ça, et je ne supportais pas d'entendre ce surnom dans la bouche d'Ignacio.) Je suis venu pour parler de Crash.

— Je vais t'envoyer toutes les informations que j'ai par texto. Ce n'est pas grand-chose. Les détectives privés que j'ai engagés n'ont rien découvert d'utile, et Carmela m'a demandé de les renvoyer.

J'aurais voulu hurler.

Il lui aurait suffi de placer Carmela sous surveillance et on aurait retrouvé Crash depuis des mois. Cela m'attristait de savoir combien elle avait souffert. Elle avait fait bonne figure pour ne pas inquiéter les autres pendant que ce connard la terrorisait.

Ignacio haussa un sourcil lorsque je refusai un cornetto.

— Non merci. Je ne vais pas manger ici pendant au moins une décennie, dis-je en ramassant mon manteau. Dis-moi si quoi que ce soit te revient.

Sur le chemin de la sortie, je fus intercepté par Maria, les bras chargés de Tupperwares remplis de restes. Je refusai cinq fois de les emporter, mais elle finit par me fourrer de force un ziti entre les mains. Cette femme était têtue. L'imposante silhouette d'Alessio se glissa dans le hall. Il me lança un regard appuyé tout en désignant le jardin. Nous criâmes *arrivederci* aux Ricci. Maria ignora les refus répétés d'Alessio et le força lui aussi à emporter du ziti. Puis nous restâmes debout dans l'air froid, à serrer nos Tupperwares.

Alessio se tourna vers moi et ses traits se durcirent. Un nuage sombre passa sur son visage. Ses yeux lançaient des éclairs comme si je venais de lui montrer ma bite.

— Tu es énervé parce que j'ai épousé ton ex ?

Il garda le silence pendant si longtemps que ma peau commença à me démanger.

— Je suis énervé parce que tu as foutu le bordel dans ma famille. Carmela mérite mieux.

— Je vaux toujours mieux que toi.

Je lui fis un clin d'œil avant de me diriger vers ma voiture. Je souris en entendant ses pas crisser sur le goudron derrière moi.

— Michael, pourquoi est-ce que tu l'as épousée ?

— Je ne te dois aucune explication.

J'ouvris la portière en riant, mais il la referma violemment.

— Qu'est-ce que tu comptes faire ? lui lançai-je. Me frapper ? Tu n'es pas en position de faire quoi que ce soit hormis obéir à mes ordres, alors va te faire foutre.

Il m'attrapa par l'épaule.

— Laisse-la partir.

— Carmela n'est plus de ton ressort. (Je me libérai de son étreinte et balançai le ziti dans une poubelle qui se trouvait sur le trottoir.) Elle m'appartient.

— Tu l'as forcée à t'épouser. Elle a subi assez d'horreurs comme ça.

— À qui la faute ?

Les yeux d'Alessio se réduisirent à deux fentes.

— Je ne lui ai jamais fait de mal, dit-il.

— Tu n'en avais rien à faire d'elle. Tu l'as laissée pour *morte.*

J'espérais qu'il nierait, mais Alessio passa la main dans ses cheveux, ce qu'il faisait toujours lorsqu'il se sentait dépassé.

— Tu l'as abandonnée aux mains de cette merde de motard.

— Elle voulait rester avec lui, Mike.

Je ne pourrais plus jamais le regarder de la même façon. Pas maintenant que j'étais tombé amoureux de Carmela.

— Tu l'as laissée toute seule avec un gang de motards. À quoi est-ce que tu t'attendais ?

— Je ne savais pas qu'il était dangereux.

— Arrête de mentir. (Je plaquai mes mains sur son torse et le poussai violemment. Il recula de plusieurs pas.) Tu en voulais une plus jeune.

— Fais gaffe, Mike. Ne dis pas quelque chose que tu pourrais regretter.

— Ou alors quoi ? Tu t'enfuiras de nouveau ?

Il posa son Tupperware sur le capot de ma voiture.

— Carmela m'a pardonné, alors pourquoi pas toi ?

— Parce que tu n'as pas bougé le petit doigt pendant que ce psychopathe la violait ! Il est devenu un problème parce que tu n'as pas agi. Bon sang, tu n'es plus le mec que je pensais connaître !

— Toi non plus. Tu t'es égaré.

— Qu'est-ce que tu veux dire par là ?

— Tu ne sais absolument pas de quoi tu parles. (Alessio leva le menton, le regard mort.) Ça serait mieux pour tout le monde que tu ne remettes plus les pieds ici.

J'avais l'impression qu'on m'enfonçait une lame dans les côtes, mais je ne pouvais pas me résoudre à pardonner Alessio.

Quand je le regardais, je ne voyais qu'un *lâche*.

Bon débarras.

— Toi et moi on n'a plus rien à se dire, mais je vais continuer à rendre visite à mon beau-père.

J'ouvris la portière d'un geste brusque et m'assis sur le siège. Alessio n'avait pas bougé d'un cil. Il regardait droit devant lui, les traits figés.

— Fais gaffe à tes orteils, Ducon.

Je démarrai la voiture et m'en allai sur les chapeaux de roue. La boîte en plastique s'envola dans les airs puis s'écrasa par terre. Le ziti se répandit sur la chaussée.

Qu'il aille se faire foutre.

L'ex-copain psychotique de ma femme hantait encore les rues de Boston parce qu'Alessio avait merdé. Il aurait dû buter Crash. Au lieu de cela il s'était enfui avec sa *sœur,* soi-disant par amour. Incroyable.

Mon téléphone sonna alors que j'arrivais dans notre allée.

— Allô ?

La voix paniquée de Vinn s'éleva du combiné.

— Anthony a été enlevé.

VINGT-SIX
MICHAEL

Il avait été enlevé pendant qu'il promenait son chien. On avait retrouvé son husky dans un fossé, tué d'une balle dans la tête. Anthony avait renvoyé ses gardes du corps. Ses kidnappeurs n'avaient eu qu'à se servir.

L'entrepôt du magasin de bonbons qui nous servait de salle de réunion était rempli de caisses de friandises enveloppées dans du papier blanc. Je plongeai la main dans l'un des bacs en métal et en prélevai quelques-uns. J'arrachai l'emballage et une douce saveur sucrée se posa sur ma langue.

Vinn était assis à la table. Sa peau était pâle et son regard apathique. Ses yeux noirs aux iris si sombres qu'ils se confondaient avec ses pupilles se posèrent sur moi.

— On est dans la merde, Michael.

Cela ne lui ressemblait pas de paniquer.

— Ça ne sert à rien de s'affoler, rétorquai-je.

— Oncle Nico va nous tuer. Son fils ! Son fils unique a été kidnappé alors qu'il était *sous ma surveillance*, putain !

— Ouais, c'est pas bon.

— On est foutus. (Vinn flanqua un coup de pied dans sa chaise, furieux.) Je ne vais pas crever à cause de ce tox !

Heureusement que j'avais fait sortir tout le monde de la pièce.

Vinn souleva le bureau et l'envoya valser contre une étagère. Des caramels au beurre salé tombèrent en pluie sur le sol. Il tira son couteau de chasse de son étui et éventra un coussin. Le rembourrage se répandit par les entailles. Puis il lança sa chaise contre une autre étagère et des boîtes métalliques en dégringolèrent dans un fracas assourdissant.

— Ça va s'arranger, mec.

— Non ça ne va pas s'arranger. (Il se tourna vivement vers moi, le couteau toujours dans la main.) Comment peux-tu être si calme ?

— On va récupérer Anthony.

Une lueur d'espoir éclaira brièvement le visage de Vinn, mais il se rembrunit aussitôt.

— Ceux qui ont fait ça sont sûrement en train de lui arracher le cœur en ce moment même.

— Je ne pense pas.

— Tu es beaucoup trop optimiste.

— Ils n'ont pas hésité à buter Comète. Alors pourquoi n'ont-ils pas descendu Anthony ? (J'attrapai un bonbon et l'enfournai dans ma bouche.) S'il s'était agi d'un assassinat, ils ne l'auraient pas emporté.

— Pourquoi ne nous ont-ils pas contactés pour nous dire ce qu'ils veulent ?

— Ils vont le faire. Fais-moi confiance. Est-ce qu'on a des témoins ?

— Un seul, répondit Vinn en se massant le front. Son voisin. Il a dit que ceux qui ont fait ça étaient entièrement vêtus de noir. Ils ont débarqué dans un SUV, buté le chien, alpagué Anthony, et puis ils ont disparu.

— Où étaient passés ses gardes du corps, bordel ? intervint Alessio, qui décroisa les bras en s'écartant du mur. Vous avez réussi à foirer ça aussi ?

— Ce merdeux les renvoie sans arrêt, répondis-je tout en consultant mon portable pour voir si j'avais des appels manqués.

Alessio poussa un juron et passa la main dans sa crinière d'ébène.

— Je vais contacter le Juge Gilstrap et récupérer les vidéos de surveillance de la rue, dit-il. Il faut que quelqu'un annonce la nouvelle à Nico.

Personne ne voulait de cette tâche.

Alessio plongea le nez dans son portable, occupé à faire défiler sa liste de contacts.

Vinn fit la grimace, puis lâcha à contrecœur :

— Je vais l'appeler.

— Non, le coupa Alessio en poussant un lourd soupir. Il le prendra mieux si ça vient de moi. Mais il va falloir qu'on ait un peu plus d'informations à lui donner que « ton fils a été enlevé et on ne sait absolument pas où il est. »

— On devrait faire profil bas pendant quelque temps, ajoutai-je. Emménager dans un hôtel et changer constamment de chambre. (*Les enfants*. Il fallait que j'aille les chercher, putain.) Je vais passer un coup de fil à nos gars en prison. Nico va avoir besoin de plus de protection.

Quelqu'un frappa à la porte. Alessio alla ouvrir et Vitale entra dans la pièce. Il s'approcha de moi et me tendit son portable.

— On a un problème.

Une image macabre était affichée sur l'écran. Une femme nue, recroquevillée sur le gazon, des touffes d'herbe emmêlées dans ses longs cheveux noirs. Des marques rouges striaient son cou et ses poignets. Ses yeux vitreux étaient levés vers le ciel.

Elena.

C'était une fille de Sanctum, et la putain la plus joyeuse que j'avais jamais rencontrée. Elle nous amenait à tous des cookies faits maison à Noël. Je me l'étais tapée une ou deux fois. Elena était l'une des rares filles qui ne s'accrochaient pas comme une sangsue. Elle était gentille.

Maintenant, elle était morte.

Je regardai de plus près son abdomen. Une dague dépassait de ses côtes, avec un message :

J'AI TON PRINCE
RENDS-LA-MOI

MES POUMONS se vidèrent de tout leur oxygène.

— On l'a trouvée sur le parking de Sanctum, dit Vitale tout en faisant défiler d'autres photos du cadavre. On s'est occupés du corps.

Vinn vint se poster à mes côtés.

— J'imagine que tu sais ce que signifie ce bordel, fit-il.

Putain de psychopathe.

— Ouais, répondis-je. C'est un message de Crash à mon attention.

Un bruit de verre brisé attira mon attention sur Alessio. Il avait lâché son portable, et l'écran s'était fracassé sur le sol.

— Il veut ma femme, expliquai-je en me retournant vers Vinn. Il a dû enlever Anthony dans l'espoir de faire un échange. La bonne nouvelle, c'est qu'Anthony est vivant.

— Il faut qu'on lui tende un piège, dit Vinn tout en zoomant sur la photo.

Ma gorge se serra.

— Hors de question d'impliquer Carmela.

— Ce n'est pas ce que je suggèrerais, répliqua Vinn. (Il fit un geste en direction d'Alessio, qui le regardait d'un air mauvais.) On pourrait envoyer un message à ce taré de la part de Carmela.

— Ça peut marcher, murmura Alessio. Le mec a perdu la boule.

— Mais il n'est pas *stupide*, contrai-je en secouant la tête. Non. On va fouiller le QG de Rage Machine. On va tripler la récompense pour n'importe qui nous apportera des informations. Et on ne va pas mêler ma femme à ce merdier.

— Et si on envoyait juste…

— *Non*. Elle ne doit rien savoir de ce qu'il se passe. (Mon regard passa d'Alessio à Vinn.) Carmela reste en dehors tout ça.

— Je suis d'accord. La famille, c'est sacré, murmura Alessio avec une pointe d'ironie dans la voix. Je vais aller m'occuper de ce dont on a parlé.

Il sortit en faisant claquer la porte derrière lui.

— Anthony ne survivra pas à tout ça, dit Vinn en parcourant la pièce ravagée de son regard vide. Même si on réussit à le récupérer, il ne sera plus jamais le même.

Ça ne me faisait ni chaud ni froid.

J'allais protéger Carmela, même si je devais pour cela sacrifier Anthony.

VINGT-SEPT
CARMELA

Matteo courait en rond autour de la table basse.

Il me fit trébucher lorsqu'il vint se ruer dans mes genoux, et je fus à deux doigts de lâcher l'assiette de concombres et de sandwichs au salami que je tenais. Je poussai un grognement en voyant l'un des en-cas glisser par-dessus bord et s'écraser par terre.

Je me laissai tomber sur le canapé en coin bleu tandis que Matteo continuait de courir dans le salon.

— Téo, viens t'asseoir.

— Non !

Je ramassai ce qui était tombé par terre puis passai les encas à Mariette, qui regardait Matteo d'un air mauvais.

— Mon cœur, il faut que tu t'assoies si tu veux regarder le film.

Matteo fonça dans la table et renversa le popcorn.

Mariette se renfrogna encore plus.

— Tu es un crétin, lança-t-elle à son frère.

— C'est toi la crétine ! se récria Matteo, les yeux remplis de larmes.

Mariette attrapa une poignée de popcorn et les lança sur son frère en une pluie blanche. Il se rua sur elle. Ils se bagarrèrent et Mariette finit par immobiliser Matteo en lui coinçant la tête sous son bras.

— Mariette ! la sermonnai-je tout en leur lançant un oreiller.

Elle relâcha Matteo, qui se mit à fouiller entre les coussins à la recherche de popcorn qu'il fourra ensuite dans sa bouche.

Je lui attrapai la main.

— Téo, ne mange pas ça !

— Je veux le film ! rugit Mariette, qui s'était mise à sauter sur le canapé. Il arrive bientôt Papa ?

— Je ne sais pas. (Je fronçai les sourcils en jetant un œil vers le bureau.) Je vais le chercher. Mariette, surveille ton frère.

Je voyais très peu Michael ces derniers temps. Lorsqu'il était à la maison, il s'enfermait toute la journée dans son bureau. Il regardait dans le vide, la mâchoire serrée, et il se dégageait de lui une tension de plus en plus palpable.

Ma vie ne serait jamais parfaite.

Cette évidence m'avait frappée de plein fouet lorsque j'avais vu le sourire étincelant d'Anthony Costa s'afficher au Journal du soir. Sa disparition avait consumé le quotidien de nos maris, qui avaient conclu une trêve temporaire le temps de le retrouver. Michael avait tenté de minimiser l'importance du kidnapping, comme il le faisait toujours avec tout ce qui avait trait aux affaires des Costa. *Tout est sous contrôle.*

Rien ne l'était jamais.

J'avais grandi entourée de violence. Mia et moi avions assisté à tant d'enterrements que nous connaissions tous les directeurs de pompes funèbres de la ville par leurs prénoms. Mon père avait descendu un type d'une balle dans la tête dans notre jardin. Qu'est-ce qui avait pu me faire croire que je pouvais avoir deux enfants et un mari aimant et attentif qui n'était *pas* un tueur sanguinaire ?

Je pris un sandwich et entrai dans la pièce au plancher blanc et aux murs en béton. Une bibliothèque encastrée occupait tout le côté gauche et le bureau de Michael trônait en plein milieu.

Il était affalé dans un fauteuil en cuir et portait une chemise noire sans manche et un jean foncé. C'était la première fois que je le voyais en jean. Cela lui allait bien. La façon dont son pantalon moulait ses cuisses fit monter une vague de chaleur dans ma poitrine. Les costards l'affinaient, mais ce jean lui donnait un air de footballeur.

Je frappai à la porte.

— On va regarder un film, et les enfants te demandent.

— Commencez sans moi.

Son ton me fit marquer une pause. Il semblait si froid ces derniers temps, comme s'il était rempli de plomb. Il regardait son bureau, les sourcils froncés. Sa barbe avait poussé.

— Je t'ai amené quelque chose à manger, dis-je en faisant glisser l'assiette vers lui.

— Merci.

Un sourire à peine perceptible éclaira brièvement son visage, mais il ne sembla pas s'intéresser au sandwich, ce qui mit mes sens en alerte.

Je posai la main sur son épaule.

— Qu'est-ce qui ne va pas ?

Il regarda ma main, puis mon visage.

— Qu'est-ce qui te fait croire que quelque chose ne va pas ?

— Quand un homme refuse de manger, c'est que la fin du monde est proche.

— Tous les hommes ne sont pas pareils.

— Est-ce que ça va ?

Michael joua avec son sandwich. Il en prit enfin une bouchée avant de le reposer.

— Je pense à Anthony, dit-il.

— Est-ce que vous avez des pistes ?

— Pas vraiment.

Je ne connaissais pas bien Anthony, mais j'espérais qu'il allait bien. Il avait l'air d'un gars paumé, mais inoffensif.

— Est-ce que tu veux en parler ?

— Nan.

— Tu as l'air préoccupé.

— Je suis inquiet, mais à part ça tout va bien. Je suis heureux. (Il tira sur mon poignet pour me rapprocher de lui.) Pas toi ?

Il n'y avait pas de réponse simple à cette question.

— Pas tant que le fils du patron ne sera pas revenu, répondis-je.

— Oublie Anthony. *Est-ce que tu es heureuse* ?

Je ne devrais pas l'être et pourtant, la réponse était *oui*. Conserver de la rancœur envers lui semblait mesquin étant données les circonstances. Au fond de mon cœur, je l'avais déjà pardonné.

— J'aimerais bien voir mes parents et ma sœur plus souvent.

Il regarda le sol.

— Alors va les voir. Mais ne t'attends pas à ce que je t'accompagne.

— Pourquoi pas ?

— Parce qu'ils me détestent, et c'est réciproque.

— Qu'est-ce que tu as contre Mia ?

— Rien. C'est Alessio qui me pose problème, dit-il d'un ton amer, les yeux rivés sur le bureau. C'est un lâche. Il t'a laissée pour morte.

— Je croyais qu'il était ton meilleur ami ?

— Plus maintenant.

Michael passa son bras autour de ma taille et me fit assoir sur ses genoux. Le feu me monta aux joues tandis qu'il me serrait étroitement contre lui. Je sentais sa colère vibrer dans mon dos.

— C'est un connard. Il t'a abandonnée aux mains de ce monstre. (Une lueur désespérée brillait dans ses yeux couleur de whisky.) Il t'a laissée là-bas.

— Tu te montres trop dur. Je lui ai dit que j'étais en sécurité.

— Mais tu ne l'étais pas, et il devait s'en douter. Si tu avais été ma fiancée, je n'aurais jamais fait ça.

En toute honnêteté, je n'éprouvais aucune animosité envers Alessio. On nous avait fiancés de force, et je m'étais enfuie. J'étais tombée amoureuse d'un autre homme. Je n'avais absolument aucune envie qu'Alessio me poursuive de ses assiduités.

Mais quand il s'agissait de Michael, mon corps entier se consumait dans les flammes.

Je l'embrassai. Tout d'abord il se raidit, puis il se détendit et fondit contre moi. Ses doigts effleurèrent ma taille, faisant danser des étincelles sur ma peau. Il me fit glisser sur le bureau. Sa main remonta sous ma robe et il me donna de longs baisers incandescents qui me rappelèrent combien j'aimais me retrouver nue avec lui. Cela faisait une éternité — merde, presque une semaine !

— On va regarder le film, ou est-ce que vous allez vous embrasser toute la nuit ? lança la voix sèche de Mariette, qui résonna dans la pièce.

Nous nous séparâmes vivement. Mariette croisa les bras d'un air désapprobateur. Michael rit tout en remontant mes bretelles sur mes épaules en feu. Puis il me prit la main et nous nous rendîmes dans le salon, où une explosion de popcorn avait apparemment eu lieu. Il épousseta le canapé, puis nous nous y assîmes tous ensemble. Matteo plongea entre ses bras.

La pièce était sombre et paisible. Je sentais le cœur de Michael battre dans mon dos. Je fermai les yeux, bercée par le bruit de sa respiration. Je sombrais doucement dans le sommeil tandis qu'il posait sa bouche sur ma tempe et murmurait les trois mots qui affolaient mon cœur :

— Je t'aime.

JE DÉSIRAIS TOUJOURS AVOIR un bébé.

Cette pensée enfla en moi sur le chemin entre la maison de Mia et notre rue tranquille bordée de chênes, jusqu'à devenir une véritable obsession. Elle m'avait frappée en plein cœur un peu plus tôt, tandis que je jouais avec ma nièce. Elle avait quatorze mois, et elle commençait tout juste à marcher.

Un parfum floral saturait l'eau tiède de mon bain, dont la mousse avait presque disparu à présent. La chaleur me léchait le cou et des bulles pétillaient à mes oreilles. J'avais disparu dans notre salle de bain, dans l'espoir qu'il le remarque.

Je n'eus pas à attendre longtemps.

Dès qu'il eut mis les enfants au lit, je vis la poignée tourner. Les chaussures de ville de Michael apparurent dans mon champ de vision, le reste de son corps à peine perceptible à travers la vitre embuée. À la vue de mon élégant époux qui s'avançait dans la vapeur, des langues de feu embrasèrent ma peau.

Il s'approcha de la baignoire avec un sourire en coin qui faisait frissonner mon corps.

L'air se mit à crépiter, l'eau du bain devint bouillante, c'en était presque insupportable. Mes orteils s'enroulèrent autour de la chaîne qui retenait le bouchon de la baignoire et tirèrent pour le déloger. Michael attrapa une serviette, bien trop lentement à mon goût.

Il me la tendit. Lorsque je tentai de l'attraper, il l'éloigna brusquement hors de ma portée.

— J'étais sûre que tu allais faire ça.

— Alors pourquoi as-tu essayé de l'attraper ?

Michael sourit d'un air content de lui tout en s'affairant à me sécher. Il essuya mon visage et les gouttes qui s'accrochaient à mes épaules. Il m'enveloppa dans la serviette, puis s'agenouilla pour la passer sur mon ventre et mes hanches. Le tissu en coton glissa le long de mes jambes. À en croire son sourire malicieux, il pensait que j'étais d'humeur coquine.

Il avait raison.

Michael se releva et fit glisser la serviette sur mes cheveux, avant de me masser le cuir chevelu.

— Tu veux qu'on s'amuse un peu ? me lança-t-il.

— J'ai besoin de plus que de tirer un coup de temps à autre, Michael.

— On baisait plutôt souvent, avant.

— C'était avant que je découvre que tu es un menteur. Tu n'es pas l'homme dont je m'étais entichée.

— Peut-être que si. Je n'ai jamais prétendu être quelqu'un de bien. Pose-moi une question.

— Hein ?

— Tu as dit que tu ne savais pas qui j'étais, alors *pose-moi des questions*.

Ne n'arrivais pas à réfléchir avec son pouls qui battait contre ma peau nue.

— Parle-moi de ton enfance, dis-je enfin.

— J'ai grandi dans la pauvreté. On n'arrivait pas à joindre les deux bouts après le départ de mon père, alors mon frère a dû arrêter l'école pour travailler. Je lui ai renvoyé l'ascenseur une fois plus grand – en lui offrant des voyages en Italie, des cadeaux, ce genre de choses.

— Comment étais-tu quand tu étais enfant ?

— Comme Matteo, mais en beaucoup plus méchant.

— Donc tu étais son contraire.

— J'avais de l'énergie à revendre. Toujours à courir partout, à faire des conneries, à me faire engueuler par les professeurs parce que je n'arrivais pas à rester assis.

Matteo avait effectivement hérité ce trait de sa personnalité.

— Et toi ? demanda Michael en me poussant gentiment.

— J'ai eu une adolescence compliquée. J'ai eu des gros seins dès l'âge de dix ans, alors j'ai dû commencer très tôt à repousser des avances. Papa n'a jamais voulu me laisser sortir avec des garçons, et je lui ai obéi. Il disait que je devais rester pure pour mon mari, ce qui n'avait aucun sens. Pourquoi est-ce qu'il fallait que je sois pure ? Lui, il était loin de l'être.

Michael éclata de rire.

— J'ai perdu ma *pureté* à l'âge de quinze ans, dit-il, sur la banquette arrière de la voiture de mon frère que j'avais volée pour pouvoir me taper ma copine de l'époque. Il m'a défoncé la gueule, mais ça a en a valu la peine.

— Ton frère te frappait souvent ?

— Ouais. Il était frustré d'avoir dû lâcher les cours pour s'occuper de nous. On se disputait sans arrêt. Quand j'avais treize ans, il m'a planté un couteau dans la cuisse. J'aurais été saigné à blanc s'il ne s'était pas ressaisi et n'avait pas appelé une ambulance.

— Mon Dieu, c'est affreux, dis-je en lui frottant le bras.

— C'était un enfoiré, mais je l'aimais quand même.

J'acquiesçai en songeant à mon père.

— Oui, je vois très bien ce que tu veux dire...

— C'est vrai ?

Je croisai son regard, surprise par le ton de sa voix.

Est-ce que *j'aimais* Michael ?

Il se pencha vers moi, et son odeur m'enveloppa comme une brume.

— Michael, je veux continuer d'essayer.

Il lâcha la serviette, qui retomba sur le sol dans un claquement mouillé.

Il prit mon visage entre ses mains.

— Je commençais à perdre espoir.

— Je veux juste un bébé. Je n'ai jamais dit que…

— *Ça m'est égal.*

L'une de ses mains descendit se poser sur ma hanche, et l'autre repoussa délicatement mes cheveux de mon épaule. Un frisson violent s'empara de moi. Ses doigts glissèrent le long de mon ventre, aussi légers que des plumes, et son souffle caressa mon cou.

Je gémis.

Le torse et le bas-ventre de Michael étaient collés contre moi. Il referma ses doigts sur mon menton et tourna mon visage vers lui, tandis que son autre main se promenait sur mes jambes.

Je hoquetai lorsqu'il effleura mon clitoris. Son doux toucher m'emplissait d'un désir brûlant qui me faisait oublier tous les crimes de Michael.

Ses lèvres s'écrasèrent sur les miennes.

Il frotta mon clito en cercles serrés tout en passant ses doigts le long de mes plis humides. Je gémis et me cambrai contre lui. Il défit son pantalon et retira sa ceinture, qui tomba sur le sol dans un tintement sonore. Il me pressa contre le rebord du lavabo, puis se mit à me doigter encore plus fort.

Je plaquai mes mains sur le miroir, si tremblante que mes jambes menaçaient de me lâcher. Sa queue s'enfonça en moi. Je laissai échapper un grognement tandis qu'il me pénétrait de toute sa longueur.

Cela faisait trop longtemps. J'en avais besoin.

Bon Dieu, il me faisait me sentir vivante.

Avec Michael, rendre les armes ne me donnait jamais l'impression d'abandonner. En tout cas, pas quand il faisait courir sa langue dans mon cou et dévorait mes seins comme si j'étais comestible. Ou qu'il écartait mes cuisses et lapait ma chatte humide.

C'était l'extase.

Je me sentais vénérée.

Il empoigna mes cheveux et continua à me pénétrer. Un frisson de plaisir fit frémir mon cœur lorsque je vis notre reflet dans le miroir embué. Michael était si beau. L'essence même de la masculinité. Il retira son t-shirt puis se baissa et sa bouche se tordit en un sourire carnassier. Il devint un animal en rut.

Sa queue était tellement dure que j'avais l'impression de me faire empaler. Je poussai un gémissement sifflant, mais Michael ne ralentit pas la cadence.

Il me redressa, sa main autour de mon cou. Les grognements de Michael vibraient profondément en moi tandis qu'il me pilonnait. Il me serra la gorge, et un éclair de plaisir me traversa. Ma respiration se fit rauque et mes muscles se contractèrent. Je ruai contre lui. Il m'enfila d'autant plus fort. Mes mains glissèrent sur le miroir. Il me prit dans ses bras juste avant que je ne m'effondre, et finit sur deux poussées rapides avant de lâcher un grognement sourd.

Il me relâcha. L'air afflua dans mes poumons. Je jouis alors avec un gémissement frémissant qui fut étouffé par le bruit de ses hanches qui claquaient contre les miennes. Je m'affaissai sur le comptoir, tremblante. Il passa ses mains dans mes cheveux. Un grondement résonnait dans sa poitrine.

— Qu'est-ce que je t'aime, putain.

Mes yeux me brûlaient.

Je voulais le lui dire en retour, mais la chaleur qui accompagnait ces mots était entravée par une pointe de peur.

Je l'embrassai avant de réaliser que c'était une erreur. Il était dangereux d'encourager ses sentiments. Il fallait que j'arrête.

Tôt ou tard ces sentiments le rendraient fou, tout comme cela avait été le cas avec Nick.

L'amour lui avait fait perdre la tête.

Quant à Michael... cela le détruirait.

VINGT-HUIT
MICHAEL

Avant, le dimanche était ma journée préférée.

Chaque weekend, j'entassais les enfants dans la voiture et nous allions rendre visite à ma mère. Serena était généralement assez sobre pour faire bonne figure jusqu'à la fin du repas, même s'il fallait que je garde constamment un œil sur sa consommation de vin.

Mais ce jour-là, tandis que nous dégustions le jus de viande de maman, je n'arrivais à penser à rien d'autre qu'à la chaise vide de Daniel. L'ambiance était morose, sans doute parce que Carmela s'était assise à la place de Daniel, à côté de la baie vitrée. Elle avait insisté pour venir et je n'avais pas eu le cœur de lui dire de rester à la maison. Carmela voulait que tout le monde s'entende.

J'adorais cette qualité chez elle, mais c'était un peu naïf. Jamais je ne pourrais faire confiance à Ignacio en ce qui concernait mes enfants. Jamais je ne pardonnerais Alessio ou ferais copain-copain avec ce *con*.

Ma sœur enroulait ses spaghettis autour de sa fourchette en la faisant crisser sur l'émail de son assiette. Maman fixait la sienne et descendait verre après verre. Au moins, elle n'avait pas encore éclaté en sanglots. Carmela essayait de convaincre Matteo de finir son repas. Son docteur voulait qu'il prenne du poids, mais il était très difficile. Carmela avait pris l'habitude de passer sa soupe au mixeur.

— Tu ne veux pas être fort comme Papa ? dit Carmela tout en serrant les petits biceps de Matteo entre ses doigts. Ils ne vont pas s'épaissir si tu ne manges pas. Allez, encore une bouchée.

— Non, fit Matteo en secouant sa tête pleine de boucles emmêlées. Pas faim.

Carmela tenta alors une autre tactique :

— Tu ne sors pas de table tant que tu n'as pas fini ton assiette.

Liana l'observait en haussant un sourcil. Ma sœur était une jeune femme menue et pour moi, elle était quasiment un bébé vu qu'elle n'avait que vingt ans. Je la considérais comme ma famille, même si nous n'étions pas du même sang. Ma mère l'avait adoptée lorsqu'elle avait quatre ans, après l'assassinat de ses parents par la mafia. Daniel l'avait élevée d'une main beaucoup plus douce qu'il ne l'avait fait avec moi.

Liana détacha enfin les yeux de Carmela, et demanda :

— Est-ce que Vinny va venir ?

Elle n'allait pas s'y remettre.

— *Vinny* ? Il te tuerait s'il t'entendait l'appeler comme ça.

— C'est comme ça que je l'ai toujours appelé.

Une lueur d'espoir que j'aurais voulu voir disparaître brillait dans ses yeux bleus.

— Ce n'est pas Vinny, c'est le patron. (J'ignorai Carmela qui me serrait la cuisse et plantai ma fourchette dans une boulette de viande.) Tu ferais bien de t'en souvenir.

— Est-ce qu'il est en chemin ?

Bon sang, elle n'allait pas lâcher l'affaire.

— Aucune idée, répondis-je en épongeant la sauce à l'aide d'un morceau de pain. Pourquoi ?

— Il n'a pas répondu à mes appels.

Bien sûr que non.

— Il faut que tu calmes tes ardeurs, ma petite. Vinn n'est pas intéressé. Trouve-toi quelqu'un d'autre avant qu'il ne te brise encore une fois le cœur, et que tu finisses vieille fille.

À en juger par l'absence soudaine de cliquetis des couverts, j'avais dépassé les bornes. Liana était rouge comme une pivoine et me regardait d'un œil noir.

— Ce n'est pas mon copain.

Tant mieux.

Elle savait parfaitement que je désapprouvais. Vinn ne partagerait *jamais* ses sentiments. Si Daniel avait été là, il m'aurait dit de me mêler de mes affaires, mais j'en avais assez de la voir se pâmer devant mon cousin au cœur de pierre.

Carmela semblait vouloir prendre la relève de mon frère. Elle posa la main sur mon genou, y enfonça ses griffes, puis les fit remonter le long de ma cuisse.

Salut, toi.

J'empoignai moi aussi sa jambe. Les ongles de Carmela transpercèrent mon pantalon. Je me reculai dans ma chaise juste avant qu'elle ne s'en prenne à mes testicules.

— *Michele.* Ta sœur s'inquiète, c'est tout.

Ma mère prononçait toujours mon nom à l'italienne quand je me conduisais comme un merdeux.

Malheureusement pour elle, ça n'a jamais rien changé.

— Moi aussi, je m'inquiète, rétorquai-je. Elle a le béguin pour notre cousin.

— Je n'ai pas le béguin, siffla-t-elle. Et on n'est pas de la même famille, connard.

— Attention aux grossièretés !

Maman souleva le bol de jus de viande et le passa à Carmela, qui en arrosa généreusement ses pâtes pour la deuxième fois. Liana quitta la table en courant dans un tourbillon de rose. Carmela fit la grimace dans son verre d'eau. Mariette releva la tête, l'air songeur.

— C'est quoi, un connard ?

— Super, grognai-je en jetant un œil mauvais dans la direction qu'avait prise Liana avant de crier : tu vois ce qui arrive quand tu dis des gros mots à table ?

— Tu me fais honte.

Au ton désapprobateur et dédaigneux de Carmela se mêlait maintenant du dégoût.

— *Moi*, je te fais honte ?

— Oui. Va t'excuser.

D'accord, d'accord.

Je me levai de mon siège en soupirant. Je trouvai ma sœur en train de bouder dans la cuisine. Elle déchirait des serviettes en papier en faisant les cent pas et ses yeux bleus débordaient de larmes. Elle était si sensible. Je ne savais jamais quoi dire avec elle. À cause de notre différence d'âge, il semblait parfois que nous habitions sur deux planètes différentes.

— Je suis désolé, Li.

Liana croisa les bras sur sa poitrine.

— Je n'aime pas te faire du mal, mais tu sais que j'ai raison.

— Tais-toi et arrête de te mêler de mes affaires. Tu n'es pas comme Daniel. Tu n'as jamais agi comme un grand frère envers moi.

Aïe.

— Je ne veux pas que tu fasses les mêmes erreurs que moi, rétorquai-je.

— Crois-moi, ça ne sera pas le cas. J'ai vu comment tu t'es détruit avec Serena, dit Liana en fourrant des couverts dans le lave-vaisselle. Vinny me manque. J'aimerais qu'il passe plus souvent. C'est tout.

Cela faisait un an qu'il avait arrêté de venir, après que Nico l'ait promu patron par intérim. J'avais le sentiment que si Liana continuait d'assister aux dîners de famille, c'était seulement parce qu'elle espérait qu'il viendrait.

Bon sang.

— Pourquoi est-ce que tu ne te trouves pas un gentil gars ?

— Et toi, pourquoi est-ce que tu ne te trouves pas un psy pour tes accès de colère ? Ou tes problèmes de drogue ? Ou quel que soit le problème dans lequel tu t'es fourré *cette fois-ci* ? Je n'ai pas besoin de *tes* conseils. Occupe-toi de tes affaires, bordel.

Eh bien, on pouvait dire que ça s'était bien passé.

Je ravalai ma réplique et tournai les talons. Ma mère avait pris le relais pour surveiller les enfants pendant que Carmela ramassait les assiettes.

Je l'embrassai sur la joue. Ses lèvres se pincèrent.

— Tu n'aurais pas dû faire ça, dit-elle.

— *Quoi* ?

— Tu joues avec le feu. Ta sœur ne va plus vouloir te parler.

Mon estomac se serra.

— Vinn n'est pas assez bien pour elle.

— Est-ce que tu étais obligé de l'humilier comme ça, la pauvre ? répliqua Carmela avec une lueur de désapprobation dans les yeux.

— Ça ne me plaît pas de la voir courir après Vinn. (Je l'aidai à lever la table en soupirant.) Elle est amoureuse de lui depuis l'enfance.

— Et alors ? Elle est jeune. Laisse-la respirer.

— C'est bien pour ça que je veux qu'elle se tienne à l'écart de Vinn. Il a la tête trop dure pour se rendre compte de ce qu'il se passe, ajoutai-je en reniflant avec dédain.

— Pourquoi est-ce que tu ne le lui dis pas ?

— Ce n'est pas à moi de le faire.

— Mais c'est à toi de décider avec qui elle a le droit de sortir ?

— Il est violent et accro aux drogues, dis-je en lâchant bruyamment les couverts dans un bol. J'ai été marié à quelqu'un comme ça. Ma sœur ne subira pas la même chose. *Point final*. Fin de l'histoire.

— Vinn m'a l'air en forme.

— Cela fait des années qu'il est sobre, mais quand même.

J'aurais pu en dire plus, mais je ne le fis pas.

J'aimais mon cousin de tout mon cœur, mais je ne lui ferais jamais assez confiance pour accepter qu'il sorte avec ma sœur.

Carmela porta les assiettes et les couverts dans la cuisine.

— Tu ne peux pas décider pour elle. Laisse-la faire ses propres erreurs.

— Hors de question.

Mon attention se tourna vers la porte d'entrée, où on entendait une clé tourner dans la serrure. Elle s'ouvra en grand et dans l'embrasure apparut un homme aux épaules larges et à la mâchoire carrée.

Merde.

Carmela pouffa de rire tandis que Vinn s'avançait dans la maison tout en glissant ses clés dans la poche de sa veste mouillée par la pluie.

Maman accourut vers lui en s'exclamant :

— Assieds-toi. Mange quelque chose.

— Bonjour, Zia Lena.

— Tu as faim ?

— Non, ça va. (Il se pencha et embrassa l'air à côté de sa joue.) Je suis venu parler avec Mike.

— Tu devrais manger un peu. Assieds-toi.

Maman empila une montagne de pâtes dans une assiette puis l'attrapa par le coude avant de le guider jusqu'à la salle à manger.

— Je n'ai pas faim.

— Ça ne sert à rien de lutter, criai-je tout en essuyant l'assiette que Carmela venait de laver. Elle ne va pas te laisser t'en tirer comme ça. Alors *mange*.

Vinn se laissa tomber sur une chaise pendant que Maman se dépêchait de lui apporter une serviette, de l'eau et des couverts. En quelques secondes elle avait rassemblé de quoi nourrir toute une équipe de football américain et poussé le tout sous le nez de Vinn, qui semblait s'être résigné.

Un martèlement de pieds se fit entendre dans les escaliers et Liana apparut dans l'encadrement de la porte, rayonnante. Je fis la grimace lorsqu'elle se précipita sur Vinn. La main de Carmela se resserra sur la mienne, mais je ne la sentis même pas.

— Salut, Vinny. Comment vas-tu ? (Liana jeta ses bras autour du cou de notre cousin et le serra contre elle.) Ça fait une éternité que je ne t'ai pas vu.

Vinn leva les yeux vers elle, avec sur le visage la même expression qu'il arborait à chaque fois qu'il se trouvait confronté à la tornade d'affection qu'était ma sœur. Il avait l'air passablement mal à l'aise.

— Ça va, dit-il en lui tapotant la tête.

Est-ce que cela le tuerait de se montrer un tant soit peu chaleureux ?

Mais sa réponse succincte ne dissuada pas Liana, qui continua :

— Tu as reçu mes textos ?

— Ouais, désolé… J'ai été super occupé ces derniers temps.

Liana ne comprenait pas le message.

Le regard de Vinn passa outre ma sœur pour venir se poser sur moi. Ses yeux étrécis me fixèrent, l'air de dire « sauve-moi ». Avant, j'aurais ignoré ses plaintes muettes, car j'adorais le voir mal à l'aise. Mais quand il était devenu évident que le béguin de Liana n'allait pas lui passer, cela ne m'avait plus fait rire du tout.

Six ans plus tôt, quand Vinn avait intégré les Marines, Liana avait été complètement dévastée. Elle m'appelait toutes les semaines en pleurs. Vinn allait se faire tirer dessus. Il allait mourir. Elle ne le reverrait plus jamais.

Il est rentré à la maison plusieurs mois plus tard, après avoir été démobilisé à la suite d'un incident dont il refusait de parler. Personne ne voulait l'embaucher après qu'il ait été viré de l'armée, alors je lui ai donné un poste d'exécuteur. Il a réussi à se libérer de l'emprise de la drogue assez vite près ça, mais il n'a plus jamais été le même.

— Vinn et moi devons parler affaires, intervins-je après avoir cogné mes phalanges contre le mur. Li, tu veux bien nous laisser ?

Elle retira ses bras du cou de Vinn, qui ne sembla pas remarquer sa déception ni le regard langoureux qu'elle lui jeta. Ces deux-là faisaient partie des gens les plus idiots que je connaissais.

Je m'assis sur une chaise près de Vinn.

— Qu'est-ce qui se passe ?

— Anthony a été kidnappé, et toi tu manges tranquillement ton repas du dimanche.

— Je suis censé mettre ma vie privée de côté ? (J'attrapai le verre de Carmela et le vidai d'un trait.) Il va toujours y avoir des crises. Tu ferais mieux de tirer des leçons de ce qui est arrivé à Alessio. Il ne prenait jamais cinq minutes pour lui, et il a fini par craquer.

— Ouais, mais rien ne lui échappait.

— Sauf le fait que tu aies kidnappé sa femme.

Vinn laissa échapper un petit rire. Son assiette était déjà à moitié vide.

— Rage Machine, reprit-il.

— Quoi, Rage Machine ?

— Les sous-gangs comme Rage Machine servent d'initiation pour les motards. S'ils accomplissent toute une série de crimes violents, ils sont acceptés dans le gang principal, la Légion. Apparemment, Rage Machine attire surtout des mecs avec zéro de Q.I. (Vinn soupira et passa la main dans ses cheveux d'ébène.) Enfin bref, devine qui en est à la tête ?

— Crash ?

— Le Président prétend qu'il a perdu le contrôle de sa petite expérience, ce qui veut dire que la Légion est sur le point d'imploser. Il va se faire descendre, et nous n'avons pas assez d'hommes pour nous lancer dans une guerre.

— Alors on en fera venir du vieux pays.

— Ça demande du temps. Des négociations, répondit Vinn en remuant ses spaghettis d'un air morne. On aurait dû le buter quand il crachait du verre.

Carmela entra dans la pièce. Je lui lançai un regard d'avertissement, mais elle vint s'assoir près de moi.

— Chérie, on est en pleine conversation.

— Vous parlez de Crash ? (Elle ignora mes protestations, sourcils froncés.) J'ai entendu son nom, bon sang. Laissez-moi vous aider. J'ai bien plus de raisons que vous de vouloir lui faire la peau.

— Qu'est-ce que tu comptes faire ? Te rendre dans son QG pour le descendre ? fit Vinn d'un ton méprisant avant de faire un geste vers la cuisine. Va finir de faire la vaisselle.

Je lui donnai un coup dans le bras.

— Ne lui parle pas comme ça.

— Je suis sérieuse ! s'exclama Carmela. Vous pouvez vous servir de moi pour le faire sortir de son trou.

Je me raidis comme de la pierre.

— Vinn, tu peux nous laisser une seconde ?

Il traîna les pieds jusqu'au salon, où ma sœur lui mit immédiatement le grappin dessus. Leurs voix résonnaient en arrière-plan, mais je me forçai à ne pas y faire attention. Je pris le menton de Carmela entre mes doigts.

— Combien de fois est-ce que je vais devoir me répéter ? Je vais m'occuper de son cas.

— Je ne le sens pas.

Qu'est-ce que ça veut dire ?

Carmela s'écarta vivement de moi et repoussa sa chaise. Dans un tourbillon de jupons, elle disparut dans la salle de bains. Un hoquet me parvint avant qu'elle ne referme la porte. Carmela n'était pas du genre à pleurer. Elle avait une immense force de caractère, c'était d'ailleurs l'une des nombreuses raisons pour lesquelles je l'aimais, mais quelque chose avait brisé son assurance.

J'ouvris doucement la porte.

Son visage triste était presque caché par un rideau de cheveux. Elle renifla lorsque je m'approchai d'elle puis elle se détourna de moi, comme si elle avait honte de ses larmes.

— Je l'aurai, Carmela. Je...

Elle se retourna d'un bloc.

— Pourquoi parlais-tu de guerre ?

— J'exagérais.

— Tu n'arrangeras rien en minimisant la situation. Tu me prends pour une idiote ? Je lis les nouvelles. Je vois bien que tu es tellement stressé que tu es à deux doigts de craquer. Et je ne suis pas un putain de robot. Si tuer Nick risque de déclencher un énorme conflit, je ne veux pas que tu le fasses.

— Tout cela ne t'atteindra jamais, ni toi ni les enfants.

Elle poussa un soupir désespéré.

— Michael, c'est pour *toi* que je m'inquiète.

Ah !

Je repensai au fait que dernièrement, je trouvais Carmela éveillée lorsque je rentrais à la maison, quelle que soit l'heure. Peut-être était-elle bel et bien en train de tomber amoureuse de moi.

Enfin.

— Depuis quand est-ce que tu t'inquiètes pour *ma* vie ?

— La ferme.

Elle captura ma bouche d'un coup de langue. Ses bras s'accrochèrent à mon cou.

Je refermai la porte d'un coup de pied, puis la fis monter sur le comptoir. Les yeux de Carmela se firent brûlants tandis que je m'avançais entre ses jambes.

— Voyons si tu peux être discrète.

VINGT-NEUF
CARMELA

— Plus haut, Maman !

Je poussais Matteo sur la balançoire. Le soleil de milieu de matinée baignait mon visage d'une chaleur agréable. Parfois, une facette jusque-là inconnue de Michael se dévoilait de façon charmante — dans un sourire timide, un regard malicieux — et sa fille était exactement comme lui.

Farouchement indépendante.

Intransigeante.

Quand Mariette m'appelait *Caramel*, elle le faisait sans l'innocence de Matteo ou la douceur de Michael. J'étais une intruse. Matteo se souvenait à peine de sa mère biologique, mais Mariette avait tout un tas de souvenirs. Elle était encore en deuil. Elle se renfrognait chaque fois qu'elle entendait son frère m'appeler *Maman*. Michael avait arrêté de prétendre que la mort de Serena l'affectait. Cela devait être un véritable crève-cœur pour elle de voir son père se mettre en ménage avec une autre femme.

— Arrête de me pousser !

Un éclair rose et bleu traversa le terrain de jeu en pleurant, tandis que Mariette se dressait en haut du toboggan, les bras croisés sur son t-shirt pailleté avec une tête de tigre.

Oh, Mariette...

— Qu'est-ce que tu as fait ? lui criai-je.

— Je lui ai dit de rentrer chez elle. Elle est stupide, cracha-t-elle d'un ton acerbe. On joue aux pirates, pas aux majorettes.

— Chérie, n'utilise pas ce mot.

— Papa le fait !

— Quand tu auras trente-quatre ans, tu pourras dire ce qui te fait envie. En attendant, tu dois suivre les règles.

Les lèvres de Mariette se retroussèrent, parfaite image du sourire dédaigneux de son père. Elle ignora superbement les autres enfants qui se bousculaient pour avoir accès au toboggan et le dévala à toute vitesse. Ses baskets atterrirent sur les graviers, puis elle alla rejoindre son frère et se mit à le pousser sur la balançoire. L'étau qui m'enserrait la poitrine se desserra tandis que je la regardais jouer avec Matteo.

Eux, au moins, s'entendaient bien.

Je souris à une petite fille de trois ans qui se trouvait sur mon chemin. Ses grands yeux s'écarquillèrent alors qu'elle regardait quelque chose derrière mon épaule.

Une ombre ondula sur ma peau, puis un corps d'homme vint se presser contre moi. Il m'attrapa par la taille et remonta les bras en me serrant.

Je me laissai aller contre Michael en souriant.

— Tu es revenu.

— *Oui.*

Mon corps tout entier devint froid et sombre.

Cette voix.

Je levai les yeux vers l'homme de mes cauchemars.

Nick se dressait derrière moi, dans sa tenue de parfait motard — chemise à carreaux, veste en cuir sans manche, bottes renforcées et pistolet dépassant de son jean. Les rayons du soleil nimbaient son visage d'une lumière chaude. La présence de ce messager de la mort sur un terrain de jeu semblait complètement déplacée.

— Tu pensais que j'allais t'oublier ? dit-il en serrant mon menton.

Non.

Les lèvres dures de Nick s'écrasèrent contre les miennes. Il m'embrassait comme un affamé. Il enfonça sa langue dans ma gorge. Une odeur de clous de girofle submergea mes sens et m'empêcha de respirer tandis qu'il prolongeait son baiser à sens unique.

Je lui envoyai un coup dans les côtes.

Il sembla à deux doigts de me frapper, mais prit sur lui, son sourire toujours intact. Il ne paraissait pas troublé par le fait que je ne lui avais pas rendu son baiser.

— Nick, tu ne devrais pas être ici.

— Ne t'en fais pas, bébé. Je te ramène à la maison. (Il reporta son attention sur les enfants et mon estomac se noua.) Tu n'auras plus jamais à surveiller ses sales gosses.

— *Ne les mêle pas à tout ça.*

Mariette s'éloigna de la balançoire de Matteo et regarda Nick d'un air farouche.

— Tu n'es pas *Papa*. Tu n'as pas le droit de l'embrasser.

— Je fais ce que je veux, petite conne.

— Nick, arrête ! (Je tirai sur sa veste en cuir et comme je n'obtins aucune réaction, je me mis à le secouer.) Nick. Regarde-moi.

— Alors comme ça, ce sont *eux* ses gamins ?

— Nick, ne fais pas ça. Ne leur fais pas de mal. Je ferai tout ce que tu veux. J'irai où tu voudras. S'il te plaît...

— Calme-toi, bébé. Je ne vais faire de mal à personne.

— Laisse-les tranquilles !

Les autres mamans jetèrent un coup d'œil à Nick et s'éloignèrent immédiatement d'un pas vif. Il me força à le lâcher puis s'approcha des enfants, les yeux luisants.

— Mariette, enfuis-toi !

Elle ne bougea pas.

Nick me lança un regard exaspéré tout en plongeant la main dans la poche de sa veste, d'où il tira un chargeur de pistolet. Puis il s'accroupit à côté de Mariette.

— Je veux juste leur donner un cadeau.

— Nick, je t'en prie, arrête. (Je cherchai des yeux notre garde du corps, mais ne le vis nulle part.) S'il te...

Il sortit deux balles du magasin. Il en fourra une dans la poche de la chemise de Matteo et tendit l'autre à Mariette.

— Celle-ci est pour toi.

Espèce de psychopathe.

Mariette tendit une main tremblante.

Nick lâcha la balle au creux de sa paume, puis il lui tapota la joue.

— Dis à ton papa que c'est de ma part. Je m'appelle Crash.

Mariette éclata en sanglots et je sentis le désespoir me tordre les boyaux.

Nick se remit debout, le visage inexpressif. Puis il me prit par le bras.

— Maintenant, on peut y aller.

— Attends. Laisse-moi leur dire au revoir.

— Tu es vraiment trop sensible. (Il soupira en secouant la tête.) D'accord, mais fais vite.

Je me tournai vers Mariette.

— Ma puce, je dois partir avec Nick.

— Mais pourquoi ?

— Je veux que tu sois courageuse. Occupe-toi de ton frère. (Je glissai mon portable dans sa main.) Dès que je serai partie, va chercher un adulte. Et appelle ton père.

— Tu nous abandonnes ?

Sa voix brisée transperça mon âme. Je pris la main de Mariette et la plaçai dans celle de Matteo. Le téléphone tremblait dans son poing. Des larmes coulaient sur ses joues.

— Pourquoi tu t'en vas ?

— Je n'ai pas le choix. (Je les serrai tous les deux dans mes bras.) Je vous aime tellement.

Je me forçai à sourire. Je ne voulais pas que leur dernière image de moi soit teintée d'horreur, alors je ravalai mon désespoir. Je leur tournai le dos, la gorge serrée.

Nick lança un grand sourire aux enfants et fit demi-tour, les mains dans les poches. D'autres motards se prélassaient à l'ombre des arbres qui bordaient le joli parc.

Il se précipita à mes côtés.

— Donne-moi ta main.

Comme je refusais de décroiser les bras, il attrapa mon poignet de force et m'arracha l'alliance qui se trouvait à mon doigt. Elle étincela sous le soleil tandis qu'il la lançait vers le terrain de jeu, où Mariette et Matteo se tenaient toujours.

Un hurlement silencieux monta dans ma poitrine.

Quand allais-je les voir de nouveau ?

Jamais.

TRENTE
MICHAEL

Je suis prêt à vous rendre Tony Costa.

Le numéro était le même que celui que j'avais appelé quelques semaines auparavant. C'était Crash qui avait envoyé ce texto, ainsi que la photo d'Anthony qui prouvait qu'il était toujours en vie. Nous avions étudié de près le portrait granuleux du fils du patron, qui portait toujours le même jogging et t-shirt que lorsqu'il avait été enlevé. Sa barbe avait poussé. Ses bras et ses jambes étaient enchaînés. Ses habits étaient sales, mais pas ensanglantés. Son regard vide m'inquiétait. C'était le même qu'avait Vinn depuis qu'il était rentré de son service militaire. On aurait dit qu'il avait perdu tout espoir.

Un autre message indiquait que nous allions recevoir un appel à onze heures ce matin-là, c'est pourquoi nous étions réunis dans l'appartement-terrasse monochrome de Vinn. Nous nous tenions debout dans son salon aux murs noirs, gris et blancs. De la lumière entrait à travers les immenses baies vitrées qui surplombaient le centre-ville.

Anthony se trouvait-il quelque part dans le labyrinthe urbain qui s'étendait sous nos yeux ?

— Ça ne me plaît pas, dis-je pour la énième fois.

La silhouette colossale de Vinn se dressa au-dessus de la table en ciment. Ses yeux quittèrent l'écran vide de mon téléphone, et il lâcha :

— Tu l'as déjà dit.

— Ce type nous a envoyé un message épinglé au cadavre d'une putain. Il ne va pas simplement nous rendre Anthony.

— On n'a pas d'autre alternative.

— Je pense qu'on ne devrait pas rentrer dans son jeu.

— Je ne peux pas me permettre d'ignorer le type qui a kidnappé Anthony. (Vinn descendit une boisson énergisante et enfourna une poignée d'amandes dans sa bouche.) Tu as juste peur qu'il te demande de lui donner ta femme.

— Il va le faire, c'est sûr. C'est pour ça que c'est une perte de temps. On devrait être en train de le chercher. *J'ai ton Prince.* (Je reniflai avec dédain en répétant les mots de son message.) Tout ceci n'est qu'un jeu, pour lui.

Vinn me fit signe de me taire. Les pans de sa chemise froissée pendaient au-dessus de son pantalon tel un drapeau en veille. Il faisait les cent pas dans son appartement monochrome tout en frottant ses joues mal rasées. Il était au bout du rouleau — nous l'étions tous. Depuis que Crash avait enlevé Anthony, nous avions passé chaque seconde de la journée à essayer de le retrouver.

Quelques jours plus tôt, Alessio était revenu épuisé de New York, où il avait rendu visite à Nico en prison. Oncle Nico était *furieux*. Il avait tellement mal pris la nouvelle de la disparition de son fils qu'il avait attaqué Alessio. Les matons avaient dû intervenir pour les séparer. Il nous tenait personnellement responsables du kidnapping d'Anthony. Personne n'allait trouver grâce à ses yeux. Si son fils mourait, nous étions tous foutus.

J'avais besoin de savoir qu'Anthony allait s'en sortir. J'avais fait des promesses à Carmela, des promesses chuchotées dans l'obscurité tandis que j'étais allongé, épuisé, ses bras tout autour de moi.

Je t'aime.

Je ne te quitterai jamais.

À quoi servaient toutes ces belles paroles si je mourais ?

— Il est onze heures, dit Vinn. (Il se leva et sa large stature projeta une ombre ailée sur le sol froid.) Peut-être que ça devrait être à moi de lui parler.

— C'est *moi* qu'il a contacté.

— Tu ne peux pas perdre ton sang-froid avec ce type. S'il fait du mal à Anthony...

— C'est déjà fait. Tu n'as pas vu sa photo ? (Vinn haussa les épaules et je secouai la tête.) Crash est un sadique, et Anthony et une cible facile.

Vinn posa sa main sur mon épaule et la serra.

— Garde la tête froide. Peu importe ce qu'il raconte sur Carmela. Ne lui donne aucune raison de s'en prendre à Anthony.

Je le repoussai.

— Okay.

Le téléphone sonna.

Je pris une profonde inspiration puis décrochai.

Le visage répugnant de Crash s'afficha à l'écran. Il était assis sur une banquette, dans ce qui semblait être un restaurant. Un verre d'eau était posé devant lui et un sourire suffisant recourbait ses lèvres.

— Content de te voir, Costa.

— Où est Anthony ?

Il prit une gorgée d'eau.

— On en parle dans une minute. D'abord, il faut qu'on discute.

— Tu vas lâcher le morceau, oui ou non ?

Vinn fit de grands gestes tout en m'adressant un *reste calme* silencieux.

— Tu n'es pas celui que je croyais, Costa. Je pensais que tu étais tout mon opposé. Ennuyeux. Pas dangereux. Sans couilles. Et puis, j'ai fait quelques recherches sur toi. Toi et ma beauté. Personne n'a su me dire quand vous avez commencé à sortir ensemble. Et quand je dis personne, c'est *personne*. Ils m'ont tous sorti la même histoire. Ceux que j'ai pu persuader de me parler, en tout cas. Ils ont affirmé que *tu avais forcé Carmela à t'épouser*.

La note de désapprobation dans sa voix me donna presque envie de rire.

— Si je dois des excuses à qui que ce soit, c'est à Carmela. Certainement pas à une merde comme toi.

— C'est moi le connard ? Tu l'as épousée de force, mec. T'as collé un flingue sur le front de son père. (Un nouveau ricanement fit grésiller le haut-parleur.) Tu te crois meilleur que moi ? Regarde-toi dans un putain de miroir, rital de mes deux.

— *Où est Anthony* ?

— Oh, qu'il aille se faire foutre celui-là. C'est rien qu'une petite pute pleurnicheuse. J'comprends pas pourquoi tu t'intéresses tant à cette couille molle.

— Parce qu'il est le fils de Nico, et qu'il n'a jamais été impliqué dans les affaires de la famille...

— Vous, les Italiens et vos histoires de famille. Quel bien ça vous fait si c'est pour vous retrouver à la botte d'un type comme lui ? Enfin *bref*. Je vais l'épargner, à condition que tu me rendes un service.

— Je ne vais pas te donner Carmela.

— Beauté m'appartient déjà.

— Elle s'appelle Mme Costa, sifflai-je dans le combiné. Et je ne te donnerai jamais ma femme, espèce de psychopathe.

Il leva les yeux au ciel en souriant.

— Je n'ai pas besoin de ta permission. C'est déjà fait.

— De quoi est-ce que tu parles ?

— J'ai ta femme.

— Va te faire foutre. (Un frisson terrible me compressa le cœur. Puis mon téléphone vibra, et le nom de Carmela s'afficha à l'écran.) Elle est en train de m'appeler, Ducon.

— C'est ta fille.

— *Ne parle pas de mes enfants.*

— Quand tu iras les chercher, je veux que tu leur demandes de te parler du cadeau que je leur ai offert. (Il fit un clin d'œil, puis sourit à quelqu'un qui se trouvait hors champ.) Dis bonjour, bébé.

Il fit tourner la caméra de son portable, révélant d'abord un bras de femme, puis la robe blanche avec un motif d'ancres qu'elle portait le matin même, et enfin le visage terrifié de ma femme. Carmela était assise sur la banquette, collée contre Crash.

Non. Ça ne pouvait pas être vrai.

— Je l'ai reprise. Qu'est-ce que tu dis de ça, Costa ?

Un hurlement désespéré s'éleva de ma gorge tandis qu'il caressait son épaule et jouait avec la bretelle de son soutien-gorge. J'avais l'impression d'avoir reçu un coup de poignard. Une brûlure agonisante me tordait les entrailles. Carmela s'écarta vivement de lui, la bouche tordue par le dégoût. Sa détresse ne fit que raviver ma souffrance.

— Regarde-la bien, parce que tu ne la verras plus jamais.

— *Laisse-la partir !*

— Jamais.

— Carmela, où es-tu ?

— *Je ne peux pas te le dire.* Je suis désolée, s'écria ma femme d'une voix stridente. Va chercher les enfants ! Ils sont au parc de Salmon Creek !

Non.

— *Où es-tu ?* insistai-je.

— Elle est avec moi, intervint Crash en faisant pivoter la caméra vers lui. Et c'est là qu'elle va rester. Au moindre signe d'un Costa, je fracasse le crâne d'Anthony. Capiche ?

— Tu as intérêt à dormir avec un œil ouvert, parce que je n'aurai pas de repos tant que je ne l'aurai pas ramenée à la maison.

— Elle est à la maison.

L'appel prit fin, mais mon téléphone continuait de vibrer.

Un espoir fou s'empara de moi lorsque je vis *Carmela* clignoter sur l'écran. J'écrasai le portable contre mon oreille, mais la voix à l'autre bout du fil n'était pas le chuchotement rauque de Carmela.

C'était la voix de ma fille.

— *Papa*, elle nous a laissés tous seuls !

TRENTE-ET-UN
CARMELA

J'allais le tuer.

Ce fils de pute avait glissé une balle dans la poche de Matteo. Il avait menacé une petite fille de sept ans, terrorisé son père et kidnappé Anthony. La liste de ses crimes ne cessait de s'allonger. J'aurais pu lui enfoncer ma fourchette dans le cou, mais cela ne m'aiderait pas à me débarrasser de lui pour de bon. Les mains immondes de Nick ne devaient plus *jamais* se poser sur un enfant.

Nick sortit son Zippo et alluma une cigarette au clou de girofle. Des volutes de fumée parfumée s'enroulèrent autour de sa silhouette.

— Ressaisis-toi, Carmela.

— Tu n'étais pas obligé de leur faire du mal.

— J'leur ai rien fait.

— Tu as terrorisé des enfants innocents, et maintenant ils croient que je les ai abandonnés.

— Je ne vois pas pourquoi tu t'inquiètes autant pour les enfants de ce type. (Sa moue de dégoût s'accentua lorsque je m'affaissai contre le mur.) C'est quoi ton problème, putain ?

Je m'agrippai à sa veste en cuir. Les larmes dévalaient mon visage.

— *Toi* ! C'est toi, mon problème. Tu détruis tout ce qu'il y a de bon. Tu es un cancer. Tu n'aurais *jamais* dû les toucher.

Nick baisa les yeux sur mes poings qui frappaient sa poitrine et les prit dans ses mains. Il les serra fort.

— T'as perdu la tête.

— Je les aime.

Nick me gifla, et la douleur décupla ma rage. Il me regardait comme s'il s'inquiétait sérieusement pour ma santé mentale.

— Ressaisis-toi, bordel.

— Je ne suis pas folle.

— Tu es vraiment si désespérée d'avoir des gamins ? Tu t'abaisserais à t'occuper des gosses d'un autre homme ?

— J'ai passé des semaines à m'occuper d'eux. (Mon regard se perdit au loin, au-delà du parking et de l'autoroute derrière.) Tu m'as arraché à ce qui me rendait heureuse.

Nick m'observa à travers son rideau de fumée.

— J'te ferai un gamin.

Jamais de la vie.

Même pas si tu étais le dernier homme sur Terre.

Si je lui balançais ça, ce serait moi qui me prendrais une balle dans la tête. Affronter Nick alors qu'il était d'humeur si volatile me vaudrait un aller simple pour la morgue. Il fallait que je me calme.

J'enfonçai mes ongles dans mes paumes.

— Tu n'as jamais voulu d'enfants.

— Ça, c'était avant que je sache que sinon, tu te tirerais avec un type prêt à te donner ce que tu voulais. (Nick jeta son mégot et soupira. Sa voix était empreinte de malveillance.) T'aurais pu me *demander*.

— Je l'ai fait. Tu as dit non.

Dieu merci !

Un tic nerveux fit tressauter la mâchoire de Nick. Il détestait qu'on lui prouve qu'il avait tort, mais même lui devait se souvenir de nos disputes à ce sujet. Combien de fois m'avait-il brisé le cœur en me disant d'un ton railleur qu'il préférait sauter d'un pont plutôt que d'être papa ?

— C'est pas une bonne idée, dit Nick.

Il déglutit bruyamment. Ses pupilles se réduisaient à des fentes. La carapace de Nick se fissurait rarement, mais à cet instant elle semblait avoir volé en morceaux. Des ondes de malaise irradiaient de sa personne.

— Je serais un père merdique, ajouta-t-il.

Je ne savais pas quoi dire, parce que c'était la vérité.

— Tu crois ? demandai-je.

— Sans aucun doute. (Il me fixa de ses yeux pâles tout en soufflant de la fumée par le nez.) Je ne vois vraiment pas pourquoi tu veux des gamins — pourquoi *qui que ce soit* qui en voudrait.

— Tu veux pas avoir quelqu'un à qui léguer tes biens et ton savoir ?

— Qu'est-ce que j'ai à léguer, Carmela ? Comment se bourrer la gueule à n'y plus rien voir, et se réveiller avec une pute morte dans son lit ? (Nick prit une autre bouffée.) Tu savais très bien quel genre de mec j'étais, Carmela, et tu m'as quand même supplié de te faire des gosses. Tu es la seule nana à avoir jamais fait ça.

Sans déconner.

— Je ne suis pas fait pour être père, ma beauté. (Son énorme main enveloppa ma tête. Ses doigts étaient de glace.) Il faut que tu le comprennes.

— Alors relâche-moi.

Mon Dieu, faites que cela fonctionne.

— Si tu ne veux pas d'enfants, dis-je, c'est ton choix. Je le comprends. Vraiment. Mais moi, j'ai besoin d'être maman.

Je mérite de vivre cette expérience. Tu ne peux pas m'en priver.

Ses yeux brillaient d'émotion.

— Ça va aller, Nick. Laisse-moi partir.

— *Je ne peux pas.*

Il m'attira entre ses bras et me donna ce qui était sa version d'un câlin, mais qui me fit l'effet d'une cage en acier. Il était si dépourvu de toute chaleur qu'il ne pouvait pas se montrer apaisant, même quand il le voulait.

Il se recula.

— *Je veux bien essayer.*

Il m'embrassa sur la tempe.

J'eus envie de vomir.

TRENTE-DEUX
MICHAEL

J'écrasai la pédale de frein et ouvris la portière d'un mouvement brusque. Abandonnant Vitale dans la voiture, je traversai en courant le parc en forme de fer à cheval. Des feuilles roses étaient éparpillées sur le sol. Une petite fille avec un t-shirt jaune jouait dans le bac à sable. Tout était bleu et vert. Joyeux et coloré. Dans un brouillard sonore étourdissant composé de rires d'enfants et de grincements de balançoires, je hurlai le prénom de mes enfants.

— Mariette !

J'avais l'impression de hurler dans le vent. Je n'arrivais pas à m'entendre. Seule ma gorge en feu m'indiquait que je criais.

— Matteo !

Au son de ma voix, mon fils jaillissait toujours de là où il se trouvait pour foncer dans mes genoux. Mais cette fois, je n'entendis pas le claquement de ses petits pieds.

Je traversai le terrain de jeu comme une tornade en balayant la pelouse du regard. J'avais dit à Mariette de se cacher. C'était probablement ce qu'elle était en train de faire, mais la batterie du portable de Carmela était morte au bout d'une minute d'appel.

Ils vont bien. Ils vont bien.

Un éclair doré attira mon attention sur un immense pin. Je regardai à travers les branches, et repérai une tête blonde au milieu des aiguilles broussailleuses. Je m'approchai de l'arbre et m'accroupis. Deux paires d'yeux brillaient dans l'ombre. J'écartai les branches, et un petit corps se jeta dans mes bras.

Je serrai mon fils de toutes mes forces, l'estomac noué. Il enfouit son visage humide dans mon cou et sanglota. Ma fille sortit de l'arbre en rampant, des larmes ruisselant sur son menton. Je l'attirai contre ma poitrine.

— Est-ce que ça va ?

Elle secoua la tête.

— Il t'a fait mal ? (Je palpai son ventre, son jean, et sentis quelque chose de petit et dur.) Qu'est-ce que c'est que ça ?

— Le méchant me l'a donné.

Je plongeai la main dans sa poche et en sortis une balle de pistolet.

Une boule enfla dans ma gorge. J'avais l'impression que mon cœur était enserré dans du fil barbelé. Je serrai la balle dans mon poing, tremblant. J'en trouvai une autre dans la poche de la chemise de Matteo.

Il avait touché mes enfants.

Un voile rouge recouvrit mon champ de vision tandis que je faisais monter Matteo sur ma hanche.

— Crash a emmené Carmela, Papa, dit Mariette, les lèvres tremblantes. Est-ce qu'elle va revenir ?

— Oui, ma puce. Je vais la retrouver.

Les balles cliquetèrent lorsque je les fourrai dans ma poche.

J'allais les réserver pour son crâne.

Crash ne verrait pas le soleil se lever.

JE NE POUVAIS PAS me lancer immédiatement à sa poursuite.

Même si je mourais d'envie de partir à la recherche de Carmela, il fallait d'abord que je double la sécurité autour de la maison, que j'attende que ma sœur arrive, et *ensuite* je pourrai y aller. Vinn avait déjà fait passer le mot, mais étant donné que les membres de Rage Machine ne portaient pas de couleurs identifiables et que nous ignorions qui en faisait partie, personne ne savait où les chercher.

Matteo était inconsolable. Je le serrais contre ma poitrine et lui couvris les oreilles le temps de cracher quelques obscénités dans le combiné du téléphone.

— Assure-toi que le juge signe un subpoena. Mets-lui la pression s'il le faut. Il nous faut sa plaque d'immatriculation. Je n'en ai rien à foutre, putain ! Fais ce que je te dis, ou je vais te donner une bonne raison de me détester.

Une fois l'appel terminé, on n'entendit plus dans la pièce que les pleurs étouffés de Matteo. Tout le poids du kidnapping de Carmela me tomba soudain dessus. Elle s'était sacrifiée pour protéger les enfants de ce psychopathe tandis que moi, je fonçais la tête la première dans son piège comme un abruti. Nick avait orchestré cet appel en sachant parfaitement que cela m'occuperait, puis il s'était pointé sur le terrain de jeu la bouche en cœur. Et où se trouvait le garde du corps qui était censé veiller sur elle ? Il se commandait un café. Il fallait que je le fasse buter, celui-là.

Crash avait fait sauter les coutures de ma vie et déchiré mon âme en deux. L'image de sa main sur l'épaule de Carmela me tourmentait. La douleur irradiait jusque dans mes dents.

Il fallait que je sauve ma femme avant qu'il ne la tue.

Cela faisait forcément partie de son plan. Un homme qui se faisait appeler *Crash* ne se souciait de personne. Son égo ne supporterait jamais le fait qu'elle m'avait choisi. Il allait torturer, puis tuer la femme que j'aimais.

Non.

Je devais la retrouver.

Je ne pouvais pas vivre sans elle.

Un carillon retentit dans la maison et je courus jusqu'à la porte d'entrée. Liana. Pas trop tôt, putain. Je reposai Matteo, qui s'accrocha à mon pantalon. M'arracher à son étreinte fut une épreuve presque insurmontable. Ses cris me transpercèrent la poitrine.

— Matteo, qu'est-ce qui ne va pas ? s'inquiéta Liana. (Elle entra, les yeux remplis de questions, et souleva Matteo dans ses bras.) Est-ce qu'il va bien ?

— Carmela a été kidnappée.

— Quoi ?

— Je n'ai pas le temps de t'expliquer. Vitale va te conduire à un hôtel. Tu vas y rester avec les enfants. Ne mets pas les pieds dehors, *compris* ?

— D'accord, d'accord, murmura-t-elle. Mais...

— Il faut que j'aille la trouver, l'interrompis-je en attrapant mes clés. Sois prudente.

— Je vais les surveiller. Ne t'inquiète pas.

— S'il arrive quoi que ce soit, va chercher Maman et quittez la ville. Demande à Vinn de vous aider.

Les yeux de Liana se bordèrent de larmes. Elle s'agrippa à mes épaules.

— Je t'en prie, quoi que tu prévoies de faire, ne le fais pas.

— Il le faut.

— Tes enfants ont besoin de toi !

Je ne pouvais pas accepter son conseil.

Je m'arrachai à son étreinte et passai la porte.

— Je t'aime, Michael ! Fais attention à toi !

Dehors, je trouvai mon cousin appuyé contre le portail, le téléphone collé à l'oreille. Vinn mit fin à l'appel, son visage de pierre marqué par une grimace sombre.

— Elle va s'en sortir.

Des mots inutiles, auxquels je m'accrochais désespérément.

Je démarrai la voiture.

— Tout le monde est sur le coup, Mike. On va les retrouver, elle et Anthony. Allons à la Légion.

— On n'en est plus aux négociations.

— Oh, je ne compte pas discuter, dit Vinn en désignant un sac de sport sur la banquette arrière. (Il fit coulisser la fermeture éclair et sortit un pistolet-mitrailleur H&K MP5 des profondeurs du sac.) Avec silencieux et crosse pliable.

— Tu veux ouvrir le feu sur leur QG ?

— Ça fait des années que Crash pose problème. Maintenant, il fait sécession avec son sous-gang et ces cons à la Légion ne bougent pas le petit doigt. La ville est à feu et à sang. Les bombes, les morts de civils, et voilà qu'il enlève ta femme… Je veux leur faire passer un message. S'ils n'abattent pas leur chien enragé eux-mêmes, je reviendrai mieux armé.

— Ça me va. Je conduis.

Un silence épais envahit l'habitacle tandis que je conduisais en direction du QG de la Légion. Vinn vissa le silencieux et arma le H&K avant de le poser sur ses genoux. Lorsque nous approchâmes des locaux commerciaux de plain-pied, Vinn baissa sa vitre.

— On va faire deux passages.

J'enclenchai mon clignotant.

— Dégomme toutes leurs putains de motos.

TRENTE-TROIS
CARMELA

Alors que le vent séchait mes larmes, je repensais à la nuit où je l'avais rencontré. J'étais allée me saouler dans un bar miteux. Papa venait de m'informer que j'allais devoir épouser Alessio Salvatore, un gangster à la réputation violente. Je n'avais aucune envie de me retrouver devant l'autel avec cet homme.

Alors je me suis échappée pour me rendre dans un bar.

Alors que je descendais mon deuxième verre, un motard s'est glissé sur ma banquette. Ses cuisses tenaient à peine sous la table. Il a poussé un cocktail vers moi — quelque chose de fruité. Il me bloquait la sortie, mais tout ce dont je me souviens c'est que j'étais aux anges qu'un homme tel que lui m'ait remarquée. Son tatouage en forme de diamant et les autres symboles de gang auraient dû me mettre la puce à l'oreille, mais l'alcool avait émoussé mes sens et des étincelles se sont mises à voler lorsqu'il a passé son bras autour de mes épaules. Il était direct, et j'aimais ça. *J'ado-*

rais le fait qu'il ne se soucie pas de savoir de qui j'étais la fille.

Nous n'avions rien en commun. Il écoutait du heavy métal. C'était la seule musique que je ne supportais pas. Il n'avait pas de famille. La mienne était tout pour moi. C'était un homme à femmes. Je n'avais jamais eu de petit ami. Nous allions aussi bien ensemble que l'huile d'olive et le whisky, mais ça ne nous a pas empêchés de tomber amoureux.

Une demi-heure plus tard, je m'installais à l'arrière de sa moto. Il m'a emmenée au nez et à la barbe de mes gardes du corps et m'a conduit chez lui, où il m'a pris ma virginité. Je suis restée étendue dans ses bras alors qu'il fumait. Puis il m'a dit que j'étais sa nana, qu'il ne me laisserait jamais partir.

Nick me contemplait encore de ce regard fixe qui emplissait mon cœur d'un sentiment de panique que j'avais à l'époque pris pour de l'excitation.

Nous nous arrêtâmes dans un quartier boisé de Boston. Une odeur de pins flottait dans l'air. Nick coupa le moteur et retira son casque.

Je descendis de la moto.

Il m'escorta jusqu'à une maison rustique de plain-pied. Les bottes de Nick firent grincer le plancher tandis qu'il ouvrait une porte couverte de rouille. Ses doigts effleurèrent mon cul lorsque j'entrai et un froid glacial monta le long de ma colonne vertébrale quand son corps vint se presser dans mon dos.

— Souviens-toi de ce qu'on a dit. T'as intérêt à bien te tenir.

Michael m'avait lancé un commentaire similaire, mais le ton de Nick était totalement dénué d'espièglerie.

— Tu n'aimes pas quand je me tiens bien.

— J'suis pas d'humeur à supporter ton insolence.

— Je pensais que c'était ce qui te plaisait chez moi, répliquai-je d'un ton cinglant. Sinon, pourquoi m'as-tu enlevée ?

— Parce que je t'aime, même si t'es une putain de folle. J'laisserai jamais un autre homme se mettre entre nous.

— Je ne t'ai jamais demandé de me sauver.

— C'est ça que j'aime chez toi, fit Nick en me plaquant contre le mur et en m'embrassant de ses lèvres froides comme l'acier. Y'a pas beaucoup de filles qui auraient le cran d'être ma nana, mais toi t'es une dure à cuire.

Quand je l'ai quitté, je ne me sentais absolument pas forte.

Ses doigts épais claquèrent sur ma joue et cela me brûla, mais ce n'était en rien nouveau. Nick adorait me faire mal. Sa main avala la mienne et il me poussa dans le salon qui avait été converti en bar. La maison avait été saccagée. Des traces de fumée rampaient sur les murs. Du verre brisé crissait sous mes semelles. Des brûlures de cigarette constellaient la moquette.

— C'est quoi, cet endroit ? demandai-je, abasourdie.

— Une planque temporaire. On ira autre part demain.

Des cadres photos brisés contenant les portraits d'une adorable famille couvraient le sol. Nick en ramassa un en souriant. Il tapota le visage d'un homme vêtu d'un polo.

— C'était sa maison.

J'aurais deviné.

— Que lui est-il arrivé ?

— Il refusait de nous laisser camper sur ses terres, alors on l'a buté.

Mon cœur me remonta dans la gorge.

— Et sa femme ?

— Je l'ai vendue.

— Vendue ? Tu parles de *trafic de femmes* ?

— C'est mieux que de se retrouver avec un cadavre sur les bras. Et puis, je fais pas mal de thune avec le trafic humain. C'est un gros business.

Il lança le portrait dans la cheminée qui débordait de canettes vides. Le cadre éclata dans un nuage de cendres.

L'horreur de ce que Crash venait de dire à propos du trafic de femmes m'effleura à peine. Je n'arrivais à penser à rien.

— Est-ce que tu vas me faire la même chose ?

Les lèvres de Nick se pincèrent.

— Toi, t'es pas à vendre.

Est-ce qu'il mentait ?

— Tu ne me crois pas, dit-il avec un rire amusé. Tu penses que je déclencherais une guerre pour que tu te retrouves à sucer la bite d'un autre type ?

Des hommes vêtus de vestes en cuir saluèrent Nick, qui leur fit un signe magnanime de la main. Nous nous assîmes à une table qui avait été poussée hors du chaos, et une femme glissa une bière sous le nez de Nick. Elle portait un débardeur *Metallica* et un short en jean effrangé. Des tatouages recouvraient ses bras et ses cuisses. Elle se pencha vers Nick et lui mit une main sur l'épaule.

Le visage de Michael me vint à l'esprit, ainsi qu'une douzaine de souvenirs du temps que nous avions passé ensemble : son toucher, son odeur, sa bouche, toutes ces choses qui me réconfortaient. Une boule se logea dans ma gorge et se mit à enfler.

Le fait de me retrouver coincée avec Nick me rappelait tout ce dont cet enfoiré m'avait toujours privée, et dont Michael m'avait couverte : la chaleur, la loyauté et l'amour. Le véritable amour, pas cette obsession toxique.

Il me manquait.

Je voulais mon mari.

Dans mon désespoir, je l'imaginais en train de débouler dans la pièce, je visualisais la façon dont le crâne de Nick exploserait et dont Michael m'attirerait dans le refuge de ses bras. Sans lui, le monde semblait inerte, sans vie.

Je m'essuyai les yeux tandis que la fille posait un verre devant moi. La tentation d'endormir mes sens l'emporta et je l'avalai d'un trait, tremblante.

Une main glacée m'attira de l'autre côté de la table, vers l'homme que j'abhorrais.

— Désolé de ne pas m'être rendu compte avant de ce qui se passait, dit Nick. Toi et *Costa*, ça n'avait aucun sens. Je savais bien que quelque chose clochait. Tu ne m'aurais jamais trahi. Quand j'ai découvert la vérité, tu étais injoignable.

Sa voix se transforma alors en un murmure rauque, et il ajouta :

— Je ne savais pas qu'il t'avait forcée.

Il continuait de penser que *Michael* était le méchant.

Psychopathe.

— Il ne m'a pas forcée. On avait un accord.

— Allez, bébé. T'es plus maligne que ça. Ce type exerçait un contrôle total sur toi.

Je serrai les poings, bouillante de rage.

— Tu n'aurais pas dû t'en mêler, Nick. Maintenant que tu m'as kidnappée, il va y avoir des répercussions graves.

— Ça aurait pu être évité si tu ne t'étais pas tirée.

La pire chose que je pouvais faire était de me soumettre.

Nick avait horreur des proies faciles.

— Décide-toi, Ducon. C'est ma faute, ou celle de Michael ?

— Les deux, gronda-t-il. T'aurais pu m'appeler.

Hors de question que je présente des excuses à ce sac à merde.

— Tu es la dernière personne à qui je demanderais de l'aide, lui dis-je. Il fallait que je te quitte. Tu allais finir par me tuer.

— Je ne ferais jamais ça.

Il était dans le déni complet.

— Nick, quel est ton plan ? Maintenant que tu m'as récupérée, qu'est-ce que tu vas faire ?

— Pour commencer, j'vais débarrasser ma femme de la puanteur de ce type.

Il attrapa ma main et me tira violemment hors de mon siège, avant de me faire assoir sans ménagement sur ses genoux. Son souffle s'infiltra dans mes oreilles.

— Et après, j'vais trouver cet enfoiré et le buter. Lui et sa p'tite famille. Tous autant qu'ils sont. Jusqu'au dernier Costa.

— Tu ne peux pas faire ça.

— Pour toi, je ferais n'importe quoi.

Sa bouche avala la mienne.

J'essayais de faire semblant qu'il s'agissait de mon mari, que son toucher ne me dégoûtait pas, que l'odeur de clous de girofle qui m'envahissait était en fait le goût frais de Michael, et que ses yeux avaient des reflets ambrés plutôt que verts. Je m'efforçais d'imaginer les lèvres de Michael, son corps, son chaume en train de chatouiller ma peau.

Non.

Mon cœur ne battait que pour Michael. Il m'était impossible de faire semblant avec Nick.

Je ne pouvais pas.

Je ne voulais pas.

Il me fit me lever et me poussa vers le fond de la pièce en gémissant d'impatience. Je me cognai contre une colonne. Une douleur cuisante parcourut ma colonne vertébrale tandis que Nick continuait à me dévorer. Puis nous changeâmes de position, et il se mit à me tirer. Il ne s'écarta de moi que le temps de flanquer un coup de pied dans une chaise qui bloquait l'accès à la chambre.

— Non... Non.

Ses mains empoignèrent ma fermeture éclair.

— Non.

La porte claqua derrière nous. Mon dos vint s'écraser contre le mur. Nick arracha sa veste en cuir et la jeta dans un coin de la pièce. Le bruit qu'elle fit envoya un éclair d'appréhension dans mon estomac. Puis il ouvrit sa chemise à carreaux et pressa son torse nu contre moi.

— Nick, non !

Je le giflai.

Sa paume s'écrasa contre ma joue et je m'affalai sur le lit. Une douleur atroce martelait mon crâne tandis qu'il s'enfonçait sur le matelas.

Ses doigts s'emmêlèrent dans mes cheveux et il me tira violemment la tête en arrière.

— *Ne refais jamais ça.*

— Tu ne voulais pas t'arrêter.

— T'es vraiment casse-couilles, Carmela. Qu'est-ce qui tourne pas rond chez toi ? C'est Costa qui t'a martyrisée ? Il t'a fait mal ? (La voix de Nick baissa jusqu'à n'être plus qu'un murmure.) Il t'a frappée, pas vrai ? C'est pour ça que t'es toute bizarre.

Le pauvre type nageait en plein délire.

Je soutins son regard, les poings serrés.

— *Jamais*. Il ne m'a jamais frappée. Il était gentil avec moi.

— *Gentil* ? fit-il avec un rictus tout en refermant ses bras autour de moi. L'homme qui a menacé ton père et t'a forcée à l'épouser est *gentil* ?

— Oui.

— T'es complètement folle, ma parole.

— C'est l'hôpital qui se fout de la charité !

— Hé, c'est pas moi qui suis amoureux de mon kidnappeur.

Moi ? *Amoureuse* de Michael ?

Cette pensée me transperça, ces mots étaient comme une lame chauffée à blanc qui tranchait la couche de déni dont m'étais entourée. Mais je ne pouvais plus le nier.

J'aimais Michael.

Mon Dieu, je l'aimais. Je l'aimais vraiment.

Je ne pouvais imaginer la vie sans nos après-midi détente, ses blagues idiotes, ses excentricités et ses câlins. Je l'aimais tellement que je voulais que mes cendres soient dispersées avec les siennes pour que nous soyons unis à jamais. Il avait fait entrer de la lumière dans mon univers sombre. Il avait insufflé de l'oxygène dans mes poumons.

Une autre pensée s'insinua en moi.

Michael m'aimait, lui aussi.

Et je ne lui avais pas avoué mes sentiments.

J'avais l'impression qu'on m'étranglait. Des larmes dévalèrent mes joues. Je laissai échapper un sanglot. J'enfouis mon visage dans mes mains, mais je n'avais jamais été capable de cacher quoique ce fût à Nick. Maintenant, il savait. Et il allait me tuer.

— Ça me brise le cœur de te voir dans cet état, dit-il. Il t'a vraiment amochée, ce con. (Il prit mon visage en coupe et ses callosités râpèrent ma peau.) Je vais te guérir.

— Quoi ?

— T'inquiète pas. J'vais t'aider à t'en sortir.

Ma gorge se noua tandis qu'il abaissait ma fermeture éclair.

— J'vais t'aider à l'oublier.

Même si Nick m'enfermait dans un donjon jusqu'à la fin de mes jours, la chaleur de mon mari ne me quitterait jamais.

Nick se pencha sur moi. Son pouls battit contre ma poitrine, triste rappel du fait qu'il possédait bel et bien un cœur. Il fit descendre ma robe et poussa un grognement de plaisir qui me retourna l'estomac. Puis le grognement se transforma en grondement furieux. Nick me surplombait, le regard noir. Il pressa son pouce contre une marque rouge sur ma peau. Il se redressa en sifflant entre ses dents.

— Mais putain, qu'est-ce qu'il t'a fait ce con ?

— Ce sont des suçons, répliquai-je. Pas des bleus.

Ses mains se posèrent sur ma bouche. Il pinça mes lèvres pour me forcer à les refermer.

— Pas un mot de plus sur Costa.

— Il ne m'a pas forcée à coucher avec lui, aboyai-je, soudain saisie d'un besoin irrépressible de défendre Michael. Je l'ai fait de mon plein gré.

— C'est ce que tu penses, mais tu te trompes, ma chérie. J'supporte pas l'idée qu'il t'ait touchée.

— Dans ce cas, pourquoi m'as-tu reprise ?

— Parce que tu m'appartiens.

Il prononça ces mots sans aucune passion, comme si les suçons avaient éteint son désir. Une vague de soulagement me submergea, mais Nick passa ensuite le doigt sous l'élastique de ma culotte. Il se mit à embrasser ma cuisse.

Un sentiment de panique envahit ma poitrine. J'avais un mal de chien à garder mon calme. Dans ma tête, je me mis à prier et supplier de toutes mes forces.

— Je ne veux pas faire ça.

— T'as passé des mois à te taper sa bite, et maintenant tu veux plus de la mienne ? Ça va pas se passer comme ça.

Il m'arracha mon string.

— Nick, c'est trop intense ! Je ne suis pas prête — *vraiment* pas prête.

Il baissa la braguette de son jean et immobilisa mes bras. Puis il me força à écarter les jambes, avant de se baisser.

— Non !

Il mit ses mains autour de mon cou et se mit à serrer.

— Tu m'as dit une fois qu'être profondément aimée par quelqu'un donne de la force, dit-il. Tu peux le faire.

Non, je ne peux pas.

— Nick, arrête !

Nick fit une pause et son sourire s'agrandit. Ma peur était un aphrodisiaque pour lui. Il m'effleura doucement, de haut en bas, le long de mes avant-bras puis de mon cou.

— Pourquoi, tu prends plus ton pied avec lui ?

Bien sûr que oui.

— Je... vous êtes bon tous les deux.

— J'veux savoir la vérité. (Il s'assombrit tel un ciel d'orage.) Je t'ai posé une question. Qui est le meilleur coup ?

Michael.

— Je ne veux pas répondre.

— Tu vas le faire. Et si tu mens, je le saurai. Je le sais toujours.

— Non.

— Dis-le-moi, dit-il en enfonçant son doigt dans ma bouche. Ou je vais arrêter d'être gentil.

Je le mordis jusqu'à ce qu'il retire son doigt.

Un coup vint percuter mon crâne. La douleur irradia jusque dans mes dents. Il allait me frapper quoique je dise alors je lui fis face, tout sourire, et lâchai :

— *Michael.* Il peut me faire jouir rien qu'avec sa voix.

— Parce que tu fais tout ce qu'il veut, renifla-t-il, mais son regard mauvais venait contredire son ton amusé. Sinon, tu aurais bien plus de *suçons*.

— Michael ne s'en prend pas aux femmes.

— Oh, bébé. T'es tellement naïve. Je suis allé dans son club. J'ai parlé à ses putes. J'en ai payé une pour qu'elle crache le morceau. (Il s'écarta avec un petit sourire en coin.) Elle m'a raconté tout un tas de trucs. Le gars prend son pied en punissant les femmes. *Tout comme moi.*

Cette comparaison me mit en rage.

— On dirait que t'aimes un certain type d'hommes, Carmela.

— Tais-toi. Tu ne le connais pas.

— Mais chérie, je *suis* lui.

Non.

— Je vais te le prouver, dit-il en enroulant ses doigts autour de mon cou.

Il le serra, puis ses lèvres se pressèrent contre les miennes. À ce léger contact, la bile me monta à la gorge. Il s'écarta et murmura :

— Il fait ça quand il jouit, pas vrai ?

Ferme ta gueule.

— Il aime t'attacher. Il adore quand tu te mets à quatre pattes. Quand tu te débats. Tout. Comme. Moi.

Je détournai mon visage.

— Arrête !

— Je n'ai pas besoin de te baiser. Je suis dans ta tête, Carmela. Pour toujours.

Il s'écarta de moi, sa peau se décolla de la mienne.

— *Je veux mon mari.*

— On verra bien combien de temps ça va durer.

TRENTE-QUATRE
MICHAEL

Vinn avait reçu une balle lors de la fusillade.

Elle s'était glissée dans un interstice de son gilet pare-balles et s'était enfoncée dans son épaule. Je l'avais trainé jusqu'à l'hôpital d'Alessio, où nous savions que le personnel n'allait pas déclarer la blessure aux autorités.

Nous avions tué six motards. L'un d'entre eux était le Président.

Leurs visages s'affichaient au journal télévisé. Deux membres, deux aspirants. Nous avions jeté la Légion dans un chaos sans nom — ce qu'il n'était pas notre intention, mais je me foutais complètement de nos alliances ou de l'ordre public. Tout ce qui m'intéressait, c'était ma femme.

Est-ce qu'elle allait bien ?

Lui faisait-il du mal ?

Elle me manquait tant que mes poumons me brûlaient. Une douleur insupportable consumait tout mon corps. Depuis sa disparition, vingt-quatre heures plus tôt, mon estomac ne s'était pas desserré et mon cerveau était constamment envahi d'images affreuses. J'ignorais ce qu'il était en train de lui faire, mais s'il levait la main sur elle je tapisserais les rues de Boston du sang des motards. Mon seul but dans la vie serait d'en tuer autant que possible. Ils ne pourraient pas couler un bronze sans regarder par-dessus leur épaule. Je leur ferais connaître mon nom et viendrais réclamer ma vengeance.

Ils allaient souffrir, tous autant qu'ils étaient.

— Michael.

Je levai les yeux du sol brillant lorsqu'une main passa dans mes cheveux. Liana se tenait debout, vêtue d'un pyjama en flanelle, ses cheveux châtains ondulés ramassés en une queue de cheval.

— Qu'est-ce que tu fous ici ? Tu es censée surveiller mes enfants.

— Maman est avec eux. Ils sont en sécurité, dit-elle en se laissant tomber dans le siège à côté du mien. Qu'est-ce qui s'est passé ?

Je pris une gorgée de café tiède, seule nourriture que je m'étais autorisé à avaler depuis le début.

— Je ne peux rien te dire.

— Est-ce qu'il va bien ?

Je n'étais pas en état de réconforter qui que ce soit.

— Aucune idée.

— Et Carmela ?

— Je... je ne sais pas.

Elle me frotta le dos.

— Tu devrais dormir un peu.

— Il faut que je la retrouve.

— Tu as fait tout ce qui est en ton pouvoir.

— Pas tant que je n'aurai pas buté ces putains de motards jusqu'au dernier.

— Michael Costa ? demanda une femme asiatique vêtue d'une blouse rose en avançant vers nous. Je suis le Docteur Yang. J'ai assisté à l'opération sur Vinn. Il a été touché au plexus brachial, l'amas de nerfs qui contrôle l'usage du bras.

— Est-ce qu'il va pouvoir en garder l'usage ?

— Nous ne le serons que dans quelques semaines. Il aura probablement besoin d'autres interventions chirurgicales. Je peux vous emmener le voir maintenant.

Elle nous guida jusqu'au lit sur lequel Vinn était étendu, enveloppé de pansements. Il était plongé dans un brouillard médicamenteux et regardait fixement le plafond, la bouche à demi ouverte. Son visage demeura vide d'expression tandis que Liana rapprochait une chaise.

— *Vinny*. Je suis venue dès que j'ai su.

Elle posa sa main sur la sienne. Les yeux de Vinn se posèrent brièvement sur leurs doigts entrelacés et ses lèvres tressaillirent.

— Vais... bien.

Liana caressa ses cheveux, la voix empreinte de larmes.

— Je suis heureuse que tu ailles bien.

Un coup retentit à la porte et une infirmière entra.

— Je suis désolée, dit-elle, mais les visites sont terminées. Il va falloir que vous partiez.

Je serrai la cheville de Vinn. Liana se pencha sur lui et l'embrassa sur la joue. Les yeux de mon cousin papillonnèrent quand elle s'écarta de lui. Il toucha l'endroit où ses lèvres s'étaient posées.

Nous partîmes. Liana s'installa dans la salle d'attente, où elle extirpa une couverture de son énorme sac à main et la passa autour de ses épaules.

— Rentre à la maison, Li. Va dormir.

— Je reste avec Vinny.

Je fus à deux doigts de répliquer, mais le souvenir du regard désapprobateur de Carmela me coupa dans mon élan. Liana se recroquevilla dans un siège en plastique tandis que je me dirigeais vers l'escalier, tellement épuisé que j'aurais pu m'effondrer sur les marches. J'en descendis une volée avant de me rendre compte que quelqu'un criait mon nom.

— Michael !

Je finis par reconnaître les traits sévères d'Alessio.

— Ça fait un moment que je t'appelle, dit-il en ajustant sa veste.

— Je ne t'ai pas entendu. Tu l'as trouvée ? demandai-je tandis qu'un espoir insensé me prenait à la gorge.

— Non. Je suis désolé.

Sans surprise. Il avait déjà échoué une fois à la sauver.

Le dégoût me retourna l'estomac.

— Alors dégage, avant que je te pète la gueule.

— Je veux aider.

— Trouve-toi une machine à remonter le temps, abruti, et fais en sorte de buter Crash quand tu en as eu l'occasion, parce qu'il n'y a plus rien que tu puisses faire maintenant. (Je le saisis par le col. Une haine destructrice faisait frémir l'air entre nous.) Je ne supporte pas de voir ta gueule.

— Arrête de me tenir responsable de choses sur lesquelles je n'ai aucun contrôle.

— Tu aurais pu l'arrêter il y a des années !

— C'était son petit ami, bordel, gronda-t-il en me repoussant violemment. Elle voulait rester avec lui. Elle m'a supplié. Qu'est-ce que j'étais censé faire ?

— La sauver des griffes de ce psychopathe.

— Ouais, j'aurais dû me servir de ma boule de cristal magique pour prédire ce que ce salopard allait faire, tout comme toi, tu aurais dû deviner ce que Serena faisait subir à tes gosses...

Mon poing s'écrasa sur son visage. Il me poussa dans les escaliers. Je l'envoyai s'encastrer dans le mur, puis nous nous jetâmes à la gorge l'un de l'autre. Une douleur intense irradia dans ma mâchoire. Il me repoussa, les yeux brillants.

— En quoi est-ce que ça aide Carmela, tout ça ?

Ma colère s'évapora. Je me remis à descendre les marches, si misérable que j'avais l'impression qu'un couteau me sciait le cœur. La douleur était insupportable.

— Je l'aime, putain. Lui, non. Je ne peux pas vivre sans elle. Je ne peux pas me contenter de ramasser les morceaux et de continuer.

Il me serra l'épaule.

Je secouai la tête pour refouler ma peine.

— Fouille leur QG, ordonnai-je. Où qu'il se terre, c'est là-bas qu'on trouvera Carmela et Antony.

— Tout le monde est à la recherche des membres de Rage Machine, mais ils ne portent pas d'écussons de gang, alors personne ne sait qui sont ces bâtards. Les flics ne savent même pas qu'ils existent. Ils doivent filer des pots-de-vin à tout le monde. Il faut qu'on trouve quelqu'un qui leur a parlé récemment, sinon la traque va prendre une éternité.

Je m'arrêtai une fois arrivé au rez-de-chaussée et me mis à faire les cent pas dans la cage d'escalier.

— Je ne connais aucun de ses associés à part ceux de la Légion, déplorai-je.

— Est-ce qu'il y a un endroit qu'il aurait pu fréquenter récemment ?

Je consultai mon téléphone à la recherche d'une piste lorsque mon pouce s'arrêta sur la photo d'Elena.

Sanctum.

QUEL ENDROIT DE MERDE.

Avec tout l'argent que j'avais claqué là-bas, j'aurais pu financer un centre de désintoxication. À l'époque où Alessio était le protégé de Nico et le meilleur ami d'Anthony, nous y faisions la fête tous les weekends. Je pensais vivre une vie de jet-setter, mais en réalité ce club n'avait fait que me distraire de ce qui comptait vraiment.

De la musique dream pop pulsait dans les couloirs à l'éclairage tamisé tandis que nous avancions sur sol en marbre blanc. Alessio rembarra une brunette venue se pendre à son bras. Il s'écarta d'elle en exhibant son alliance.

— Ce n'est pas un problème pour *moi*, ronronna-t-elle.

— Je ne suis pas ici pour m'amuser.

Alessio cria le nom d'Elena assez fort pour couvrir le vacarme ambiant tandis que j'observais l'étendue de femmes nues. Un éclat blond accrocha mon regard. Brooke se précipita dans une autre pièce, mais j'eus le temps d'apercevoir un éclair de terreur dans ses yeux aux longs cils. Je la suivis et la trouvai recroquevillée entre deux sofas.

— Pourquoi est-ce que tu me fuis ?

Elle s'élança vers la porte, mais je la retins par le bras.

— *Brooke.*

— Je travaille. Tu me déranges.

— Où étais-tu le jour où Elena a été assassinée ?

Les lèvres roses de Brooke tremblaient. Elle s'écarta vivement de moi.

— Pourquoi ? demanda-t-elle.

— Parce que ma femme a été enlevée, putain, et que c'est le meurtrier d'Elena qui l'a kidnappée. J'ai besoin de savoir tout ce qui s'est passé cette nuit-là.

— Oh, tu l'as perdue ? Ça craint.

Je la pris par la gorge.

— Je ne plaisante pas. Réponds, ou je t'étrangle pour de bon.

— Mais je ne sais rien !

— Je perds patience, la prévins-je tout en la serrant assez fort pour que sa respiration se fasse rauque. Parle.

— L'homme dont tu avais affiché la photo est venu ici et il a posé toute sorte de questions sur toi.

— Sur moi ? (Je desserrai ma prise sur son cou, le cœur battant.) Quel genre de questions ?

— Avec qui tu baises. Comment tu aimes baiser. Ce genre de trucs.

— Et tu as *parlé* ?

— Pas moi, répondit-elle dans un hoquet, les doigts enfoncés dans les miens. Mais Elena, oui. Il a déboursé plein de sous, au moins trente mille balles. Il a acheté le silence de tout le monde. Il a demandé à Elena de rentrer avec lui et elle a dit oui.

— Et puis on l'a retrouvée morte sur le parking, dis-je en m'essuyant le visage. C'est bien pour ça que vous avez interdiction de partir avec *qui que ce soit*. Qu'est-ce qui s'est passé d'autre ?

— C'est tout ce que je sais. Je te le jure.

Je m'écartai d'elle et passai ma main dans mes cheveux, tourmenté par les images du corps sans vie d'Elena.

— Qui travaillait ce soir-là ?

— Tu me prends pour qui, le manager ? *Va regarder l'emploi du temps*.

Le manager.

Une sombre suspicion s'insinua dans mon cœur.

Julian.

TRENTE-CINQ
CARMELA

Je n'allais plus jamais revoir Michael.

Il n'allait plus jamais m'offrir des tulipes ou dessiner des cœurs sur des Post-its. Il ne m'amènerait pas à ma première échographie. J'allais louper le cinquième anniversaire de Matteo. Je ne serais pas là pour voir les enfants grandir, devenir adultes.

J'allais rester *ici*.

Avec Nick.

Il allait me mettre enceinte et m'enfermer pour toujours. Jamais il ne sourirait au bébé ni ne ferait quoi que ce soit pour quelqu'un d'autre que lui-même. Notre enfant allait grandir dans un foyer violent. Les infidélités successives de Nick allaient réduire mon âme en poussière. Il allait m'étouffer.

À partir de cet instant, tout n'était que ténèbres. Plus de lumière. Rien qu'un désespoir sans fond à l'idée d'être coincée avec cet homme pour l'éternité.

Nick m'avait enfermée dans sa chambre saccagée. Il était plongé dans un sommeil agité et son corps était tel un bloc de glace. Lorsque les rayons du soleil filtrèrent à travers les persiennes, il s'arracha au matelas et disparut pour aller faire une course quelconque.

Je m'habillai rapidement tout en promenant mon regard sur les affaires de Nick : cigarettes au clou de girofle, Zippo, magasines de moto. L'ancien propriétaire avait accroché un calendrier au mur, à présent constellé de trous là où Nick avait lancé son couteau. Des mégots de cigarettes recouvraient le sol. Nick avait tendance à laisser trainer ses armes, mais étant donné que la maison était encerclée de motards, je ne pourrais pas aller bien loin.

Sur le dossier de la chaise du bureau reposait ma vieille veste en cuir. Je déglutis en lisant les mots imprimés dans le dos :

PROPRIÉTÉ DE CRASH.

J'effleurai le tissu élimé qui autrefois recouvrait mes épaules. Porter cette veste à présent serait comme d'enfiler une peau mal ajustée. Je ne pouvais pas la mettre. Je ne la supporterais pas, même une seule seconde.

Des bottes lourdes firent grincer le parquet et la poignée tourna. Nick entra en courbant la tête pour passer l'encadrure, un sac en plastique dans la main. Ses yeux étaient cernés de noir. Il me fourra une boîte rose entre les mains.

— Fais-le.

Je passai mon pouce sur l'emballage. Un test de grossesse.

Une boule se logea dans ma gorge.

— Pourquoi ?

Il me prit par le bras et me poussa jusqu'à la salle de bain au carrelage blanc. Ses yeux pâles étaient étroits, mais résolus.

— Fais ce putain de test.

— Je peux avoir un peu d'intimité ?

— *Non.*

Nick croisa ses bras épais sur sa poitrine. J'ouvris la boîte et en sortis le test. Je m'assis sur les toilettes et urinai sur le bâtonnet que je tenais d'une main tremblante. Nick me le prit aussitôt des mains et retourna à sa place. Il tapota le comptoir du bout des doigts tout en regardant fixement la minuscule fenêtre du bâtonnet.

— Faut attendre combien de temps ?

— Deux minutes.

Je m'adossai au mur de la douche. Je ne pensais pas être enceinte, mais... et si je l'étais ?

Que me ferait-il ?

Nick sortit, comptant apparemment garder le résultat pour lui. Il ébouriffait ses cheveux blonds et déboutonna le col de sa chemise à carreaux. Je ne l'avais jamais vu aussi agité. Mes entrailles se tordirent d'angoisse.

Ses phalanges étaient blanches lorsqu'il souleva la boîte d'emballage. Ce qu'il lut dessus le fit se frotter le front.

— *Merde*, lâcha-t-il.

Le bâtonnet en plastique claqua en tombant sur le sol. Deux lignes étaient visibles dans la petite fenêtre.

J'étais *enceinte.*

Mon cœur se gonfla et se serra à la fois, la joie de cette révélation refroidie par le frisson glacé qui me parcourut l'échine. Nick vint se placer à côté de moi. Il regardait droit devant lui, pâle et inerte. On aurait cru qu'il s'était fait tirer dessus.

C'était une nouvelle merveilleuse, mais mes yeux se remplirent de larmes de désespoir à l'idée que Michael n'était pas là pour la partager avec moi. Nous allions avoir un enfant. C'était tout ce que je désirais. Puis mon regard se posa sur Nick.

Il attrapa mon menton.

— C'est le mien ?

Certainement pas.

Nick sembla prendre mon émotion pour une confirmation. Il posa la paume de sa main sur mon ventre et le caressa.

— On n'a jamais mis de capote, fit-il.

Je le regardai, bouche bée.

— C'est arrivé si vite, ajouta-t-il. Une seule fois et *boum*, t'es enceinte. C'est fou.

Croyait-il réellement que j'étais enceinte de quatre mois ?

Il n'y connaissait vraiment rien au corps des femmes.

— T'as pris au moins six kilos depuis. (Nick se leva du lit et passa ses mains dans ses cheveux.) Comment j'ai fait pour ne pas le remarquer ?

Ce crétin ne se doutait pas que lorsque nous étions ensemble, j'étais tellement stressée que je ne mangeais rien, alors qu'avec Michael je m'étais remplumée. L'idée de laisser Nick croire à son fantasme absurde me retournait l'estomac, mais cela pourrait faciliter ma fuite.

Il fallait que je le fasse, pour moi et le bébé.

— Qu'est-ce que tu pensais qu'il allait se passer quand tu as éjaculé en moi ?

— Je n'ai pensé à rien, fit Nick en ouvrant une boîte noire pour y piocher une cigarette. Est-ce qu'il y a un test qu'on peut faire pour être sûrs que c'est moi le père ?

— Tu ne dois pas fumer près de moi.

Il jeta sa cigarette sur le sol.

— *Est-ce qu'il y a un putain de test ?*

— Oui, mais il faut prendre rendez-vous.

Il défit la ceinture de son étui d'une main tremblante et posa son pistolet sur la table de chevet.

Je pouvais l'attraper.

— Je vais élever le bébé toute seule, déclarai-je.

— Hors de question.

— Nick, tu ne vas pas pouvoir supporter les pleurs, les biberons en plein milieu de la nuit, les couches sales. Tu disparaîtras dès que le gamin sera malade et qu'il faudra l'amener chez le docteur.

Nick me fusilla du regard.

— On embauchera des nounous. Comme *Costa.*

— Tu n'as rien à voir avec lui, putain. Michael veut fonder une famille avec moi.

Nick ne savait pas de quoi il parlait. Aucune nounou au monde ne pourrait remplacer un père comme Michael.

— Il t'a raconté ce que tu voulais entendre. Il savait que tu ne le quitterais jamais si tu tombais enceinte. C'est un bon menteur, c'est tout.

Non.

— Tu te trompes, lui lançai-je.

— Fais gaffe à comment tu me parles, Carmela. Ma patience a des limites.

Ils n'étaient pas pareils.

Ces comparaisons constantes entre lui et mon mari commençaient vraiment à me taper sur les nerfs. Nick semblait déterminé à ternir la vie merveilleuse que j'avais eue avec Michael, mais jamais celui-ci ne s'était abaissé à faire ce que Nick m'avait fait : les tortures, les passages à tabac, les viols.

— Je t'ai sauvée des griffes d'un homme qui s'est servi de toi comme d'une esclave, et tu veux me faire croire qu'il vaut mieux que moi. Tu dis que j'ai un problème. *Très bien.* Mais c'est toi qui as un pète au casque. Tu me supplies de te faire un gosse et quand je te dis non, tu vas te trouver un mec qui est une version inférieure de moi.

Il renversait complètement la situation.

— Si je l'aime, ce n'est pas parce qu'il te ressemble. Michael est un père génial et un compagnon attentionné. Avec lui, je me sens en sécurité. Il m'écoute. Il veut ce qu'il y a de mieux pour moi. Toi, tu ne m'as jamais rien donné de tout ça. Tu m'as trompée, tu m'as battue. Tu ne lui ressembles *en rien.*

— Il a tué six mecs hier soir. Des gars de la Légion. Il les a descendus depuis sa voiture.

— Je m'en fous !

C'était peut-être mal, mais c'était la vérité. Michael devrait faire bien pire que de buter quelques gangsters pour que je me retourne contre lui.

— Si tu étais toi-même, tu ne t'en foutrais pas, insista Nick. (Il fit les cent pas dans la chambre. Ses joues commençaient à reprendre des couleurs.) Il faut qu'on s'arrache. Je dois retrouver Costa. Il faut que je mette un terme à tout ça, surtout maintenant.

Non !

- Nick...

— Ça suffit ! rugit-il en se jetant sur moi, les poings serrés. On va avoir un gamin ensemble, bordel ! Alors arrête de penser à un mec qui de toute façon va crever ce weekend. Quand il sera mort, tu seras libre. Et on se mariera.

— *Non.*

— *Si.*

Il me poussa vers la porte, mais je refusai de le suivre.

— Michael ne va pas mourir, et moi je ne t'épouserai jamais !

— Alors je demanderai la garde du gamin et je filerai un pot-de-vin au juge pour qu'il me la donne. Tu ne reverras jamais notre bébé.

Ce n'est pas le tien !

— Mets ta veste, lança-t-il. On y va.

Nick s'éloigna, puis revint vers moi pour me fourrer le tas de cuir entre les bras.

Je balançai le tout sur le sol.

Nick baissa les yeux un instant, puis sa main fusa et vint s'écraser contre mon visage. La force du coup m'envoya m'encastrer dans la table de nuit. Mon crâne heurta la surface en bois. Quelque chose de lourd bougea dessus.

Son pistolet.

Je l'attrapai et tirai.

Un cadre photo explosa juste à côté de la tête de Nick, qui tressaillit. Je pointai l'arme sur son torse. Des pas lourds et des voix affolées résonnèrent dans le couloir. Des portes claquèrent au loin.

Nick me fixait de ses yeux écarquillés.

— *Qu'est-ce que tu fous ?*

— Mains en l'air, ou je te tue !

— Tu n'oserais pas tuer le père de ton enfant.

Tu n'es pas le père.

— Il faut que je m'éloigne de toi.

— Vas-y, tue-moi, fit-il avec un reniflement dédaigneux. Mes gars te violeront. Tous, chacun à son tour.

— Ferme-la, putain !

— *Okay*. Calme-toi. (La voix de Nick se fit douce, implorante.) Respire un grand coup et regarde où tu es.

— Il faut que je parte.

— Tu vas faire du mal au bébé.

La porte s'ouvrit violemment pour laisser passer un homme avec un fusil.

— Non, Axel ! cria Nick. Baisse ton arme, putain. (Il agrippa le canon et se plaça lui-même dans sa ligne de tir.) Et Carmela, repose mon putain de flingue.

— *Non !*

— Dégage ! hurla Nick au motard.

L'homme battit en retraite. Nick s'approcha de moi, les lèvres pincées. Le choc se lisait sur son visage.

— C'est quoi ces conneries de *Tata Flingueuse* ? C'est parce que je suis le père ?

— Je t'avais dit de ne pas me frapper.

— Tu brandis un flingue parce que je t'ai mis *une claque ?*

— Oui.

Nick déglutit bruyamment.

— Carmela, c'est pas un jeu. Tu vas mourir. Baisse ton arme.

— Au moins, je serai libre, rétorquai-je avec un geste vers le couloir. Avance.

Il avança dans l'ombre à reculons, hilare.

— C'est quoi ton plan ? Tu vas prendre d'assaut tout notre QG ?

— Je m'en vais.

Un long rire glacial ricocha dans le couloir. Nick fit un pas vers moi, les yeux pétillants.

— N'approche pas, Nick.

— T'es encerclée, Beauté. T'as aucune chance de sortir d'ici.

Nick jeta un regard noir aux hommes qui s'approchaient subrepticement et leur lança :

— Si l'un d'entre vous s'avise de tirer sur ma nana alors qu'elle est *enceinte*, je lui arrache les couilles. Foutez-nous la paix !

Ils baissèrent leurs armes et je fis avancer Nick jusqu'à la porte. Il continuait de me sourire d'un air ravi. On aurait cru que je lui faisais une branlette. Nick adorait la torture, mais il y avait une chose qu'il aimait encore plus.

La chasse.

Nous descendîmes les marches du porche et nous dirigeâmes vers la rangée de motos.

— C'est ça que tu veux ? fit-il en extirpant des clés de la poche de sa chemise avant de les agiter sous mon nez. Alors baisse ton flingue.

— *Non.*

— Tu vas devoir me tuer si tu veux me prendre ma Harley.

— Ne me tente pas.

— Peut-être que je devrais te laisser dix minutes d'avance.

— Si tu me suis, je n'hésiterai pas à te tuer.

Il éclata de rire. Son haleine s'éleva en volutes dans l'air.

— Cette facette de ta personnalité m'a bien manqué, Beauté.

— Les clés.

Il s'arrêta devant sa Dyna Super Glide.

— Tu ne sais même pas conduire.

— Donne-les-moi ou je tire.

Il lança le trousseau. Il atterrit à cinquante centimètres de moi.

— T'as qu'à te baisser, et elles sont à toi.

Je m'accroupis et tâtonnai jusqu'à ce que mes doigts se referment sur l'anneau en métal. D'une main tremblante, j'ôtai le couvercle de protection et glissai la clé dans le contact.

— Tu seras jamais capable de la sortir de l'allée, se moqua Nick, dont le sourire s'élargissait de plus en plus. Tu sais même pas passer les vitesses.

— Si, Ducon. Ça n'a pas l'air compliqué, je me débrouillerai.

Le tableau de bord s'éclaira. J'enfourchai la moto et empoignai la poignée d'embrayage tout en appuyant sur plusieurs boutons. Mon contrôle sur la situation commença à s'amenuiser lorsqu'elle refusa de démarrer.

Nick m'observait, les bras croisés.

— Tu veux que j'te montre comment on fait ?

Je tirai, et l'amas de terre à côté de son pied explosa.

— C'est ton dernier avertissement.

— Il te reste combien de balles, à ton avis ?

— Assez pour te tuer.

— Ouais, et eux ? fit Nick en faisant un geste en direction de la maison. Si tu me butes, ils te buteront.

— Je m'en vais !

— Bébé, tu ne vas pas pouvoir faire plus de cinq kilomètres. Baisse ton flingue. J'te ferai pas de mal.

Je tournai la poignée de gauche et appuyai sur le bouton à droite. Le siège se mit à vibrer alors que la Harley démarrait dans un grondement.

Ouf.

— Carmela, ne sois pas stupide. Tu vas finir dans le caniveau ! (Nick s'avança jusqu'à ce que le canon du pistolet s'enfonce dans son torse.) Tu mets la vie du bébé en danger.

Ma poitrine se serra à cette pensée.

J'aurais pu lui coller une balle en plein cœur.

Les mains de Nick se posèrent sur mes poignets. Il tira jusqu'à ce que l'arme soit pointée vers le sol. Puis il prit mes mains dans les siennes et les secoua jusqu'à ce que mes doigts sans force relâchent leur prise sur le pistolet. Il en planta ensuite le canon dans mes cheveux.

— Pauvre conne. Je vais te faire regretter ce petit numéro.

La lumière qui se trouvait dans ses yeux mourut tandis qu'il montait sur la moto.

— On rentre chez nous, ajouta-t-il.

— J'ai déjà un chez-moi. Tu n'en fais pas partie.

TRENTE-SIX
MICHAEL

J'enfonçai la porte.

Elle s'écrasa contre le mur. Je me précipitai à l'intérieur du repaire de célibataire aux meubles recouverts de cuir verni. L'air sentait la cigarette et la chatte. Je suivis la puanteur jusqu'à la chambre à coucher, où un Julian complètement nu était étalé au pied de son lit. Des bouteilles de bière jonchaient la moquette. Je soulevai les draps en satin d'un geste brusque. La fille avec qui il avait couché, qui qu'elle fût, était déjà partie.

Tant mieux. Pas de témoin.

Julian se mit debout tant bien que mal et tira une batte de baseball de sous son bureau. Des rides profondes creusaient ses fossettes. Ses pupilles étaient dilatées, signe que je reconnaissais entre mille après avoir vécu avec Serena et qui indiquait qu'il était encore sous l'effet de la drogue.

Il éclata d'un rire à la fois triste et enragé.

— Serena était ta pute. Ta putain de trainée !

Une pluie de postillons s'échappa de sa bouche et il leva sa batte, apparemment inconscient du fait que j'avais un pistolet pointé sur sa poitrine.

— Tu savais que j'allais le découvrir, continua-t-il. T'es un malade. Un *taré*.

— Je deviendrai encore plus fou si ma femme meurt, rétorquai-je. Où est Carmela ?

— Va te faire foutre.

J'appuyai sur la gâchette.

Du sang éclaboussa le sol lorsque la balle perfora son genou droit. Il tomba par terre et se mit à hurler. La batte roula vers moi tandis que Julian s'agitait en sanglotant.

— Où est-elle ?

— J'ai mal. Oh, mon Dieu, aide…

— Fais-toi un autre shoot, espèce de sale tox. (J'empoignai ses cheveux et le tirai du lit. Mes nerfs s'enflammèrent lorsque je vis un tube en caoutchouc dégringoler de sa table de nuit.) C'est ça que tu fais avec mon argent, hein ? Tu te shootes et tu balances ma femme ! Je vais te buter !

— Ne fais pas ça, je t'en supplie ! Pense à ma fille.

— *Elle sera mieux sans toi.*

J'appuyai mon Glock contre sa tempe. Il couina.

— Ma femme ! hurlai-je. Tu as vendu Carmela à ce psychopathe !

— Œil pour œil, dent pour dent, siffla-t-il. Tout le monde sait ce que tu as fait à Serena.

— C'est de ça qu'il s'agit ? De Serena ?

Il se lança sur moi, une bouteille de bière à la main.

Je la lui arrachai sans peine et lui assénai un grand coup derrière la tête. Il s'affala sur le sol sombre. J'enfonçai mon pied dans le creux de son dos. Dès que j'en me mis à lui tordre le bras, Julian s'affaissa. J'avais baisé des femmes qui savaient mieux se battre que cette loque.

— T'es pas humain, t'es le mal incarné, fit-il d'une voix qui n'était plus qu'un grognement guttural. Elle m'a montré ses bleus. Tu la battais. Tu l'as tuée.

Mon ex-femme avait réussi à se venger depuis sa tombe. Elle avait raconté des horreurs sur moi à son frère, et nos enfants avaient failli en pâtir. Elle m'avait torturé en menaçant de m'enlever leur garde. Elle avait fait tant de choses horribles et maintenant, elle me coûtait l'amour de ma vie.

Je voulais qu'elle disparaisse à jamais.

Mon flingue fouetta la mâchoire de Julian. Il alla s'encastrer dans le lit, un liquide carmin s'écoulant de son nez, les yeux écarquillés et implorants. Je le frappai jusqu'à me mettre les phalanges en sang. Son corps mou tressaillait sous mes coups.

— Est-ce que tu sais ce qu'il a fait à mes enfants ? criai-je. Espèce de malade mental ! Dis-moi où il se trouve.

L'odeur de sa peur, mêlée à celle de son corps mal lavé, saturait l'air.

— Tu vas me tuer dans tous les cas, couina-t-il.

— Ta situation pourrait devenir bien pire, crois-moi.

— Tu lui as volé sa nana. Il voulait juste la récupérer, alors... alors je lui ai donné l'emploi du temps de Carmela. Il a dû la trouver et l'enlever. J'ai son adresse dans mon téléphone. Il m'a demandé de l'amener chez lui si... si j'en avais l'occasion.

Je me précipitai sur son portable, l'ouvris, et trouvai l'information que je cherchais cachée dans une note. J'entrai l'adresse dans mon GPS.

C'était à quinze minutes d'ici.

— Je t'en supplie, fit Julian en levant les mains vers moi. J'ai un enfant.

J'en avais deux, et il les avait donnés en pâture à Crash.

Je visai son visage.

— Je n'ai pas tué Serena, mais toi, je vais te buter.

Trois balles s'enfoncèrent dans le crâne de Julian, qui explosa. Du sang dégoulina de ses cheveux et ses yeux morts fixèrent le plafond. Je l'attrapai par le bras et le tirai de façon à ce que le gros des dégâts atterrisse sur le lit. Puis je me dirigeai vers le couloir et fis signe à une haute silhouette.

— Nettoie tout ça.

Le soldat s'exécuta et enroula Julian dans les draps. Son regard vitreux disparut sous le tissu noir.

Bon débarras.

Sa mort ne m'apportait aucun sentiment de triomphe.

Uniquement de la rage.

TRENTE-SEPT
CARMELA

Il me poussa dans les escaliers.

Mes hanches heurtèrent les marches et un cri jaillit de ma gorge lorsque je perdis l'équilibre. Je m'écrasai sur le sol en terre dure. Je crachai de la poussière terreuse et m'allongeai sur le dos en gémissant.

La lumière s'alluma, révélant un sous-sol en construction. Mon regard balaya les murs de béton et le plafond bas en bois. Nick descendit à son tour, pistolet au poing. Il leva le bras.

Je me couvris le visage.

Il tira. Des coups de feu retentirent et des tas de terre explosèrent tout autour de moi. Mes oreilles sifflèrent.

— Ça te plaît, hein ? (Il m'écrasa les côtes avec son genou et se pencha au-dessus de moi, le visage blanc de fureur.) Espèce de folle, va !

— Nick, arrête !

— Non, j'vais pas arrêter. T'as pointé un flingue sur moi, espèce de tarée. Comme si j'avais pas assez de problèmes comme ça, sans que ma nana essaye de me buter ! *Comment t'as pu faire ça ?*

— Laisse-la !

Une voix éraillée s'éleva depuis un coin de la pièce. Ce bruit sembla tirer Nick de sa rage et il se tourna vers l'homme torse nu qui était recroquevillé sous les poutres, pieds et poings liés.

Un regard familier se posa sur moi. Une grimace tordait ses traits d'habitude agréables, une barbe épaisse mangeait son visage, mais c'était bien Anthony. De la terre salissait son jogging. Son torse était couvert de bleus et de zébrures rouges et violettes. Des marques de ligature entouraient ses poignets et il claquait des dents.

— T'as entendu ce que j'ai dit, néonazi de mes deux ? dit Anthony en tirant sur ses liens. Fous-lui la paix.

— Tiens, il a enfin trouvé ses couilles, celui-là, fit Nick en lançant un sourire en coin à Anthony, avant de reporter son attention sur moi. Me dis pas que tu lui as sucé la bite, à lui aussi. J'crois pas que je pourrai le supporter.

Sa main emprisonna ma gorge. De sa poigne ferme, il m'asphyxia. Je griffai désespérément ses bras, incapable de déloger ne serait-ce qu'un seul de ses doigts. Mon corps tout entier brûlait, hurlait d'agonie, et les cris paniqués d'Anthony résonnaient dans mes oreilles. Une sonnerie vint interrompre le chaos.

Nick s'écarta de moi. L'air afflua dans mes poumons.

Il répondit à son portable, puis remonta l'escalier avant de disparaître dans la maison.

Pantelante, je rampai jusqu'à Anthony. Ses mains étaient couvertes de sang à cause de ses liens, mais il ne semblait pas s'en inquiéter. Il me regardait fixement.

— Est-ce que ça va ? me demanda-t-il.

— Ça va. Qu'est-ce qu'il t'a fait ?

— Il avait besoin d'un punching-ball. (Il tressaillit en regardant les escaliers.) Connard de facho. J'ai rien foutu de ma vie, et c'est comme ça que je vais finir. Dans un putain de trou à rat.

— Tu ne vas pas crever ici. Il ne va pas se débarrasser de nous si facilement.

Anthony s'affaissa, comme s'il avait dépensé toute son énergie à crier. J'attrapai une bouteille d'eau et la portai à ses lèvres. Il en prit d'abord quelques petites gorgées, puis me l'arracha des mains et se mit à boire goulûment. Il essuya les gouttes qui avaient coulé sur son visage puis jeta la bouteille de côté.

C'était de ma faute si Anthony se trouvait ici.

Il fallait que je le libère.

Je me mis à griffer et à mordre les serre-câbles qui l'entravaient, mais ils étaient solides. Durs comme de la pierre. Une corde l'attachait à une canalisation. Je dénouai le nœud.

— Arrête, souffla Anthony. *Il arrive.*

Nick descendit les marches. Il avait l'air de ne pas se soucier le moins du monde qu'Anthony soit détaché.

— Debout. De suite.

Il tira sur la corde et entraîna Anthony en haut des escaliers. Je les suivis tandis qu'il traînait Anthony dans un salon dépouillé et qu'il le poussait sans ménagement sur un canapé.

Nick ne me prêta aucune attention et se concentra sur Anthony.

— Je viens de parler avec tes nouveaux propriétaires. Tu leur seras plus utile qu'à moi. T'es pathétique. Même ma nana pourrait te casser la gueule.

— Et si tu me détachais ? fit Anthony avec un sourire moqueur. On verra alors qui est le plus fort.

— Je t'arracherai le foie avec les dents.

— Alors détache-moi, lopette.

Je regardai Nick, bouche bée.

Il ne pouvait pas tomber dans le piège. Il n'était pas stupide à ce point. Néanmoins, quelque chose s'était brisé en lui depuis la veille. Il avait peur. La peur pulsait en lui comme un cœur malade et transformait sa rage en une marée noire. Il était terrifié à l'idée de devenir père.

Nick sortit le couteau qui pendait à sa ceinture et s'agenouilla. Il coupa le serre-câbles qui entravait les chevilles d'Anthony.

Anthony se pencha en avant, muscles tendus. Il croisa mon regard et fit un signe de tête vers la porte.

Je réagis à peine lorsqu'Anthony lança ses pieds en avant. Ils percutèrent le ventre de Nick avant qu'il ait fini de détacher ses poignets. Nick se cogna contre le mur, hilare. Il repoussa Anthony d'une seule main, puis agita sa lame.

— Tu refais ça, je te poignarde.

— *Sauve-toi*, Carmela !

Anthony saisit une chaise et la lança vers Nick, qui l'esquiva aisément. Anthony grimaça sous les coups de Nick avant de le frapper dans les jambes. Il l'atteignit derrière les genoux.

Je me précipitai vers la porte, mais elle était fermée par une douzaine de verrous. Je me rabattis sur une fenêtre — bloquée par des barres en acier. C'était sans issue.

Merde.

Le sacrifice d'Anthony n'allait servir à rien.

Les deux hommes percutèrent la cheminée. Du sang coulait sur le front de Nick, qui traînait Anthony par les cheveux. Ce dernier donnait des coups de poing dans le ventre de Nick.

Anthony faisait de son mieux, vraiment, mais il était épuisé, affamé et entravé. Même l'énergie du désespoir ne lui permit pas d'avoir raison de Nick.

Nick enfonça son couteau dans l'épaule d'Anthony.

Anthony hurla.

Je courus vers lui, et Nick m'envoya un puissant coup de poing dans le ventre. Je tombai à genoux, le souffle coupé, submergée par la douleur. *Mon Dieu, le bébé.*

Anthony s'affaissa en gémissant.

Nick déverrouilla la porte et l'ouvrit pour regarder dehors.

— Emporte ce con de Costa avant que je le tue, cria-t-il.

Un homme entra dans la pièce, mais je ne vis que ses bottes en cuir.

— Tu étais censé nous le remettre en un seul morceau.

— Ouais, mais c'est un vrai casse-couilles. (Nick s'approcha d'Anthony et arracha le couteau de son épaule, ce qui déclencha une nouvelle vague de hurlements.) Je peux baisser le prix de mille dollars vu qu'il est endommagé.

— Ça marche.

L'argent changea de mains et plusieurs hommes soulevèrent Anthony. Je me remis tant bien que mal debout et eus à peine le temps d'entrevoir le visage torturé d'Anthony avant que la porte ne claque derrière eux. Quelques secondes plus tard, le crissement des graviers sous les roues du véhicule qui s'éloignait au-dehors me remplit de désespoir. Je courus jusqu'à la fenêtre, d'où je vis les phares disparaître dans l'obscurité.

Il était parti.

Un hurlement s'éleva de ma gorge.

Nick posa sa main ensanglantée sur mon cou. Il enfonça ses doigts dans ma peau et me força à me retourner. Ses joues étaient rouges, ses lèvres blanches et tremblantes et il tenait toujours le couteau.

— Tu te l'es tapé, lui aussi ? C'est ça ? fit-il d'une voix douloureuse, sans se soucier de mes protestations. T'as couché avec lui, et Dieu seul sait combien d'autres ritals.

Ce terme fit déferler sur moi une vague de colère.

— Je suis *italienne*, Nick.

— Pas besoin de me le rappeler.

J'allais mourir ce soir.

Nick fit tourner sa dague dans sa main, l'éclat de folie dans ses yeux de plus en plus prononcé. Il était évident que l'idée de se débarrasser de moi faisait son chemin dans sa tête. À ce point, j'étais devenue une nuisance plus qu'une amante. Si je levais la main sur lui, il me battrait. Si je me soumettais, il me torturerait. Si je respirais, il m'étranglerait.

— J'essaie simplement d'être honnête avec toi, Nick.

— Tu fais jamais rien *simplement*, explosa-t-il en me poussant violemment contre le mur. Tu me mets tout le temps la tête à l'envers.

— C'est bon, calme-toi.

— Non, c'est toi qui vas te calmer. (Il me prit à la gorge et appuya sa lame sous mon menton.) C'est toi qui vas te calmer, putain, Carmela. J'vais me taper toutes les nanas que j'veux jusqu'à ce que tu ressentes ne serait-ce qu'une fraction de ce que tu m'as infligé.

Comme toujours, il n'était question que de lui.

De sa souffrance. De ses orgasmes.

Nick recula d'un pas et se passa la main dans les cheveux.

— C'est trop douloureux de t'aimer, Carmela. C'est une agonie sans fin. Je veux que ça s'arrête.

— Moi aussi.

— Depuis que je t'ai rencontrée, j'ai l'impression de mourir à petit feu. (La main de Nick trembla et je sentis quelque chose de mouillé couler sur ma peau.) Il faut que ça s'arrête.

Il allait le faire.

— Nick, si tu me tues on ne pourra pas faire de plans ensemble, élever une famille ou s'accorder une deuxième chance.

De la sueur perlait sur ma lèvre supérieure tandis que je cherchais une arme à tâtons derrière moi.

— Non. Il faut en *finir*, dit-il.

— On peut repartir à zéro. Un nouveau départ. (Mes doigts effleurèrent quelque chose de solide. Je m'y agrippai.) Je veux être avec toi.

— Tu mens.

— Il faut que tu me laisses vivre, pour le bébé. Il ne t'a rien fait. Je porte un morceau de toi en moi. Ça doit forcément te faire quelque chose !

Ses yeux se bordèrent de larmes.

La porte s'ouvrit brusquement. Nick tourna la tête, lame à la main. J'en profitai pour soulever un tisonnier et le frapper avec de toutes mes forces. Une estafilade rouge zébra la joue de Nick. Michael le ceintura par-derrière. Ils se jetèrent l'un sur l'autre comme des bêtes enragées. Michael attrapa le tisonnier que je venais de lâcher et le coinça sous la gorge de Nick.

Alessio envoya son pied dans la mâchoire de Nick, puis Michael le mit à terre. Mon beau-frère retroussa ses manches avant de se joindre à Michael qui s'était mis à rouer Nick de coups. Ils se déchaînèrent sur ses côtes et son abdomen, encore et encore, tels des loups déchiquetant leur proie. Ils le tabassèrent jusqu'à épuisement et s'arrêtèrent, essoufflés.

Nick se redressa sur ses mains brisées, dans une mare de sang.

Alessio l'empoigna par les cheveux.

— Où est Anthony ?

— Tue-moi et tu ne le retrouveras jamais.

— Qu'est-ce que tu as fait de lui ?

— Vendu au plus offrant, dit Nick entre deux crachats ensanglantés. J'vous donnerai les détails si vous nous laissez partir.

— Il n'y a pas de *nous*, intervins-je en essuyant le liquide chaud qui me chatouillait le cou. Toi et moi, ça n'a jamais marché. Et c'est Michael le père du bébé, pas toi.

Je me réjouissais de le voir si impuissant.

— *Attends*, supplia-t-il.

Je le contournai et sortis dans le jardin.

— Beauté, je t'...

Trois détonations assourdissantes couvrirent la voix de Nick.

Le bruit me fit tressaillir. Je m'assis sur la pelouse humide et puisai du réconfort dans les herbes qui me chatouillaient les mains et la rosée qui s'y accrochait. J'avais l'impression qu'on m'avait propulsée dans un nouveau monde. La mort de Nick aurait dû me rendre extatique, mais la façon dont tout s'était terminé m'emplissait d'horreur.

Puis Michael me prit dans ses bras.

Il me serra contre sa poitrine et son odeur citronnée déclencha en moi une explosion qui anéantit mes dernières réserves de calme. Je plongeai dans sa chaleur et enfouis mon visage dans son cou. Je me mis à pleurer comme jamais auparavant. Mes ongles s'enfoncèrent dans son dos. Du bout des doigts je parcourus son menton râpeux, la légère fossette qui s'y trouvait, sa bouche. Puis j'écrasai mes lèvres contre les siennes.

Il me rendit mon baiser avec une douceur qui fit monter en moi une vague de chaleur. Il pencha la tête sur le côté pour mieux prendre possession de moi. C'était comme si nous avions été séparés depuis des semaines. Ses larges mains caressèrent mes cheveux tandis que je m'étouffais presque avec mes sanglots, prise d'un besoin irrépressible de tout vider.

— Je t'aime, hoquetai-je. Tu m'as tellement manqué.

Michael pressa son front contre le mien.

— Je t'aime aussi, souffla-t-il.

— Est-ce que les enfants vont bien ?

— Oui, ils vont bien. Tu t'en es bien sortie.

Il me planta un baiser brûlant sur la joue puis, sans éloigner son visage du mien, il ajouta :

— Est-ce que tu es vraiment enceinte ?

Je lui souris.

— Il m'a fait faire un test. Michael, on va avoir un bébé.

Le choc se refléta dans ses yeux bruns.

— Est-ce que tu... tu es heureux ?

Il prit mon visage en coupe, rayonnant.

— Je suis le plus heureux des hommes.

TRENTE-HUIT
MICHAEL

J'avais récupéré me femme.

C'était tout ce qui m'importait.

Les semaines qui suivirent la mort de Crash s'écoulèrent dans l'effervescence générale. Tout le monde s'inquiétait pour Anthony, qu'on n'avait toujours pas retrouvé. Notre seule piste était la vague description que Carmela avait faite de l'accent de l'Europe de l'Est et des bottes en cuir de son ravisseur. La pauvre se faisait un sang d'encre pour Anthony, mais moi, j'arrivais à tout compartimenter. De toute façon, il m'aurait été difficile de refouler mon bonheur.

Carmela m'aimait.

Elle s'était remise de l'incident avec Crash beaucoup plus vite que moi. Elle avait remisé cette partie de son passé au rang de souvenir avec une rapidité qui me donnait le tournis. Son chant résonnait dans la maison et elle rayonnait chaque fois que j'entrais dans la pièce. Elle me réveillait en me taillant des pipes. Elle ne pouvait s'empêcher de me toucher, et j'étais au comble du bonheur.

Rien ne pouvait faire baisser mon moral.

Ni la disparition d'Anthony, ni même la perspective de dîner avec ma belle-famille.

La main de Carmela se posa fermement sur la mienne pour m'empêcher d'ouvrir la portière. Elle me lança un regard aguicheur, puis ses yeux glissèrent vers la banquette arrière.

Je souris d'un air entendu.

— Tu n'es pas sérieuse.

— Trop timide ?

— Chérie, c'est le milieu de la journée. Tu veux que je finisse au poste ? demandai-je en regardant la rue résidentielle qui s'étendait devant nous. Ou est-ce le danger qui t'excite ?

Elle se pencha contre moi et me mordilla l'oreille.

— J'ai envie de toi, ronronna-t-elle.

Mon pantalon me sembla soudain bien trop étroit. Elle se glissa à l'arrière de la voiture et je la suivis. Le temps que je m'installe sur le siège à côté d'elle et avait déjà retiré sa culotte. Elle se mit à califourchon sur mes genoux et écrasa ses lèvres contre les miennes. Son baiser était aussi dur qu'un diamant et tout en langue, la luxure absolue.

— Sur la banquette arrière d'une Audi, la taquinai-je. On est de retour au lycée ?

J'arrêtai de poser des questions lorsqu'elle descendit ma braguette pour empoigner ma queue. Je passais plus de temps à poil qu'au travail ces derniers temps, parce que le second trimestre de grossesse avait transformé Carmela en une bête de sexe à l'appétit insatiable. Dix minutes plus tard, ses mains virent se plaquer sur les vitres embuées tandis que je grognais dans ses cheveux. Elle jouit peu après moi, puis nous nous enfonçâmes tous les deux dans les sièges en cuir. Pendant que nous remettions de l'ordre dans nos affaires, le portable de Carmela sonna, indiquant qu'elle recevait des textos.

Nous nous extirpâmes de la voiture. Je rentrai ma chemise trempée de sueur dans mon pantalon. Carmela pouffa tout en essuyant les traces de rouge à lèvres qui maculaient mon visage.

— Maintenant on est *vraiment* en retard.

Honnêtement, c'était loin de me déranger. Je n'avais aucune envie d'être ici.

La maison de mon beau-père demeurait pour moi l'endroit où était mort mon frère, qu'importait combien notre relation avait été compliquée. Cela ne me plaisait pas de passer du temps là-bas, et encore moins de faire copain-copain avec Ignacio, mais je voulais lui annoncer la nouvelle.

Carmela, dont les joues étaient rosies, glissa sa main dans la mienne.

— Je suis comment ?

— Magnifique. La baise te va bien au teint.

Carmela soupira et haussa les épaules en réponse à mon commentaire. Nous nous dirigeâmes vers l'imposante demeure et je frappai à la porte.

Maria nous ouvrit.

— On a commencé le repas !

— Ouais, je sais. Désolé. (Je me glissai à l'intérieur et saluai de la main les personnes rassemblées dans le salon.) Putains d'embouteillages.

Alessio leva le nez de son poulet cacciatore et me lança un sourire narquois. Il éclata de rire, ce qui attira les regards perplexes de sa femme et de notre belle-maman. Ignacio se leva et tonna :

— Chez moi, on arrive à l'heure ou on ne mange pas du tout.

Ça me va.

Je me dirigeai vers la porte, mais Carmela me lança une plainte suppliante qui me coupa dans mon élan.

Maria nous installa de force sur des chaises. La petite Lexy était assise dans sa chaise haute, occupée à fourrer des poignées de spaghettis dans sa bouche. Je fis de mon mieux pour refouler la pointe d'agacement que je ressentais en présence d'Alessio. Pour moi, c'était son incapacité à agir qui avait entraîné l'enlèvement d'Anthony et l'horrible traumatisme de Carmela. Il avait beau m'avoir aidé à régler son compte à cet enfoiré, le mal était fait.

Mia et Carmela essayaient constamment de nous rapprocher. Elles nous invitaient aux mêmes soirées, mais Alessio et moi nous nous contentions de nous ignorer. Parfois nous nous disputions et lorsque cela arrivait, Carmela finissait souvent en sanglots.

Je ne pouvais pas le supporter.

Alors j'avais dit à Carmela que je ne voulais plus le voir.

Malheureusement, elle arrivait toujours à me convaincre.

Je refusai de m'assoir.

— Ignacio, il faut qu'on parle.

— Ça ne peut pas attendre la fin du repas ?

— Ça ne sera pas long.

Ignacio soupira et s'essuya la bouche. Il ébouriffa les cheveux brillants de Lexy au passage, son verre de vin à la main. Il en prit une longue gorgée tout en entrant d'un pas nonchalant dans son bureau. Je le suivis et refermai la porte derrière nous.

— Qu'est-ce qui se passe ?

Je déverrouillai mon téléphone et lui montrai une photo.

— Tu peux les faire défiler, il y en a d'autres.

— Putain de merde ! (Ignacio agrippa ma main et tira le portable vers lui.) C'est lui. C'est Crash.

— Ouais. Ou plutôt ce qu'il reste de ce connard.

J'avais ordonné à mes hommes de défigurer sa dépouille et j'avais coulé sa moto dans la baie. Regarder sa Harley chérie disparaître sous l'eau avait été pour moi un moment cathartique.

Carmela et moi avions décidé de garder son kidnapping entre nous. Elle ne souhaitait pas inquiéter ses parents et n'avait aucunement envie de revivre ces vingt-quatre heures de calvaire.

— Quand est-ce que ça s'est passé ?

— Il y a quelques semaines de ça. J'ai été très occupé.

Et puis l'idée d'un tête-à-tête avec Ignacio ne me réjouissait pas particulièrement.

— Tu l'as fait, dit-il d'un air ébahi. Tu l'as fait, putain.

— Tu penses toujours que je suis un bon à rien ?

— Non. Je suis désolé, Michael. Je te remercie. Tu n'imagines même pas à quel point cela me soulage de...

— Arrête de nous inviter chez vous, l'interrompis-je. Je ne veux pas faire partie de ta vie. Tu resteras toujours le meurtrier de mon frère.

Ignacio s'essuya le visage et je détournai le regard.

— Je n'ai jamais voulu lui faire de mal, dit-il.

Ma gorge se serra. C'était trop pour moi.

Il attrapa mon poignet avant que j'aie le temps de sortir. Je le poussai contre la bibliothèque.

— Ne me touche pas, bordel !

— Je vais te raconter ce qui s'est passé. Ça ne va pas être facile, mais je te dois bien ça. Assieds-toi, ajouta-t-il en désignant un fauteuil.

— Je préfère rester debout.

Ignacio recula contre son bureau, l'air soudain très fatigué.

— Je ne voulais pas descendre ton frère. C'est Nico qui m'a demandé de le faire. L'un de ses associés est venu me trouver et m'a dit de garder tout ça pour moi, que tu ne devais jamais apprendre que Daniel était une balance. Ils ont dit qu'il était un informateur de la police.

C'est quoi ce bordel ?

Je relevai la tête d'un coup.

— Tu te fous de moi ?

Il secoua la tête.

— Je n'avais rien contre Daniel.

Je le croyais. Il avait le même langage corporel que Carmela quand il disait la vérité.

Mon frère, une balance.

Je m'affaissai dans le fauteuil, les tripes en vrac. Cela remettait en question tout ce que je pensais savoir sur mon frère. Les pièces du puzzle s'emboîtaient parfaitement : le fait qu'oncle Nico avait utilisé l'homme que mon frère protégeait pour l'assassiner, l'obstination d'Ignacio…

— Pourquoi est-ce que tu ne m'as pas dit la vérité ?

— Les instructions de ton oncle étaient claires, répondit Ignacio d'un air distant, le regard perdu dans le vide. Je pense qu'il voulait te protéger.

C'était raté. L'ignorance n'avait en rien atténué ma peine.

— Est-ce que mon cousin est au courant ?

J'en doutais fort. Oncle Nico savait que nous étions proches. Vinn m'aurait immédiatement fait part de cette information.

— Je n'en sais rien, répondit Ignacio avant de me mettre la main sur l'épaule. Désolé, fiston.

Il voulut me serrer dans ses bras, mais je le repoussai et sortis en trombe du bureau. Je suivis la voix enjouée de ma femme jusqu'à la salle à manger, où je la trouvai en train de se servir du poulet cacciatore. Ses yeux pétillaient de bonheur. Je ne voulais pas gâcher ce moment, alors je sortis de la maison.

Je m'assis sur les marches du perron et enfouis ma tête entre mes mains.

Quelques secondes plus tard, la porte s'ouvrit et elle vint s'assoir à côté de moi.

— Rentre, lui dis-je. Finis ton repas.

— Et toi ?

— Je vais faire un tour dans le quartier.

Mon visage se mit à chauffer et mon ventre se serra à la vue de son air déçu. J'avais déjà contrarié Carmela en refusant d'amener les enfants chez Ignacio. Après ce qui s'était passé avec Crash et Julian, il allait me falloir un moment avant d'être certain qu'ils étaient en sécurité.

Carmela s'appuya contre moi.

— Et pour Alessio ?

— On ne s'entend pas lui et moi.

J'aurais aimé pouvoir avoir des paroles plus gentilles envers mon beau-frère.

— Tu sais que j'adore la façon dont tu prends toujours ma défense, mais j'aimerais que tu pardonnes Alessio. *S'il te plaît.*

— Impossible.

— Je lui ai pardonné, moi. Je veux que tu en fasses de même.

— Je ne peux pas, bébé. (Je pressai mes lèvres contre sa bouche boudeuse jusqu'à ce que celle-ci se détende.) Il va falloir qu'il se démène pour obtenir mon pardon.

— Ne l'a-t-il pas déjà fait ?

Je haussai les épaules.

— Il m'a aidé à faire le grand nettoyage, mais ça ne suffit pas.

Carmela m'embrassa avec force, les yeux brûlants, et murmura :

— Je t'aime.

Une vague de chaleur envahit ma poitrine.

Bon sang, je ne m'en lasserai jamais.

ÉPILOGUE

Six mois plus tard

— C'est mon tour ! Je veux jouer...

— Non, c'est ma Nintendo. Carmela me l'a offerte, répliqua Mariette en lançant à son petit frère un sourire hautain. Carmela, dis-lui qu'elle est à moi.

Carmela prit une gorgée de son cocktail sans alcool avant de répondre :

— Laisse-le jouer. Tu as passé toute la matinée dessus.

— Je te l'avais bien dit ! exulta Matteo.

Mariette fit une moue boudeuse tandis que son frère attrapa la manette de la console. Il se mit ensuite à sauter sur le canapé en écrasant tous les boutons.

Carmela préparait un plateau de charcuterie. Quant à moi, j'étais occupé à rouler du fromage de chèvre dans du prosciutto. Dès qu'elle m'avait annoncé qu'elle avait acheté une demi-livre de ces trucs, j'avais immédiatement su pour qui c'était.

— Alessio va passer ?

— Ouais.

Carmela se concentra sur sa tâche tout en déglutissant bruyamment, puis elle ajouta :

— Aujourd'hui, ça fait six mois qu'il a disparu.

Anthony n'avait toujours pas été retrouvé.

Quand Carmela m'avait raconté tout ce qui s'était passé lors de ses vingt-quatre heures de captivité, j'en avais perdu le sommeil pendant des semaines.

Pauvre Anthony.

Il avait pris un coup de couteau pour Carmela. *Ça*, c'était du courage. S'il n'avait pas été là pour s'interposer entre elle et Crash... qui sait ce qui serait arrivé ?

Je lui devais une fière chandelle. Je voulais à tout prix le retrouver, mais nous avions très peu de pistes. Nous avions réussi à localiser le site de trafic humain de Crash sur le Dark Web. C'était grâce à ça qu'il avait pu soudoyer tant de personnes. Il avait tout un réseau d'acheteurs qui avaient supprimé leurs comptes à sa mort.

Carmela a pleuré lorsqu'elle a découvert ce que j'avais fait à Julian. Elle a insisté pour que l'on rende de fréquentes visites à sa fille, qui habitait maintenant chez sa mère et semblait plutôt bien se porter. Elle a fini par se détendre après avoir réalisé que la gamine allait bien.

Je me lavai les mains dans l'évier puis sortis dans le couloir.

Des photos de Carmela et des enfants tapissaient les murs. Un portrait de Serena était suspendu la chambre de Matteo et celle de Mariette. Carmela m'avait encouragé à me libérer de ma colère et j'essayais vraiment de le faire, mais il me restait une dernière chose à régler.

Je trouvai ma fille dans la bibliothèque où elle s'était réfugiée après avoir été forcée de laisser sa Nintendo à Matteo. Elle sourit lorsque je m'assis auprès d'elle, ce qui était un progrès de taille par rapport à ses habituels « va-t'en ».

— Coucou, ma puce. Il faut que je te parle.

Mariette suspendit son geste puis reposa son crayon.

— De quoi ?

Je tirai l'alliance de Serena de ma poche.

— Elle appartenait à ta mère.

Mariette me la prit des mains, ses yeux bleus écarquillés d'émerveillement. Elle glissa la bague à son doigt.

— Elle est trop grande pour toi, mais je te la donnerai quand tu seras plus vieille. (Je caressai ses beaux cheveux et admirai la façon dont la lumière les faisait briller.) Ta mère et moi ne nous entendions pas, mais ça ne veut pas dire qu'elle n'était pas importante à mes yeux. J'espère qu'un jour tu pourras comprendre. En attendant, sache que je t'aime. Et que je t'aimerai toujours.

— Moi aussi, je t'aime.

Je repris l'alliance et lui ébouriffai les cheveux. Une pointe de fierté monta en moi tandis que ma fille abandonnait sa tentative de colorier à l'intérieur des lignes et se mit à gribouiller sur toute la feuille. Je sortis de la pièce.

Carmela m'attendait sur le seuil, rayonnante.

— C'était gentil de ta part.

— Toi et la gentillesse... (Je la pris par la taille et l'attirai dans une chambre vide.) Je ne suis pas gentil.

— Bien sûr que si. Tu n'as même pas fait la grimace quand j'ai dit qu'Alessio allait passer.

— C'est mon beau-frère...

— Et tu veux bien me laisser nommer notre bébé Anthony.

— Luke Anthony Costa. C'est son *deuxième* prénom. Et je n'ai accepté que parce qu'il va trouver ça trop drôle.

— *N'importe quoi*. Tu as dit oui parce que tu m'aimes. Tu ne te plains pas quand Alessio vient à la maison. Tu fais tout pour me rendre heureuse, tout le temps, et tu ne demandes jamais rien en retour.

— Tu es tout ce qu'il me faut, Carmela.

Je ne voulais pas pardonner Alessio, mais j'allais quand même le faire parce que je ferais n'importe quoi pour elle.

Je n'étais pas quelqu'un de bien.

Ça ne faisait aucun doute.

Mes instincts étaient tout aussi sombres qu'ils l'étaient lorsque nous nous étions mariés, mais elle m'avait adouci et avait apaisé mes relations aux autres. Elle m'avait montré que le mariage n'était pas censé être une lutte constante entre des volontés opposées. Qu'on pouvait ne pas être d'accord sans pour autant se manquer de respect. Il me semblait tout naturel de lui offrir la lune, puisque j'avais trouvé la paix.

Je l'avais trouvée, elle.

REMERCIEMENTS

Il fut un temps, lorsque j'étais jeune et naïve, je suis tombée amoureuse d'un homme qui *ressemblait* à Crash. C'était un *bad-boy* qui fumait des cigarettes au clou de girofle et qui portait des bottes renforcées et des T-shirts de groupes de heavy métal. Il m'emmenait dans des salles de billard parce que je n'avais pas l'âge d'entrer dans un bar.

Il a été mon premier tout. Il pouvait se montrer extrêmement passionné, doux et romantique. Et l'instant d'après jaloux, violent, enragé.

Je ne regrette pas d'être sortie avec lui, mais je suis heureuse d'avoir pu m'échapper de cette relation. Je pense que la plupart d'entre nous ont fait l'expérience de quelqu'un comme mon ex, ce qui a rendu l'écriture de ce livre si difficile pour moi. Cela m'a poussée à repenser à son comportement malsain.

Pour cette raison, ce livre est celui qui a été le plus dur d'entre tous à écrire. Mais je suis soulagée d'avoir pu le finir. Il m'a fallu plusieurs essais avant d'arriver à la version finale. J'ai mis une éternité à trouver la voix juste pour Michael.

Merci, Winter et Sosie, d'avoir écouté mes nombreux messages à propos de ce livre. Vous m'avez énormément aidée. Kelley Harvey, comme toujours, ton travail de relectrice a été parfait. Merci, Christine LaPorte, Kevin McGrath et mes merveilleuses lectrices du groupe Bad Boys Addicts.

Je vous aime ! Merci de votre soutien sans faille. Je ne pourrais pas y arriver sans vous.

DE LA MÊME AUTEURE

Les rebelles de Boston

Arranged

Taken

Faked

À PROPOS DE L'AUTEURE

Vanessa Waltz est une auteure de littérature Dark Romance mettant en scène des "Bad Boys." Elle vit à Seattle avec ses deux chats coquins.

Avant de s'installer à Seattle, elle a habité en Californie du Nord où elle a étudié la littérature anglaise à l'Université d'état de San José. Elle a mené une carrière dans la médecine avant de changer de voie et de devenir romancière à temps plein. Elle écrit également des thrillers psychologiques sous le nom de Rachel Hargrove.

Vanessa est représentée par Jill Marsal de l'agence Marsal Lyon Literary.

Pour plus d'information, retrouvez-la sur :

www.vanessawaltzbooks.com

info@vanessawaltzbooks.com

Bad Boy Addicts – Groupe Facebook

Printed in France by Amazon
Brétigny-sur-Orge, FR

14039411R00258